时代记忆文丛

诗的散步

艾青散文随笔选

艾青 著　艾丹 选编

青海人民出版社

图书在版编目（CIP）数据

诗的散步：艾青散文随笔选 / 艾青著；艾丹选编. -- 西宁：青海人民出版社，2020.5
（时代记忆文丛）
ISBN 978-7-225-05969-3

Ⅰ.①诗… Ⅱ.①艾… ②艾… Ⅲ.①散文集—中国—当代 Ⅳ.① I267

中国版本图书馆 CIP 数据核字 (2020) 第 084215 号

时代记忆文丛

诗的散步
—— 艾青散文随笔选

艾青　著

艾丹　选编

出 版 人	樊原成
出版发行	青海人民出版社有限责任公司
	西宁市五四西路 71 号　邮政编码：810023　电话：（0971）6143426（总编室）
发行热线	（0971）6143516 / 6137730
网　　址	http://www.qhrmcbs.com
印　　刷	陕西龙山海天艺术印务有限公司
经　　销	新华书店
开　　本	890 mm × 1240 mm　1/32
印　　张	12
字　　数	284 千
版　　次	2020 年 8 月第 1 版　2020 年 8 月第 1 次印刷
书　　号	ISBN 978-7-225-05969-3
定　　价	68.00 元

版权所有　　侵权必究

总 序

"人民文学"的传统在当代

李云雷

20世纪中国最重要的事件是中国革命和改革开放,中国革命的胜利使中国彻底摆脱了半殖民地半封建社会,获得了民族独立,"中国人民从此站起来了";改革开放的成功则让中国走出了一穷二白的状态,奠定了民族复兴的基础。在21世纪的今天,我们正走在中华民族伟大复兴的征程上,当回望20世纪的时候,我们应该感激与铭记中国革命与改革开放,或许我们身在其中并不觉得有什么特别,但是放眼世界我们就会发现,并不是所有国家的革命都能够获得胜利,在20世纪末仍大体保持着19世纪末古老帝国版图的,只有中国;也并不是所有国家都能够进行改革开放,都能够取得改革开放的成功,或者说能够顺利推进改革开放并使国势国运日趋向上的,也只有中国。中国革命和改革开放是20世纪中国最重要的遗产,也是我们在21世纪不断开拓进取、实现民族复兴最重要的根基。

"人民文学"是在中国革命的进程中产生，并对中国革命、建设、改革产生重要影响的文学。在这里，我们所说的"人民文学"是一种泛指，在不同的历史时期曾被称为"革命文学""解放区文学""十七年文学"等，又在不同的理论视域中被命名为"左翼文学""社会主义文学""红色文学"等，"人民文学"的概念既是对上述各种称谓的通约性表达，也是在新的历史语境中的一种通俗性表达。"人民文学"与20世纪中国革命紧紧联系在一起，既是20世纪中国革命组织、动员的一种方式，也是其在文化上的一种表达。"人民文学"的重要性体现在它在转变观念、凝聚情感、社会动员与组织，以及寓教于乐等方面所发挥的作用。在1940—1970年代，中国内忧外患不断，生产力低下，群众的识字率较低、知识文化水平贫乏、娱乐方式简单，"人民文学"在那时起到了独特而重要的作用。作为一种文化政治传统，"人民文学"伴随20世纪中国革命以及建国后的社会主义建设实践而逐渐生成，并以不同方式在改革开放的历史语境中延续和变迁，它直接参与和内在于现代中国的进程，发挥着独特的革命文化能量，进而建构了新的社会主义文化经验和价值传统。

"人民文学"在1940—1970年代的中国文学界曾占据主流，但在改革开放的历史新时期，对"人民文学"的评价却发生了分歧与分裂，其中既有20世纪80年代、90年代和21世纪初等不同时期的差异，也有国家、文学界、知识界等不同层面的差异，以下我们对这些分歧简单做一下勾勒，并对"人民文学"在新时代的状况做出分析。

在20世纪80年代，伴随着对"文革文学"的批判与反思，中国文学进入了一个繁荣发展的新时期，文学思潮层出不穷，从"伤痕文学""反思文学"到"改革文学""知青文学"，再到"寻根文学""先锋文学",获得解放的文学释放出无穷的活力。在政治层面,中国进入了一个思想解放的时期,文艺政策也从"为政治服务"调整为"为人民服务,为社会主义服务"。在知识界,则发生了一场声势浩大的新启蒙运动。文学上的种种变化,被后来的文学史家概括为从"一体化到多元化"的转变,所谓"一体化"是指"人民文学"从1940年代到1970年代逐渐占据主流、成为主体,并趋于激进化的过程,而"多元化"则是指"一体化"因"文革文艺"的泡沫化而终止,逐渐走向开放、多元的过程。在这一历史时期,曾被激进的"文革文艺"压抑的其他文艺派别获得了重新评价,这些文艺派别既包括左翼文学内部的周扬、冯雪峰、胡风等人的文艺理论,丁玲、赵树理、孙犁、路翎等人的小说,也包括左翼文学之外的其他派别,比如自由主义文学、新月派、京派文学,等等,但在80年代,所谓"多元化"仍有其边界,大致限于"新文学"的范围之内,但这要到时代的进一步发展之后才能为我们知悉。1980年代的文学大致以1985年为界,呈现出迥然不同的样貌,在1985年之前,左翼文学与现实主义仍然占据主流,而在1985年之后,先锋文学与现代主义蔚然成风,逐渐占据了文学界的主流,而这则伴随着文学评价标准的重大变化,那就是从革命化到现代化、从人民文学到精英文学的转变。在这一过程中,以"重写文学史"的兴起为标志,对"人民文学"的评价逐渐走低,以"写什么和怎么写"的讨论为中心,对现实主义作品的评价也逐渐走低,或许在一个渴望转变与新异的时代,这样的变化也是难免的,要等到一个新的时代,我们才能对之进行客观冷静的评价。

在1990年代,市场化大潮席卷而来,文学界与知识界也产生了分化与争论。1993年、1994年发生的"人文精神大讨论"突显了作家与知识分子面对市场大潮的分歧,一些作家与知识分子热烈拥抱市场化与世俗化大潮,而另一些作家与知识分子则在市场大潮中坚守道德理想,或者坚守个人的岗位意识。与此同时,大众文化迅速崛起,影视与流行音乐逐渐占据了文化领域的中心位置,文学的位置开始边缘化。在文学界内部,伴随着金庸、琼瑶等通俗小说的流行,以前备受"新文学"压抑的通俗文学获得了重新评价的机会,从鸳鸯蝴蝶派到张恨水,从还珠楼主到港台新武侠,都获得了前所未有的关注。"多元化"的发展突破了"新文学"的界限,而逐渐开始向通俗文学、流行文学开放,文学评价的标准也逐渐向是否能够畅销,是否能够获得市场与读者的认可转移。在这样的潮流中,"新文学"的传统趋于边缘化,"人民文学"则处于边缘的边缘。但是在知识界,也出现了重新评价左翼文学的"再解读"思潮,他们从现代化、现代性的视角重新审视左翼文学的经典作品,对之做出了与革命史视野不同的阐释,不过这种解读更多借助于西方的"市民社会""公共空间"等理论资源,其中不乏深刻的洞见,但也有凿枘不合之处。发生在1997年、1998年的"新左派与自由主义论争",显示了80年代新启蒙知识分子的分裂,他们在如何认识中国、如何评价中国革命、如何看待中国与世界等诸多问题上产生了深刻分歧,自由主义者更认可西方的普世价值与世界体系,但是新左派借助于新的理论资源,更认可中国道路的主体性与独特性。这一论争是20世纪最后一场思想论争,也是迄今为止影响最大的思想争鸣,这一论争主要发生于人文领域,其中很少看到文学知识分子的身影。但这一论争涉及对中国革命与红色经典的评价问题,也为人们重新认识红色文学打开了新的视野。

在21世纪最初10年,市场化大潮与大众文化的深刻影响仍在持续,但是在文学界内部,又出现了新的因素,那就是网络文学的迅速崛起,网络文学借助新的媒体形式,形成了一种新的文学生产、传播与接受方式，也形成了一种新的文学观念与文学模式。在观念上，网络文学打破了"新文学"以来的文学内涵，"新文学"将文学视为一种严肃的精神或艺术上的事业，无论是左翼文学、自由主义文学、"为艺术而艺术"，还是"改革文学""先锋文学""寻根文学"，中国现当代文学史上彼此相异与争论的诸多文学思潮，其实都分享着这样共同的文学观念，但是网络文学的出现却改变了这一共识，网络文学重视的是文学的消遣、娱乐、游戏功能，并将之推向了极致，而不再注重文学的教化、启迪、审美等功能，这极大地改变了文学的定位与整体格局。网络文学的盛行催生了穿越、玄幻、盗墓等不同的类型文学，并逐渐形成了一整套成熟的商业模式。与此同时，在更加市场化的环境中，通俗文学占据了越来越多的市场份额，"新文学"与"人民文学"的传统被进一步边缘化，主流文学界只有依靠体制的力量——作协、期刊、出版社——才能够生存下来。在这种情形之下，"底层文学"作为一种新的文艺思潮兴起，对80年代以来日趋僵化的"纯文学"及其体制进行了批判与超越，在文学界与社会各界引起了广泛关注。有论者将"底层文学"与"人民文学"的传统联系起来，但围绕这一议题也发生了分歧与争论，纯文学论者竭力贬低底层文学与"人民文学"的传统，但更年轻的一代研究者对之则持更为积极的态度。在文学研究界同样如此，新世纪以来，"左翼文学""延安文艺""十七年文学"逐渐成为文学界关注与阐释的热点问题，更年轻的学者倾向于从肯定的视角重新阐释"人民文学"及其经典作家作品，但他们的努力常被主流文学界视为异端与另类。

在21世纪第二个10年之初，市场化与大众文化进一步发展，网络文学及其商业模式则更趋于成熟，逐渐形成了"三分天下"的整体文学格局，即纯文学（严肃文学）、畅销书、网络文学三者各据一隅，纯文学（严肃文学）以期刊、作协、评奖为中心，畅销书以出版社与经济效益为中心，网络文学以点击率与IP改编为中心，各自形成了一套相对独立的文学运转与评价体系。但在2014年，这一整体格局开始发生转变。2014年及其之后，习近平总书记发表《在文艺座谈会上的讲话》等一系列关于文艺问题的重要论述，这是继毛泽东《在延安文艺座谈会上的讲话》之后，我党最高领导人首次系统阐释对文艺问题的观点，讲话所提出的"坚持以人民为中心的创作导向""文艺不要做市场的奴隶""创作是自己的中心任务，作品是自己的立身之本"等观点，继承了我党"文艺为人民服务，为社会主义服务"的优秀传统，又对文艺界出现的新问题、新现象、新经验做出了分析与判断，为新时代文艺的发展指明了方向，已经改变了并将继续改变文学界的整体格局。

改变之一，是"人民文学"的传统得到弘扬。自20世纪80年代中期以来，"人民文学"传统先后遭遇"先锋文学"、通俗文学、网络文学等巨大变革的挑战，日渐趋于边缘化，虽曾以"底层文学"的名义短暂复兴，而并没有得到主流文学界的认可，但"以人民为中心的创作导向"提出之后，极大地扭转了文学界的整体状况，"人民文学"传统受到重视，红色文学的经典作品也得到重新阐释与更大范围的认可。

改变之二，是"新文学"的观念得以传承。中国的"新文学"虽然有内部不同派别的论争以及不同历史时期的巨大断裂，但却都将文学视为一种精神或艺术上的事业，这一点与通俗文学、类型文学注重消遣娱乐有着本质的不同，习近平总书记系列讲话中将作家艺术家视为"灵魂的工程师"，将文艺视为中华民族伟大复兴进程中的重要力量，指出"文艺是时代前进的号角，最能代表一个时代的风貌，最能引领一个时代的风气"，在这一基点上鼓励探索与创新，这是对新文学观念与传统的认可、尊重与倡导。

改变之三,是"三分天下"的格局得以改观。"三分天下"是各自形成了一套相对独立的文学运转与评价系统,但习近平总书记系列讲话是对文艺界整体讲的,也是对文学界整体讲的,不仅包括纯文学(严肃文学)界,也包括通俗文学、网络文学等领域,目前通俗文学、网络文学领域已经发生了巨大的变化,比如官场小说的转型、科幻小说的兴起,以及网络小说更加关注现实题材,更加注重现实主义等,"三分天下"的格局有望在相互竞争与争鸣中形成一种新的、开放而又统一的评价体系。

但是从另一个角度来说,现在的改变仍然只是初步的,一个突出的表现是《创业史》等人民文学的经典作品虽然得到了国家与政治层面的推崇,也得到了知识界愈发深入的研究,但是在主流文学界并没有内化为重要的写作资源与参照,很多作家心目中的理想作品仍然是中国古典、俄苏19世纪批判现实主义以及欧美20世纪现代派作品,并未真正将"人民文学"作为自己可资借鉴的重要传统;另一个突出表现是习近平总书记《在文艺座谈会上的讲话》发表已经5年,但并没有真正出现"以人民为中心的创作导向"的经典作品,现有的艺术性较高的优秀作品并没有坚持以人民为中心的创作导向,而有些试图坚持以人民为中心的创作导向的作品则在思想性、艺术性上存在不少缺憾,并没有达到更高层次上的融合与统一。这似乎也很难归咎于作家努力得不够,一个人思想观念的转变是艰难的,而新时期以来"人民文学"及其传统的不断边缘化,红色文学被贬低几乎成为文学界的集体无意识,要转变这样的观念,需要我们做出更加艰苦的努力。

在今天,我们需要在新的时代背景下重新认识"人民文学"的合理性与历史经验,重新梳理新中国前三十年与后四十年文学的关系,重新理解文学与人民、时代、生活的关系，面对21世纪正在渐次展开的历史，我们应该从"人民文学"中汲取理想主义等稀缺性精神资源，从而创造中国文学新的未来。

在这种情况下，青海人民出版社编辑出版的《时代记忆文丛》显示了历史性与前瞻性的眼光，将对重新认识和发掘"人民文学"的精神资源，传承"人民文学"的优秀传统产生重要影响。此套丛书邀请前沿学者或熟谙作品的作者子女选编人民文学代表作家的代表作品，选编丁玲、贺敬之、郭小川、李季、艾青、臧克家、赵树理、孙犁、田间、李若冰等经典作家。每种选编作品前置有一篇序言，系统介绍作家生平、创作，梳理关于他们的研究史与评价史，既有历史与文学价值，也具有新时代的眼光与视野，可以让我们看到这些文学前辈是如何在与时代、人民、生活的融合中进行艺术创作的，他们的经验值得我们借鉴，他们的作品值得我们学习。新时代的中国作家只有自觉地继承"人民文学"的传统，才能在"坚持以人民为中心的创作导向"中大有作为，我们期待这套丛书能够为新时代作家的艺术创作提供可资借鉴的资源，也期待这套丛书能受到广大读者的喜爱与欢迎。

2019年10月28日

序

平淡中的丰赡

——素描艾青

艾 丹

艾青先生是具有广泛影响的现代诗人。一生创作出许多优秀诗篇,同时又写过各类体裁的作品。他年轻时撰写了《诗论》,构建了比较完整的文艺理论,终其一生、笔耕不辍,为后人留下了丰富的文学遗产。

本专辑收录了艾青诗歌之外的多种文学作品,大致涵盖了作者的思想、观点、情感以及生活历程。富于理性思考,是诗人艾青的一个显著特点,这里,就以他的《诗论》中的一些观念为先导,从而简述一下诗人的创作生涯。

关于美学,艾青写道:"一个作家的审美能力是容易被发现于他的作品里的;当他选取题材的时候;当他虽竭力想隐瞒,但终于无意地流露了他对一些事物的意见的时候;当他对于文字的颜色与声音需要调节的时候;我们就了如指掌地看见作者的修养。"他又写道:"一首诗的胜利,不仅是它所表现的思想的胜利,同时也显它的美学的胜利。"

关于思想,艾青写道:"一切艺术的建筑物,必须建筑在坚如磐石的思想基础之上。"又有"深厚博大的思想,通过最浅显的语言表演出来,才是最理想的诗"。

艾青强调生活是创作的源泉,而内容高于形式,他写道:"假如是诗,无论用什么形式写出来都是诗;假如不是诗,无论用什么形式写出来都不是诗。"

"只有忠实于生活的,才说得上忠实于艺术。"

"高尚的意志与纯洁的灵魂,常常比美的形式与雕琢的词句更深刻而长久地令人感动。"

艾青写作时注重"形象思维",认为"形象是文学艺术的开始"。

关于风格,艾青提倡诗歌创作的"自由性"与"散文美"。他写道:"宁愿裸体,却决不要让不合身材的衣服来窒息你的呼吸。"

"诗人必须首先是美好的散文家。"

他写过一篇《诗的散文美》,认为新诗要摆脱形式上的束缚,摆脱"格律化"。他对"散文美"的解释是:运用散文的口语化,"口语是美的,它存在于人的日常生活里,它富有人间味。它使我们感到无比的亲切。而口语是最散文的"。

"天才的散文家,常是韵文的有意识的破坏者。"

艾青恪守一个信条,就是"真善美"里的"真"。在《诗论》中有:"人生有限。所以我们必须讲真话。——在我们生活的时代里,随时用执拗的语言,提醒着:人类过的是怎样的生活。"直到晚年,他依旧强调"诗人必须说真话"。虽然因此吃过不少苦头,却从未有过动摇。

艾青有一句格言:"生活与创造是我们生命的两个轮子。"回溯诗人的一生,留下了一条如此悠长而曲折的车辙。

艾青生于清代末年,祖籍浙江金华县。在乡下读过私塾,因喜爱民间工艺，考入杭州国立艺术专科学校，一年后弃学赴法国，在巴黎勤工俭学。三年后归国，居上海，加入了"中国左翼美术家联盟"。1932年夏天，因从事"反帝反封建"的艺术活动被捕入狱，虽不能绘画了，却萌生了写作的念头。他在狱中写出了《大堰河，我的保姆》一诗，经友人推荐，发表在《春光》杂志上，引起了评论界的关注。出狱后，艾青在武汉一边写作一边从事报社编辑，投身于抗日救亡的洪流之中，先后创作了《我爱这土地》《雪落在中国的土地上》《向太阳》等诗篇，被广为传诵。艾青在一篇文论中写道："我们已经临到了可以接受诗人们的最大的创作雄心的时代了，我们写诗，是作为一个悲苦的种族争取解放，摆脱枷锁的歌手而写诗。"

伟大的时代提供了丰富的生活素材，1937年至1940年间，艾青创作丰厚，影响了一批青年走向光明。本专辑收录了他这一时期的《诗论》《诗与时代》《诗的散文美》等作品。

1941年初，在周恩来的安排下，艾青离开重庆前往延安。

1942年，他参加了"延安文艺座谈会"。深入边区采风，组织秧歌队劳军，收集素材，努力让作品贴近民间风格，几年间，先后被评为陕甘宁边区"劳动模范"和中央党校"为人民服务的模范"。

1945年底，艾青率"华北文艺工作团"徒步两千余里，到达解放区的张家口市，参与组建了"华北联合大学"，从事了近三年的教育工作。

1949年2月，他随军进入北平，为军事管理委员会"文管会委员"，接管组建了"中央美术学院"。

从重庆到延安又到北京，本专辑收录了艾青在此期间创作的《开展街头诗运动》《论抗战以来的中国新诗》《窗花剪纸》《了解作家　尊重作家》等。

新中国成立，艾青参加了全国政治协商会议，当选为第一届全委会候补委员。

定居北京后，本打算静下心来创作一部长篇史诗，但事与愿违，接踵而至的是不间断的各类运动。1952年，艾青因言获罪被划为"右派分子"。本专辑收录了艾青在新中国成立后所写的《和平书简》《战士和诗人》《谈中国画》等作品。

1958年，艾青离开北京，先是在黑龙江，之后又转往新疆，在石河子落户。"文革"时期，下放到偏远的农场，从事多种体力劳动，生活极其艰辛。他曾对家人说："全当我们就出生在这里。"

1975年，因患病申请求医，艾青暂时回到北京，借居生活了数年，命运又出现了转机。

1978年4月30日的上海《文汇报》上发表了艾青的一首新作，至此，沉寂近廿年的诗人重获新生。他的作品不断出现在报纸杂志上，数年间，写出了《光的赞歌》《鱼化石》《古罗马的大斗技场》等一大批佳作。在一本诗集的序言中，艾青写道："如今，时代的洪流把我冲到一个新的充满阳光的港口，在汽笛的长鸣声中，我的生命开始了新的航程。"

本专辑收录了这一时期的《新诗应该受到检验》《否定的艺术》《怀念天山》《忆白石老人》等作品。

面对赞美之声，艾青十分地淡然，他说道："写诗是没有荣誉可言的，农民种地，他们在稻谷上留下名字了吗？"他还说过："我既不是身经百战的将军，也不是倾国倾城的美女，我的一生平淡无奇。"

艾青生于1910年3月27日，逝于1996年5月5日，这或许是一句最美的碑文：一生平淡无奇。

2020年3月

目录

上篇

诗论 ... 3
诗的散步 ... 42
《北方》序 ... 44
诗的散文美 ... 45
诗与时代 ... 47
诗与宣传 ... 53
诗人论 ... 58
为了胜利 ... 75
我怎样写诗的 ... 83
论抗战以来的中国新诗 ... 90

目录

开展街头诗运动	105
关于诗的一封信	111
《艾青选集》自序	126
和平书简	129
诗与感情	135
诗的形式问题	142
望舒的诗	176
在汽笛的长鸣声中	184
新诗应该受到检验	202
中国新诗六十年	208
关于叶赛宁	233
和一个小朋友谈诗	240

目录

下篇

西行	253
忆杭州	256
给画家们	260
文学上的取消主义	262
送别	264
谈批评	266
夏日书简	268
第一日	272
了解作家 尊重作家	277
坪上散步	280
赎罪的话	284
俘虏	287
窗花剪纸	292

目录

谈中国画	300
画鸟的猎人	307
偶像的话	309
养花人的梦	311
蝉的歌	313
母鸡为什么下鸭蛋	316
我曾经喜欢	322
美在天真	330
怀念	333
怀念天山	336
否定的艺术	340
从回忆中醒来	349
新加坡的聚会	356
忆白石老人	360

上篇

诗　论

出　发

一

真、善、美，是统一在先进人类共同意志里的三种表现，诗必须是它们之间最好的联系。

二

真是我们对于世界的认识；它给予我们对于未来的信赖。

善是社会的功利性；善的批判以人民的利益为准则。

没有离开特定范畴的人性的美；美是依附在先进人类向上的生活的外形。

三

我们的诗神是驾着纯金的三轮马车，在生活的旷野上驰骋的。

那三个轮子，闪射着同等的光芒，以同样庄严的隆隆声震响着的，就是真、善、美。

诗

一

凡是能够促使人类向上发展的，都是美的，都是善的；也都是诗的。

二

哲学抽象地思考着世界；诗则是具体地表现着世界——目的都是为了改造世界。

三

诗是由诗人对外界所引起的感觉，注入了思想感情，而凝结为形象，终于被表现出来的一种完成的艺术。

四

诗是诗人的世界观的最具体的表现；是诗人的创作方法的实践；是诗人的全般的知识的综合。

五

一首诗不仅使人从那里感触了它所包含的，同时还可以由它而想起一些更深更远的东西。

六

一首诗必须把真、善、美，如此和洽地融合在一起，如此自然地调协在一起，它们三者不相抵触而又互相因使自己提高而提高了另外的二种——以至于完全。

七

存在于诗里的美,是通过诗人的情感所表达出来的、人类向上精神的一种闪灼。这种闪灼犹如飞溅在黑暗里的一些火花;也犹如用凿与斧打击在岩石上所迸射的火花。

八

诗是人类向未来所寄发的信息;诗给人类以朝向理想的勇气。

九

人类的语言不绝灭,诗不绝灭。

诗的精神

一

今天的诗应该是民主精神的大胆的迈进。

二

诗的前途和民主政治的前途结合在一起。
诗的繁荣基础在民主政治的巩固上,民主政治的溃败就是诗的无望与衰退。

三

如正义的指挥刀之能组织人民的步伐,诗人的笔必须为人民精神的坚固与一致而努力。

四

诗人的行动的意义,在于把人群的愿望与意欲以及要求,化为语言。

五

诗的宣传功能,在于使人的心理引起分化,与重新凝结;使人对于旧世界的厌恶成了习惯和对于新世界的企望成了勇气。

六

最高的理论和宣言,常常是诗篇。

那些伟大的政治家的言论,常常为人民的权利,自然地迸发出正义的诗的语言。

七

诗人当然也渴求着一种宪法:即国家能在保障人民的面包与幸福之外,能保障艺术不受摧残。

八

宪法对于诗人比其他的人意义更为重要,因为只有保障了发言的权利,才能传达出人群的意欲与愿望;一切的进步才会可能。

压制人民的言论,是一切暴力中最残酷的暴力。

九

诗人主要的是要为了他的政治思想和生活感情,寻求形象。

十

政治诗是诗人对一个事件的宣言；是诗人企图煽起更多的人去理解那事件的一种号召；是一种对于欺蒙者的揭露，是一种对于被欺蒙者的警惕。

十一

诗是自由的使者，永远忠实地给人类以慰勉，在人类的心里，播散对于自由的渴望与坚信的种子。

诗的声音，就是自由的声音；诗的笑，就是自由的笑。

十二

教会，贵族，布尔乔亚……已轮流地蹂躏了艺术、诗。

把诗交还给人民吧！——让它成为人民精神的武装。

十三

智慧的含苞，常常为斗争而准备开放。

美　学

一

一首诗是一个人格，必须使它崇高与完整。

二

一首诗的胜利，不仅是它所表现的思想的胜利，同时也是它的美学的胜利。——而后者，竟常被理论家们所忽略。

三

诗的进步,是人类对自己和生活环境所下的评价的进步。

四

对于新事物的肯定,就是对旧事物的否定。

五

诗比其他文学样式都更需要明朗性、简洁性、形象性。

六

在一定的规律里自由或者奔放。

七

艺术的规律是在变化里取得统一,是在参错里取得和谐,是在运动里取得均衡,是在繁杂里取得单纯、自由而自己成了约束。

八

连草鞋虫都要求着有自己的形态;每种存在物都具有一种自己独立的而又完整的形态。

九

单纯是诗人对于事象的态度的肯定,观察的正确,与在事象全体能取得统一的表现。它能引导读者对于诗得到饱满的感受和集中的理解。

十

晦涩是由于感觉的半睡眠状态产生的；晦涩常常因为对事物的观察的忸怩与退缩的缘故而产生。

十一

清新是在感觉完全清醒的场合对于世界的一种明晰的反射。

十二

不能把混沌与朦胧指为含蓄；含蓄是一种饱满的蕴藏，是子弹在枪膛里的沉默。

十三

用明确的理性去防止诗陷入纯感情的稚气里。

勇敢、果断、自我牺牲等美德之表现在一个民族或一个集团里的，常常被诗人披上罗曼蒂克的斗篷是可以原谅的——但必须戒备啊！

假如这些美德不是被引导于一个善的观念，将成了怎样的一些恶行啊！

十四

所谓空虚与无聊是指那作品所留在文字上的、除掉文字之外别无他物的东西。

十五

节奏与旋律是情感与理性之间的调节，是一种奔放与约束之间的调协。

十六

格律是文字对于思想与情感的控制,是诗的防止散文的芜杂与松散的一种羁勒;但当格律已成了仅只囚禁思想与情感的刑具时,格律就成了诗的障碍与绞杀。

十七

讽刺与幽默是面对着虚伪的,而这虚伪又必须是代表不正的权力的。前者是积极的,后者是消极的。

十八

讽刺是对于被否定的事物的冷静的箭,是仅只一根的针刺,是保卫主题的必须命中的一击。

十九

讽刺是使在习惯里麻痹了的心理引起高度的刺激。

二十

讽刺产生于诗人对他所生活的世界看出了致命的矛盾,而这矛盾又为反动的统治者竭力企图隐瞒的时候。

讽刺是人类的理性向它的破坏者的一种反击。

二十一

苦难比幸福更美。

苦难的美是由于在这阶级的社会里,人类为摆脱苦难而斗争!

二十二

悲剧是善与恶相斗争时,善的一面失败时才产生的。

悲剧使人生充满了严肃。

悲剧使人的情感圣洁化。

二十三

人类无论如何也不至于临到了可以离弃情感而生活的日子;既然如此,"抒情"在诗里存在,将有如"情感"之在人类中存在,——是永久的。

有人误解"抒情的"即是"感伤的",所以有了"感伤主义"的同义语"抒情主义"的称呼。这是由于在世纪的苦闷压抑下,旧知识分子普遍地感到心理衰惫的结果。

二十四

抒情是一种饱含水分的植物。

但如今有人爱矿物,厌恶了抒情,甚至会说出:"只有矿物才是物质。"

这话是天真的。

二十五

说科学可以放逐抒情,无异于说科学可以放逐生活。这是非常不科学的见解。

二十六

灵感是诗人对于外界事物的一种无比调谐、无比欢快的遇合;是诗人对于事物的禁闭的门的偶然的开启。

灵感是诗的受孕。

思　想

一

人存在，故人思想。

二

感觉只是认识的钥匙。

三

不要满足于捕捉感觉：

感觉被还原为感觉，剩下来的岂不只是感觉吗？

不要成了摄影师：诗人必须是一个能把对于外界的感受与自己的感情思想融合起来的艺术家。

四

人是最高级的动物，在眼、耳朵和鼻孔之外，还有脑子。

诗人只有丰富的感觉力是不够的，必须还有丰富的思考力，概括力，想象力。

五

对世界，我们不仅在看着，而且在思考着，而且在发言着。

六

诗必须具有一定的思想内容。

没有思想内容的诗,是纸扎的人或马。

七

诗不但教育人民应该怎样感觉,而且更应该教育人民怎样思想。

诗不仅是生活的明哲的朋友,同时也是斗争的忠实的伙伴。

八

思想力的丰富必须表现在对于事物本质的了解的热心,与对于世界以及人类命运的严肃的考虑上。

九

一切艺术的建筑物,必须建筑在坚如磐石的思想基础上。

十

宁可失败于艺术,却不要失败于思想;宁可服役于一个适合于这时代的善的观念,却不要妥协于艺术。

十一

要想的比写的多,不要写的比想的多。

十二

每天洗刷自己的头脑,为新的日子思考。

生 活

一

我生活着,故我歌唱。

二

诗的旋律,就是生活的旋律;诗的音节,就是生活的拍节。

三

愈丰富地体味了人生的,愈能产生真实的诗篇。

四

只有忠实于生活的,才说得上忠实于艺术。

五

必须了解生活的美,必须了解凡我们此刻所蒙受的一切的耻辱与不幸、迫害与困厄,即是我们诗的最真实的源泉。

六

凡心中有痛苦的,有憎恨的,有热爱的,有悲愤与冤屈的……不要沉默!

七

所谓"体验生活"是必须有极大的努力才能成功的,决不是毫无感应地生活在里面就能成功的。

"体验生活"必须把艺术家的心理活动也溶浸在生活里面;而不是在生活里做一次"盲目飞行"。

八

诗,永远是生活的牧歌。

九

不要在脆薄的现象的冰层溜滑;须随时提醒着自己在泥泞的生活的道路上,踏着沉重的脚步,前进而不摔跤。

十

生活是艺术所由生长的最肥沃的土壤,思想与情感必须在它的底层蔓延自己的根须。

十一

生活实践是诗人在经验世界里的扩展,诗人必须在生活实践里汲取创作的源泉,把每个日子都活动在人世间的悲、喜、苦、乐、憎、爱、忧愁与愤懑里,将全部的情感都在生活里发酵、酝酿,才能从心的最深处,流出无比芬芳与浓烈的美酒。

主题与题材

一

为要表演主题有所苦恼,有如孕妇要为怀孕有所苦恼一样。

二

制胜一切的主题,使它们成为驯服:

假如是岩石,用铁锤和凿击开它;

假如是钢,用白热的火熔软它;

假如是泥土,用水调和,使它在你的手指里揉出形体;

假如是棉花,理出它的纤维,纺织它,再在它的上面,印上图案。

三

在对于题材征服上,扩大艺术世界的统治:

凡你眼睛所见的,耳朵所听的都必须组织在你思想的系统里,使它们随时等待你的调遣。

使你的感觉与思维在每一个题材袭击的时候,给以一致的搏斗,直到那题材完全屈服为止。

四

在工作中试练自己:和一切最难于处理的题材搏斗,和各种形式搏斗,和繁杂的文字与语言搏斗。

无论是虎,是蛇,是蜥蜴,是狮……必须使它们驯服在人的鞭子下。

五

"摄影主义"是一个好名词。这大概是由想象的贫弱,对于题材的取舍的没有能力所造成的现象。

浮面的描写,失去作者的主观;事象的推移,不伴随着作者心理的推移,这样的诗也就被算在新写实主义的作品里,该是令人费解的吧。

六

我们永远不能停止对于自然的歌唱,因为我们永远不会停止从自然取得财富的缘故。——这有如我们永远爱着哺育我们的母亲一样。

七

写恋爱也可以,但我们决不应该损毁女人的地位。

八

我们怎能不爱万物所由生长的自然母亲呢?

她教给我们许多的真理;

她交给我们美丽的生命,懂得爱、忧愁,以及为荣誉而欢欣,为羞辱而苦恼……

九

不要以原始人的态度赞美战争和厌恶战争;要以理性去判别战争,以理性去拥护战争和反对战争。

十

从现实生活中多多吸取题材;

从当前群众的斗争生活中吸取题材。

十一

问题不在于你写什么,而是在你怎样写,在你怎样看世界,在你从怎样的角度上看世界,在你以怎样的姿态去拥抱世界……

十二

对主题没有爱情,不会产生健康的完美的作品。

形　式

一

一定的形式包含着一定的内容。

二

由于不同的颜色与光泽,大小与形体,我们指唤着:

米、麦、柿子、栗子、柚子、苹果。

由于不同的声音的高低、快慢、扬抑,我们分别着:

百灵鸟的歌,夜莺的歌,杜鹃的歌,鸫的歌……和人类的歌。

三

人类的歌,这是最丰富的歌,最多变化的歌,最魅惑我们的歌,最能支配我们的歌……人类是歌者之王。

四

诗人应该为了内容而变换形式,像我们为了气候而变换服装一样。

五

应该把形式看作敌对的东西。——只有和所有的形式周旋过来的,才能支配所有的形式。

要把敌人看作难于对付的东西。——这样才能使自己沉着射击,而且才能命中。

六

不要把形式看作绝对的东西。——它是依照变动的生活内容而变动的。

七

假如是诗,无论用什么形式写出来都是诗;
假如不是诗,无论用什么形式写出来都不是诗。

八

难道能把一句最无聊的平直的话,由于重新排列而成为诗吗?
真正的诗就是混在散文里也会被发现的。

九

诗是诗,不是歌,不是小说,不是报告文学。

十

不要把叙事诗写成报告文学。现今有不少写诗的常把叙事诗写成分行排列的拖了脚韵的报告文学了。

十一

有的只是一些素材,却不是诗;
有的只是一节故事,却不是诗;
有的根本只是一篇最粗拙的报告,分行排列了,中句脚上加上一些单调的声音,却自鸣得意以为那是"长诗"。而批评家也以为那是"长诗",而读者也以为那是"长诗",于是我们临到了一个充满"长诗"的时代。

十二

不只是感觉的断片；

不是什么修辞学的例证；

不是一些合乎文法的句子；

不是报纸上的时论与通讯。

十三

所有文学样式，和诗最容易混淆的是歌；

应该把诗和歌分别出来，犹如应该把鸡和鸭分别出来一样。

十四

歌是比诗更属于听觉的；

诗比歌容量更大，也更深沉。

十五

不要把人家已经抛撇了的破鞋子，拖在自己的脚上走路；不要使那在他看作垃圾而你却视为至宝的人来怜恤你。

你要做一个勇于探求的——向荒僻些的地方走；

多多地耕耘，多多地采集。

十六

不要迷信形式。

路是人的脚走成的；为了多辟几条路，必须多向没有人走的地方去走。

十七

宁愿裸体,却决不要让不合身材的衣服来窒息你的呼吸。

技　术

一

一首诗必须具有一种造型美；

一首诗是一个心灵的活的雕塑。

二

没有技巧的诗人像什么呢——

没有翅膀的鸟,永远只会可怜地并着双脚急跳；

没有轮子的车辆,要人家背了它才走的。

三

摹拟是开始写作的人所不能避免的,但摹拟的目的不在像某人的作品,而是要使自己能自由地写。

有时看了一些诗,好像永远在摹拟着谁的；有时甚至很像那些批评文章所引的片断似的,零碎而不完整。

四

短诗就容易写吗？不,不能画好一张静物画的,不能画好一张大壁画。

诗无论怎样短,即使只有一行,也必须具有完整的内容。

五

有了材料和工具,有了构思,没有手法依然不能建造。

聪明的工匠应该能运用众多的手法,因材料与工具的性质而变换;却绝不应该因手法的贫困而限制了工具与损坏了材料。

六

不要把诗写成谜语;

不要使读者因你的表现的不充分与不明确而误解是艰深。

把诗写得容易使人家看懂,是诗人的义务。

七

诗人应该有和镜子一样迅速而确定的感觉能力,——而且更应该有如画家一样的渗合自己情感的构图。

八

为了避免芜杂与零乱,必须勇敢地舍弃。

不要把诗写成发票,或是采买账单,或是地图的说明、统计表和物产的调查表。

九

适度地慷慨,适度地吝啬。

十

比起科学来,艺术的技术是可怜的落后的。

一个水雷壳皮的制造,如果有一千三百分之一吋的错误,就会招致危险；而在艺术里把猫画成狗是随处都可以发现的。

十一

用诗来代替论文或纪事文是不能胜任的。

不要逼迫它和论文、纪事文和报道文赛嘴。

让它说一点由衷的话，说多少就多少……

每个字应该是诗人脉搏的一次跳动。

十二

但是——

有的人写诗像在画符咒；

有的人写诗像在挤脓；

有的人写诗像在屙痢疾……

十三

尽可能地紧密与简缩，——像炸弹用无比坚硬的外壳包住暴躁的炸药。

十四

不要故意铺张，——像那些没有道德的商人，在一磅牛奶里冲进一磅开水。

十五

一个作家的审美能力是最容易被发现于他的作品里的：

当他选取题材的时候；

当他虽竭力想隐瞒,但终于无意地流露了他对于一些事物的意见的时候;

当他对于文字的颜色与声音需要调节的时候;

我们就了如指掌地看见了作者的修养。

十六

诗人在这样的时候,显出了他的艺术修养:

即除了他所写的事物给以明确的轮廓之外,还能使人感到有种颜色或声音和那作品不可分离地融洽在一起。

我们知道,很多作品是有显然的颜色的,同时也是有可以听见的声音的。

十七

当你们写的时候已感到勉强时,人家拿你的作品读的时候一定更勉强的。

十八

写诗有什么秘诀呢?

——用正直而天真的眼看着世界,把你所理解的,所感觉的,用朴素的形象的语言表达出来。

不这样将永远写不出好诗来。

十九

对于这民族解放的战争,诗人是应该交付出最真挚的爱和最大的创作雄心的。为了这样,我们应该羞愧于浮泛的叫喊,无力的叫喊。

二十

诗人必须首先是美好的散文家。

但我们的诗坛却有许多从散文阵营里退却了的,或是败北了的文学的败兵!

二十一

在艺术生产的历史里,技术一样是发展生产的主要因素之一;而技术的发达,常常和人类全般的生产发生着关系是无疑的。我们必须重视技术,有如一切的生产部门里技术之被重视一样;为了完成我们一个情感思想的建造,我们必须很丰裕地运用我们的技术,更应该无限制地提高和推广我们的技术。

二十二

艺术家的创作过程,和其他的劳动者是一样艰苦的。

他必须把自己全部的感应去感应那对象,他必须用社会学的、经济学的钢锤去锤炼那对象,他必须为那对象在自己心里起火,把自己的情感燃烧起来,再拿这火去熔化那对象,使它能在那激动着皮链与钢轮的机器——写作——里凝结一种形态,最后再交付给一个严酷而冷静的技师——美学去受检验,如此完成了出品。

二十三

有如生产技术的进步之能促进人类文化一样,诗人写作技术的进步也一定地促进了诗人对于世界认识的进步。

形　象

一

形象是文学艺术的开始。

二

愈是具体的，愈是形象的；愈是抽象的，愈是概念的。

三

诗人必须比一般人更具体地把握事物的外形与本质。

四

形象塑造的过程，就是诗人认识现实的过程。

五

诗人愈能给事物以联系的思考与观察，愈能产生活的形象；诗人使各种分离着的事物寻找到形象的联系。

六

诗人一面形象地理解世界，一面又借助于形象向人解说世界，诗人理解世界的深度，就表现在他所创造的形象的明确度上。

七

诗人愈经验了丰富的生活，愈能产生丰富的形象。

八

所谓形象化是一切事物从抽象渡到具体的桥梁。

九

形象孵育了一切的艺术手法：意象、象征、想象、联想……使宇宙万物在诗人的眼前互相呼应。

意象、象征、联想、想象及其他

一

诗人的脑子对世界永远发生一种磁力：它不息地把许多事物的意象、想象、象征、联想……集中起来，组织起来。

二

意象是从感觉到感觉的一些蜕化。

三

意象是纯感官的，意象是具体化了的感觉。

四

意象是诗人从感觉向他所采取的材料的拥抱，是诗人使人唤醒感官向题材的迫近。

五

意象：

翻飞在花丛,在草间,
在泥沙的浅黄的路上,
在静寂而又炎热的阳光中……
它是蝴蝶——
当它终于被捉住,
而拍动翅膀之后,
真实的形体与璀璨的颜色:
伏贴在雪白的纸上。

六

联想是由事物唤起的类似的记忆;
联想是经验与经验的呼应。

七

想象是经验向未知之出发;
想象是由此岸向彼岸的张帆远举,是经验的重新组织;
想象是思维织成的锦彩。

八

想象与联想是情绪的推移,由这一事物到那一事物的飞翔。

九

有了联想与想象,诗才不致窒死在狭窄的空间与局促的时间里。

十

调子是文字的声音与色彩、快与慢、浓与淡之间的变化与和谐。

十一

意境是诗人对于情景的感兴；是诗人的心与客观世界的契合。

十二

象征是事物的影射；是事物互相间的借喻，是真理的暗示和譬比。

语　言

一

诗是语言的艺术；语言是诗的原素。

二

诗是艺术的语言——最高的语言、最纯粹的语言。

三

诗的创作上的问题，语言是最重要的问题之一。诗人必须为创造语言而有所冒险，——一如采珠者之为了采摘珍珠而挣扎在海藻的纠缠里，深沉到万丈的海底。

四

没有比生活本身和大自然本身更丰富的储藏室了；

要使语言丰富，必须睁开你的眼睛：凝视生活，凝视大自然。

五

丰富的语言,是由丰富的生活经验产生的。

一个诗人的语言贫乏,就由于他不会体验生活。而语言贫乏是诗人的最大的失败。

六

语言陈列在诗人的脑子里,有如菜蔬与果子陈列在市集的广场上,各以不同的性质与形式,等待着需要与选择。

七

从自然取得语言丰富的变化,不要被那些腐朽的格调压碎了我们鲜活的形象。

八

艺术的语言,是饱含情绪的语言,是饱含思想的语言。

艺术的语言,是技巧的语言。

九

较永久的语言,不受单一的事物所限制的语言,是形象化了的语言,也就是诗的语言。

十

诗的语言必须饱含思想与情感;语言里面也必须富有暗示性和启示性。

十一

　　语言的机能，在于把人群的愿望、意欲和要求，用看不见的线维系在一起，化为力量。

十二

　　反拨的语言，是诗人向被否定的一面所提出的良心的质问。

十三

　　启示的语言，以最平凡的外形，蕴蓄着深刻的真理。

十四

　　简约的语言，以最省略的文字而能唤起一个具体的事象，或是丰富的感情与思想的，是诗的语言。

十五

　　明朗的语言，使语言给思想与情感完全的裸体，这场合，必须思想与情感都是健康而美的，她们的裸露才能给人以蛊惑（我们知道：一个萎缩了的女体，任何锦缎对于她都是徒劳的）。

十六

　　诗人必须有鉴别语言的能力：诙谐的，反拨的，暗射的，直率的，以及善意的和恶意的，……一如画家之鉴别唤起各种不同的反应的色彩一样。
　　语言丰富的人，能以准确而调和的色彩描画生活。

十七

语言必须在诗人的脑子里经过调匀,如色彩必须在画家的调色板上调匀。

不要在你的画面上浮上了原色,它常常因生硬与刺眼而破坏了画面上应有的调和。

十八

字与字、词与词、句子与句子,诗人要具有衡量它们轻重的能力。——要知道它们之间的比重,才能使它们在一个重心里运动,而且前进……

失去重心的车辆是要颠扑的。

十九

深厚博大的思想,通过最浅显的语言表演出来,才是最理想的诗。

二十

最富于自然性的语言是口语。

尽可能地用口语写,尽可能地做到"深入浅出"。

二十一

一首好诗,必须使每个看它的人,通过语言,都得到他所能了解的益处。

道　德

一

不要采摘没有成熟的果子。

二

写作必须在不写就要引起无限悔恨与懊丧的时候来开始,不然的话,你所写的东西是要引起无限的悔恨与懊丧的。

三

我们写作,目的是在使我们的原是在我们脑际流动的思想,和在心中汹涌的情感,固定在文字上,因这些思想和情感常常是闪现一次,就迅即消逝的。

四

诗的情感的真挚是诗人对于读者的尊敬与信任。诗人当他把自己隐秘在胸中的悲喜向外倾诉的时候,他只是努力以自己的忠实来换取读者的忠实。

五

诗与伪善是绝缘的。诗人一接触到伪善,他的诗就失败了。

服　役

一

到世界上来,首先我们是人,再呢,我们写着诗。

二

人类通过诗人的眼凝望着世界；

人类以诗人的眼感受了：美与丑，善与恶，欢乐与悲苦，长生与死灭……诸形相。

三

天良未泯而觉醒于正义的人，真应该如何给以呼号，给以控诉啊。

四

在我们生活着的岁月，应该勇猛地向暴君、寄生者、伪君子们射击。——因为这些东西存在着一天，人类就受难着一天。

五

个人的痛苦与欢乐，必须融合在时代的痛苦与欢乐里；时代的痛苦与欢乐也必须糅合在个人的痛苦与欢乐中。

六

诗人的"我"，很少场合是指他自己的。大多数的场合，诗人应该借"我"来传达一个时代的感情与愿望。

七

为名而写作的，比为艺术而艺术的还自私。

八

不要把"美"放逐到娼妇的地位，赎还她，使她为人类正在努力着的事业而勤奋地服役吧。

九

把艺术从贵妇人的尊严里解放出来,鼓舞她,在一切的时代为人类向上的努力而奋发起来。

十

为的是什么啊——

假如不把人类身上的疮痍指给人类看;假如不把隐伏在万人心里的意愿提示出来;假如不把较美的思想教给人们;假如不告诉绝望在今天的人还有明天……

为的是什么啊?

十一

人类不仅应该为现在而忙碌,而且更应该为将来而忙碌。

十二

人生有限。

所以我们必须讲真话。——在我们生活的时代里,随时用执拗的语言,提醒着:人类过的是怎样的生活。

十三

必须把人类合理生活之建立的可能,成为我们最坚固的观念,而且一切都由这出发又归还到它里面。

十四

我们和旧世界之间的对立,不仅是思想的对立,而且也是感觉与情感上的对立。

十五

具有信仰的虔诚,对人世怀着热望,对艺术怀着挚爱,在生活着的日子,忠实地或是恳切地,也或是倔强地、勇敢地说着话语,即使不是诗的形式也是诗。

十六

高尚的意志与纯洁的灵魂,常常比美的形式与雕琢的词句,更深刻而长久地令人感动。

十七

地球本来是圆的,而且是动的;然而第一个说这话的人被处死了。但地球依旧是圆的,而且是动的。这是真理。

真理是平易却又隐蔽在事物的内里的;真理是依附在大众一起而又不易为大众所知的。诗也和科学一起,必须有勇气向大众揭示真理。

十八

诗人的发展,是从"感情人"到"行动人"的发展。

十九

精神的劳役者,以人民的希冀为自己的重负,向理想的彼岸远行。

二十

在这苦难被我们所熟悉,幸福被我们所陌生的时代,好像只有把苦难能喊叫出来是最幸福的事;因为我们知道,哑巴是比我们更苦的。

二十一

一切都为了将来,一切都为了将来大家能好好地活,就是目前受苦、战争、饥饿以至于死亡,都为了实现一个始终闪耀在大家心里的理想。

二十二

叫一个生活在这年代的忠实的灵魂不忧郁,这犹如叫一个辗转在泥色的梦里的农夫不忧郁,是一样的属于天真的一种奢望。

二十三

把忧郁与悲哀,看成一种力!把弥漫在广大的土地上的渴望、不平、愤懑……集合拢来,浓密如乌云,沉重地移行在地面上……
伫望暴风雨来卷带了这一切,扫荡这整个古老的世界吧!

二十四

被赞美着,又被误解着,或是被非难着,该是诗的普遍的命运:因为今天的人类,还远远没有在生活和爱好上取得一致的缘故。

二十五

生命是可感激的:因为活着可以做多少有意义的事啊!

二十六

所谓命运,只不过是旧的社会环境对于人的限制,能突破这种限制的人,是勇者,是胜利者。

二十七

对一个献身给人类改造事业的诗人的诗,强调了对他的艺术的关心而忽视了他的内容,或者肯定他的艺术而否定他的内容,这是对于诗人的最大的亵渎。——因为他早已把艺术看成第二义的东西了。

二十八

诗人和革命者,同样是悲天悯人者,而且他们又同样是把这种悲天悯人的思想化为行动的人——每个大时代来临的时候,他们必携手如兄弟。

创 造

一

人类依着自己的需要与心愿,创造着生活:劳动、科学、艺术、道德……

二

诗人创造诗,即是给人类的诸般生活以审观、批判、诱发、警惕、鼓舞、赞扬……

三

诗人的劳役是:为新的现实创造新的形象;为新的主题创造新的形式;为新的形式与新的形象创造新的语言。

四

为了新的主题完成了新的形象的塑造,完成了新的语言的锻炼,完成了新的风格,即是完成了诗人的对于人类前进事业所负有的职责。

对于诗人,这些事是最重要的,因为这些事对于诗人是最适宜的,也是最不容推诿的。

五

在创作的过程中发展自己,使自己在对于主题的固定、形象的鲜活、语言的明确的努力中迫近真理。

六

诗人在变化着的世界当中,努力给世界以新的认识时,产生了新的形象、新的语言。

七

新的风格,是在对于新的现实有了美学上的新的肯定时产生的。

八

一个伟大的诗人,他不仅在题材所触及的范围上有广泛的处理,同时在表现的手法以及风格的变化上有丰富的运用。

九

存在于我们之间的艺术上的难关,岂不是常常和存在于将军们之间的军事上的难关一样严重吗?而当我们为了克服那些难关时所花的思虑,岂不是也和他们的一样深刻吗?

为了完成一定的艺术上的计划时,我们岂不是常常和一个将军为了完成一定的军事计划一样地勇敢而苦恼着吗?

十

在万象中,"抛弃着,拣取着,拼凑着",选择与自己的情感与思想能糅合的,塑造形体。

十一

语汇丰富是由生活经验和知识的丰富来的;

创造力的健旺是由对世界的感应的强烈和对人类关心的密切,以及对事物思索的深刻与宽阔而来的。

十二

只有通过长期忍耐的孕育,与临盆的全身痉挛状态的痛苦,才会得到婴孩诞生时的母性的崇高的喜悦。

十三

严肃地工作,无休止地工作,随时都准备着祝贺自己的新的发现;只有那每次新的完成所带来的欢喜,和它所带给社会的影响,才能真正地而且崇高地安慰你。

十四

渴求着"完整",渴求着"至美,至善,至真实",因而把生命投到创造的烈焰里。

十五

不曾经历过创作过程的痛苦的,不会经历创作完成时的喜悦。创造的喜悦,是最高的喜悦。

十六

在新的社会里,创造的道德将被无限制地发扬。

爱工作,爱创造,将是人类的美德,它们将引导人类向"无限"航行……

十七

人类的历史,延续在不断的创造里。

人类的文化,因不断的创造而辉煌。

我们创造着,生活着;生活着,创造着;生活与创造是我们生命的两个轮子。

一九三八年至一九三九年

诗的散步

一

白居易所说的:"诗者,根情,苗言,华声,实义。"是相当的包括了诗的含义的。

"情"是一切思想,情感的活动。由思想、情感在我们的脑际所激起的灵感作为写诗的出发——这出发就叫做"根"。

"言"是指一切语言文字,作为表现诗的工具,是由出发到完成的最初过程——所以叫"苗"。

"声"是文字和语言所含有的美。指音节,旋律韵。是诗的形式和散文的区别。这区别使诗有了自己的美的外形——这外形叫作"华"。

"义"是诗作本身所可能带给社会的作用。这是一切作品的终点——也是一切生命的终点。所以叫作"实"。

二

"诗歌开始于人类语言开始之处"——波格达诺夫。

这应该只是说人类有了语言才能把诗歌成为可以向外表现的艺术。

其实诗歌真正的开始之处该在人类生活开始之处,就是有了人类就有了诗歌。

谁能在人类没有表现工具之前去否认诗歌的存在呢?那存在于大自然里的丰富的幻变,那存在于无言的心中的有拍节的波动,那一个生命向另一个生命之间的契默,不也就是诗歌么?

诗歌是自然本身所含有的韵律。

一九三九年

《北方》序

《北方》原为《七月诗丛》之一，后因武汉撤退，未能出版，我到桂林后，才自己掏钱把它印了出来，聊慰自己和写诗的友人的寂寞而已。至于出版后，读者对它的那种信任，却是我意料之外的事。

我是酷爱朴素的，这种爱好，使我的情感显得毫无遮蔽，而我又对自己这种毫无遮蔽的情感激起了愉悦。很久了，我就在这样的境况里继续着写诗。

近来常常有一种企图抹煞刻画现实面貌的任何诗作的恶劣的倾向。而坚持这种倾向的人，却又是那些无论在理论上或在技巧上都早已成了僵死的陈尸的人。这些人的头脑之昏庸，实可令人惊叹！

中国新诗，已走上可以稳定地发展下去的道路：现实的内容和艺术的技巧已慢慢地结合在一起。新诗已在进行着向幼稚的叫喊与庸俗的艺术至上主义可以雄辩地取得胜利的斗争。而取得胜利的最大的条件，却是由于它能保持中国新文学之忠实于现实的战斗的传统的缘故。

《北方》原为六十四开的横排本，内收诗八首，现由文化生活出版社收进《文学丛刊》，增加了《骆驼》《黄昏》等八首，改成现在的版本。这集子是我在抗战后所写的诗作的一小部分，在今日，如果能由它而激起一点种族的哀感，不平，愤懑，和对于土地的眷念之情，该是我的快乐吧。

一九三九年七月　桂林

诗的散文美

由欣赏韵文到欣赏散文是一种进步；而一个诗人写一首诗，用韵文写比用散文写要容易得多。但是一般人，却只能用韵文来当作诗，甚至喜欢用这种见解来鉴别诗与散文。这种见解只能由那些诗歌作法的作者用来满足那些天真的中学生而已。

有人写了很美的散文，却不知道那就是诗；也有人写了很丑的诗，却不知道那是最坏的散文。

我们嫌恶诗里面的那种丑陋的散文，不管它是有韵与否；我们却酷爱诗里面的那种美好的散文，而它却常是首先就离弃了韵的羁绊的。

我们既然知道把那种以优美的散文完成的伟大作品一律称为诗篇，又怎能不轻蔑那种以丑陋的韵文写成的所谓"诗"的东西呢？

自从我们发现了韵文的虚伪，发现了韵文的人工气，发现了韵文的雕琢，我们就敌视了它；而当我们熟视了散文的不修饰的美，不需要涂抹脂粉的本色，充满了生活气息的健康，它就肉体地诱惑了我们。

天才的散文家，常是韵文的意识的破坏者。

我们喜欢惠特曼、凡尔哈仑和其他许多现代诗人，我们喜爱《穿裤子的云》的作者，最大的原因是由于他们把诗带到更新的领域，更高的境地。

因为，散文是先天的比韵文美。

口语是美的，它存在于人的日常生活里。它富有人间味。它使我们感到无比的亲切。

而口语是最散文的。

我在一家印刷厂的墙上，看见一个工友写给他同伴的一张通知：

"安明！

你记着那车子！"

这是美的。而写这通知的应是有着诗人的秉赋。这语言是生活的，然而，却又是那么新鲜而单纯。这样的语言，能比上最好的诗篇里的最好的句子。

语言在我们的脑际萦绕最久的，也还是那些朴素的口语（对于韵文的记忆，却是像对于某种条文的记忆，完全是强制而成的）。

我甚至还想得起，在一部影片里的几句无关重要的话，是一个要和爱人离别的男人说的：

"不要当作是离别，只把我当作去寄信，或是去理发就好了。"

这也是属于生活的，却也是最艺术的语言，诗是以这样的语言为生命，才能丰富的。

以如何最能表达形象的语言，就是诗的语言。称为"诗"的那文学样式，脚韵不能作为决定的因素，最主要的是在它是否有丰富的形象——任何好诗都是由于它所含有的形象而永垂不朽，却绝不会由于它有好的音韵。

散文的自由性，给文学的形象以表现的便利；而那种洗练的散文、崇高的散文、健康的或是柔美的散文之被用于诗人者，就因为它们是形象之表达的最完善的工具。

一九三九年

诗与时代

如果一个诗人还有着像平常人相同的感官的话（更不必说他的感官是应该比平常人更灵敏的），他生活在中国，是应该知道中国正在进行着怎样伟大的事件的。如果他有眼睛，他会看见发生在他的国家里的和平的刽子手的一切暴行；他有耳朵，他会听见没有一刻不在震响的被难者的哀号与反抗者的呼啸；他有鼻子，他会闻到牺牲者的尸体的腐臭与浓重的硝烟气息……

如果一个诗人还有着与平常人相同的心的话（更不必说他的心是应该比平常人更善感触的），如果他的血还温热，他的呼吸还不曾断绝，他还有憎与爱，羞耻与尊严，他生活在中国，是应该被这与民族命运相连结的事件所激动的。他会对那在神圣的疆土上英勇搏斗的千百万兵士引起敬意，他会对那些领导着广大人民参加卫国战争的领袖们引起敬意，他会比一切个人的仇恨更深地去仇恨民族的敌人，他会比一切个人的爱更深地去爱苦难中的祖国和从水深火热中挣扎起来的中国人民……

在这战争中，中国人民是觉醒了；一切的束缚，无止的愚蠢与贫困，频连的灾难与饥荒，必须通过这酷烈的斗争才能解除。国家的独立,和人民的自由、幸福,不是由于祈祷获得的,而是由于广大人民的鲜血,和一片被蹂躏得糜烂了的土地所换取来的。现代中国的建设的基础不是奠定在空想与梦幻的沙滩上,而是奠定在它的人民的英勇牺牲所表现出来的意志的花岗岩上的。中国人民之将会有面包与教养的日子,也必须通过战争才能得到保证。这是真理,是每个谋解放的中国人民所应该把握的信心,没有这样信心的人,是不可能理解战争的。不能理解这战争的,又如何能理解时代的精神呢?

我们已临到了可以接受诗人们的最大的创作雄心的时代了。我们的时代,已能担戴那能庄严地审判它的最高的才智了。退一百步说,每个日子所带给我们的启示、感受和激动,都在迫使诗人丰富地产生属于这时代的诗篇。这伟大而独特的时代,正在期待着、剔选着属于它自己的伟大而独特的诗人。这样的诗人,不是成长在灰黯的研究室和环垂着紫色帐子的客厅里;对于这样的诗人的预约,也决不会落在那受着帝国主义奴化教养而不可一世地自矜着的教授的和不可能从百科全书的破烂的网缕间挣脱出来的大学生的身上。属于这伟大和独特的时代的诗人,必须以最大的宽度献身给时代,领受每个日子的苦难像是那些传教士之领受迫害一样的自然,以自己诚挚的心沉浸在万人的悲欢、憎爱与愿望当中。他们(这时代的诗人们)的创作意欲是伸展在人类的向着明日发出的愿望面前的。惟有最不拂逆这人类的共同意志的诗人,才会被今日的人类所崇敬,被明日的人类所追怀。当然,这样的诗人现在还没有出现,不过,即使出现了,也不会被那些假装的绅士、自炫的教授和稚气而傲慢的遗少们所能理解的。诗人本身更不会由于那些人的理解而感到什么光荣的。

一个写诗的人(我依然不知道应否把那些专门堆砌着枯死的文字的人称为"诗人";为了我尊重那些真正曾创造了"时代的诗情"的和

现在还在创造着"时代的诗情"的"诗人"们,我只能对那些衰老在萎谢了的词藻里的写诗的人称之为"写诗的人"),专门写着狭窄得可笑的个人的情感的东西称为那才是"诗",又疲惫地拖住一种形式作为那是诗的唯一的形式,更有甚于此者,竟会自满那种迂腐的见解,说那样的东西才是"真正文学的诗",这究竟是可悲的现象。

诗,不外是语言的艺术。人类的语言,是由人类的生活情感所由发出的。人类的生活每天都在突飞猛进中,作为表达生活的工具的语言,当然也每天都在变化进步中。这是一种最低限度的常识,没有这常识的人,无论他曾写过多少年的诗,或将还要写多少年的诗,也不过是像一头被蒙了眼的驴子,绕着磨床兜圈子,而自以为是在走着无数的路一样。

同样,诗的形式,也是随着人类生活的变动而变动的。人类永远在剔选使自己舒适、为自己爱好的外衣;诗的语言也永远在剔选适合自己的外衣。"各个年代和各个人事的变换,用它们自己所爱好的颜色,在你的脸上加彩涂抹"(引自拙作《巴黎》)。各种形式都紧抱了那藏在它们里面的内容,向人类无限广阔的创造的苍穹伸长,夸耀人类自己的智慧与能力。今天,再愚蠢不过的乡下女人,也不会说只有梳了发髻和缠了脚的女人才是真正的女人。当她们看见了女人可以剪发,可以保持天足,而这样更适合于生理的发展,因此,美学地说,也更能令人激起由于平均发育的健康而激起的喜爱之情,那些留有发髻与缠了脚的女人,一定要惊醒过来,对自己的那种萎缩与丑陋的样子引起嫌恶。如果能力允许她们也可以剪发和放足而竟不做的话,我想不是由于她们愚蠢、顽固与懦怯,就是她们多少是有点神经病了。

中国新诗,随着中国社会的变动与发展而变动与发展着,而且也将随着中国社会变动与发展下去。如果所谓"时代"不是一个空洞的漂亮名词（因为有些人爱用漂亮名词，他们常常是连所写出的那些名词所含有的具体的东西是什么都不曾想起过的），我们正不妨把划分出中国社会在这二十年中间所曾激起的变动，来划分中国新诗在这二十年中的几个阶段。

中国新诗，是和中国的革命文学在同一起点上开始它们的历程的。中国新诗，在它作为中国的新文学样式之一的意义上，它和新文学的其他样式同样地，被作为中国革命的语言而提供出来。"五四"时代的许多在今日作为古典作品而保留下来的诗篇，在那广泛的人道主义的思想上，明显地反映了民主政体之迫切要求；众多的热情泛滥的情诗之产生，也只能从企图打破封建的婚姻制度这一意义上得到解释。"五卅"时代的呐喊，强烈地抒发了被帝国主义者与军阀残害的中国人民的悲愤与怨言。"九·一八"与"一二·八"相继而来（啊，自以为在写着"真正文学的诗"的人真是何等幸福！他们说"七七"事件来得"奇突"），诗人们在这辛酷的现实面前选取了两条路：一些诗人是更英勇地投身到革命生活中去，在时代之阴暗的底层与艰苦的斗争中从事创作。他们的最高要求，就在如何能更真实地反映出今日中国的黑暗的现实；另一些诗人，则从这历史的苦闷里闪避过去，专心致志于一切奇瑰的形式之制造和外国的技巧的移植上。"七七""八·一三"这两个事件爆发，诗人首先被这伟大的历史变动所感动，以巨大的弦音抒出了民族求生存的愿望与争解放的狂喜。

从抗战发生以来，新诗的收获，绝不比文学的其他部门少些。我们已看到了不少的优秀作品，那些作品主题的明确性，技巧的圆熟，是标帜了新诗发展之一定程序的。那些作品，无论在它们的对于现实刻画的深度上、文学风格的高度上，和作者在那上面所安置的意欲之宽阔上，都是超越了以前的新诗所曾到达的成就的。

我常常听到人家说起，某某人反对"抗战诗"，某某人说"抗战诗"是"八股"，某某人说"我不写'抗战诗'"，等等。在这里，我不想给"抗战诗"下一种容易被误解为给它辩护的界说，我只要指明，诗人能忠实于自己所生活的时代是应该的。最伟大的诗人，永远是他所生活的时代的最忠实的代言人；最高的艺术品，永远是产生它的时代的情感、风尚、趣味等等之最真实的记录。抗战在今天的中国，在今天的世界，都是最大的事件，不论诗人对于这事件的态度如何，假如诗人尚有感官的话，他总不能隐瞒这事件之触目惊心的存在。我永远希望诗人们能忠实于自己的世界观，假如他是一个勇敢的艺术家，他正不妨写出对这事件之藏在他心里的不同见解，他所把握的在他认为是真理的东西。不要忘记在诗的历史里，诗人为了忠实于自己的世界观而遭受放逐、监禁、绑赴断头台的英勇的记载啊！没有一种权力能命令诗人为他去歌颂的。在今天，诗人置身于这两种势力相斗争的事件里面，他应该有权利披露他的意见，拥护哪一面，勇敢地说来——在这还不曾分出胜负的日子！但是，千万不要卑怯地隐瞒了自己心中的见解，却又躲在文学的幌子后面含糊地来否认人家的见解。

至于说"抗战诗"怎样幼稚，怎样充满"标语口号"，怎样只是"八股"，怎样只是"粗暴的叫喊"，却都是一种稚拙的战略。因为，抗战以来，诗的产量虽很丰富，像他们指责的如此这般的缺点，始终是少数。我所熟识的许多诗人，他们写诗的时候，努力避免的就是这些缺点；他们所发表出来的诗篇，除了极偶然的必要场合夹进几个比较现成的政治术语之外，都是以丰富的形象和朴素的语言，使我深深感佩的。这些诗篇，决不会由于一两个文学绅士之流的否定就不再存在；反之，他们的这些诗篇，因为产生于祖国的苦难中，将和祖国的命运共存亡。

中国新诗，从"五四"时期的初创的幼稚与浅薄，进到中国古代诗词和西洋格律诗的摹拟，再进到欧美现代诗诸流派之热衷的仿制，现在已慢慢地走上了可以稳定地发展下去的阶段了。目前中国新诗的主流，是以自由的、素朴的语言，加上明显的节奏和大致相近的脚韵，作为形式；内容则以丰富的现实的紧密而深刻的观照，冲荡了一切个人病弱的唏嘘，与对于世界之苍白的凝视。它们已在中国的斗争生活中起了积极的作用。

另外却也有着一些写诗的人，作为中国人是应该羞愧的，他们不愿意想起中国的经历了半个世纪的被帝国主义宰割的痛苦，他们也不会感到今天能抵御强暴、争取和平与幸福的民族战争的光荣。他们生活在个人的小天地里，舒适与平安把他们和大多数的中国人民隔开了；而他们的佯作有教养的样子，与傲慢的绅士派头，使他们失去了人与人之间应有的同情。但是，现实是可怕的，今日人家的不幸，谁能担保明日不会降落到自己身上呢？没有一个中国人（除非是汉奸）能自外于这全民族求解放的斗争的，这是中国人应有的最起码的觉醒，假如他们连这起码的觉醒都没有，假如他们连人与人之间的起码的恻隐之心都没有，其他一切又何必谈呢？

一九三九年七月

诗与宣传

文学是人类精神活动方向之一；人类借它"反映""批判""创造"自己的生活。它永远不可能逃遁它对生活所发生的作用。它应该植根在生活里——生活是一切艺术的最肥沃的土壤。

诗，如一般所说，是文学的峰顶，是文学的最高样式。它能比其他的文学样式更高地、更深地或者更自由地表现人类的全般生活和存在于生活里的全般的意欲。它对人类生活所能发生的作用也更强烈——甚至难于违抗。某些杰出的诗作里所传出的深沉的声音，萦绕在我们的记忆里多么久远啊……那些声音，常常在我们困苦时给我们以人世的温暖，孤寂时给我们以友情的亲切。我们生活得不卑污、不下流，我们始终挺立在世界上，也常常由于那些声音在我们危厄时唤醒我们的灵魂啊。

对于诗的评价，不应该偏重在：它怎样排列整齐，怎样文字充满雕琢与铺饰，怎样声音叮咚如雨天的檐溜，等等；却应该偏重在：它怎样以真挚的语言与新鲜的形象表达了人的愿望，生的悲与喜，由暗淡的命运发出的希望的光辉，和崇高的意志，等等。

诗，不是诗人对于世界的盲目的无力的观望，也不是诗人对于一切时代所遗留的形式之卑贱的屈膝；不是术士的咒语与卖艺者的喝叫，也不是桃符与焚化给死者的纸钱。诗,必须是诗人和诗人所代表的人群之对于世界的感情与思想的具体的传达和为了适应这传达的新的形式之不断的创造。诗,应该尽最大限度的可能去汲取生活的源泉。

人类生活是丰富的,繁杂的。诗人生活在人类社会里,呼吸在人群的欢喜与悲哀里,他必须通过他的心,以明澈的观照去划分这丰富与繁杂的生活成为两面:美与丑,德性与恶行;他会给一面以爱情,给另一面以憎恨。不管诗人如何看世界,如何解释世界,不管诗人采用怎样的言语,隐蔽的也好,显露的也好,他的作品,归根结底总是表白了他自己和他所代表的人群的意见的。

因此,任何艺术,从它最根本的意义说,都是宣传;也只有不叛离"宣传",艺术才得到了它的社会价值。

创作的目的,是作者把自己的情感、意欲、思想凝固成为形象,通过"发表"这一手段而传达给读者与观众,使读者与观众被作者的情感、意欲、思想所感染、所影响、所支配。这种由感染、影响,而达到支配的那隐在作品里的力量,就是宣传的力量。

发表是诗人与读者之间的桥梁,这桥梁由艺术的此岸达到政治的彼岸。诗人通过发表才能组织自己的读者,像那些英雄之组织自己的拥护者一样。发表是诗人用获取宣传的效果的一种手段。

当诗人把他的作品提供给读者,即是诗人把他的对于他所写的事物的意见提供给读者,他的目的也即是希望读者对于他所提供的意见能引起共鸣。没有一个诗人是单纯为发表作品而写诗的,但他却不能否认他是为了发表意见而写诗。

因此,一个诗人,无论他装得怎样有贞操,或者竭力说他的那种创作精神如何纯洁,当他把他的作品发表了,我们却永远只能从那作品所带给人类社会的影响(也包括那作品之对于全部艺术的影响)去下评判,就像我们看任何一个已出嫁了的女人之不再是处女一样:任何作品都不能而且也不应该推辞自己之对于社会的影响,就像任何女人都不能而且也不应该推辞那神圣的繁殖之生育的义务一样。

不要把宣传单纯理解为那些情感之浮泛的刺激,或是政治概念之普遍的灌输;艺术的宣传作用比这些深刻,更自然,更永久而又难于消泯。如果说一种哲学精神的刺激能从理智去变更人们的世界观,则艺术却能更具体地改变人们对于他们所生活、所呼吸的世界一切事物之憎与爱的感情。读者对于自己所信任的诗人所给予他们的影响,常常是如此地张臂欢迎。我们在自己生活周围,对于某些典型引起尊敬,对于某些行为引起爱慕;而对于另外的一些典型引起嫌恶,另外的一些行为引起卑视,岂不就是由于艺术家们给我们的披示而更加显得明确吗?

宣传不只是政治目的的直接反映,不只是粗率的感情之一致的笼络,也不只是戏剧性的效果之急亟的获取:一件高贵的艺术品,一篇完美的小说,一首诚挚的诗,如果能使人们对于旧事物引起怀疑,对于新事物引起喜爱,对于不合理的现状引起不安,对于未来引起向往;因而使人们有了分化、有了变动、有了重新组织的要求,有了抗争的热望,这一切,岂不就是最明显的宣传力量吗?

中国抗战是今天世界的最大事件,这一事件的发展与结果,是与地球上四万万人的命运相关的,不,是与全人类的命运相关的。而中国人之能享受人所应有的权利或是永远被人奴役与宰割,将完全被决定在这次"抗战"的胜败上。诗人,永远是正义与人性的维护者,他生活在今日的世界上,应该采取一种明确的态度:即他会对于一个挣扎在苦难中的民族寄以崇高的同情吧?诗神如带给他以启示,他将也会以抚慰创痛的心情,为这民族的英勇斗争发出赞颂,为这民族的光荣前途发出至诚的祝祷吧?

我们,是悲苦的种族之最悲苦的一代,多少年月积压下来的耻辱与愤恨,将都在我们这一代来清算。我们是担戴了历史的多重使命的。不错,我们写诗;但是,我们首先却更应该知道自己是"中国人"。我们写诗,是作为一个悲苦的种族争取解放、摆脱枷锁的歌手而写诗。诗与自由,是我们生命的两种最可贵的东西,只有今日的中国诗人最能了解它们的价值。

诗,由于时代所赋予的任务,它的主题改变了:一切个人的哀叹,与自得的小欢喜,已是多余的了;诗人不再沉湎于空虚的遐想里了;对于花、月、女人等等的赞美,诗人已感到羞愧了,个人主义的英雄也失去尊敬了。

新的现实所产生的一切新的事物,带来了新的歌唱,作为中国新诗新的主题的应该是:这无比英勇的反侵略的战争,和与这战争相关联的一切思想与行动;侵略者的残暴与反抗者的勇猛;产生于这伟大时代的英雄人物;民主世界之保卫,人类向明日的世界所伸引的希望,等等。

人类地界将会有一日到达新的理想:那种横亘于几千年历史里的原始性的屠杀,国家与国家之间的战争,是会消灭的;全人类的智力与体力都在对于自然之更广大的利用与克服上显出力量来;而且,人类将会无限地发挥自己艺术的创造力,而所有的努力也将会专心在如何以增加万人的愉悦;这样的声音,已经召唤在我们这时代的最忠实的诗人的愿望中了。

但是,现在却是隐惨而又凄苦的一些岁月向我们流来。我们每天所过的生活都像是被压倒在一个难于挣脱的梦魇里,我们连呼吸都感到困难……中国实在太艰苦了,它正和四面八方所加给它的危害相搏斗。贪婪的旧世界想把它牺牲给法西斯的强盗们,——以四万万的生命去喂养那些胸口长毛却又穿着燕尾服的军火商和军阀啊!以几千年来都是属于我们自己祖先的这国土,给那些手里握着血刀的残暴者去践踏,并且将由他们来奴役我们和我们的无数的未来者啊!

诗人们,起来!不要逃避这历史的重责!以我们的生命作为担保,英勇地和丑恶与黑暗、无耻与暴虐、疯狂与兽性作斗争!

在今天,无论诗人是怎样企图把自己搁在这一切相对立的关系之外,他的作品都起着或正或反的作用,谁淡漠了这震撼全世界的正义的战争,谁就承认了、帮助了侵略者的暴行。

有良心的不应该缄默。用我们诗篇里那种依附于真理的力量,去摧毁那些陈腐的世界的渣滓!而我们的作品的健康与太阳一样的爽朗的精神,和那些靡弱、萎颓的、瘫软的声音相对立的时候,也是必然会取得美学上的胜利的。

一九三九年八月九日

诗人论

一

不违反众人之所信奉，
如是众人信奉了诗人为他们而创造的英雄。

二

普罗米修斯盗取了火，交给人间；
诗人盗取了那些使宙斯震怒的语言。

三

有英雄吗？
有的。
他们最坚决地以自己的命运给万人担戴痛苦；他们的灵魂代替万人受着整个世代所给予的绞刑。
却不是你们那些万人尸骨上的舞蹈者，不是戴着血腥的冠冕的刽子手,不是啊!

四

没有群众的英雄:
没有水的鱼,
没有泥土的树。

五

永远和人民群众在一起,了解他们灵魂的美,只有他们才能把世界从罪恶中拯救出来。
不要避开他们,即使他们要来驱赶你。
只有他们在这世界上是最可信赖的。

六

信任他们——
信任一切为人类创造财富的人们,他们对世界怀有希望,对人怀有梦想。
他们说,我们是人类从今天到明天的桥梁;我们从现在带记忆给未来,又从未来带消息给现在;我们是人类的镜子,从我们,人类可以看见自己的悲哀;我们也是人类的鞭子,我们的存在,可以鞭策人类向辉煌的远方,美好的彼岸……

七

祝福你们——旧世界正直而不幸的；
坚强不屈而被砍倒者；
满怀悲愤而被禁锢者……

八

诗人啊——
但愿那些你们为他们祈祷、为他们祝福的众人不致向你们身上投掷石块，这样就好了；
至于彼拉多的愤恨，祭司长和长老们的嫉妒，法利赛人的污蔑，那算得了什么呢？

九

我不知道人类能否有一天离开诗而生活……
这实在是不可想象的：人类会有一天失去了思想感情的最高的活动……匍匐着，匍匐着，将是怎样的一种鳄鱼啊。

十

假如人生仅是匆匆的过客，在世界上徬徨一些时日……
假如活着只求一身的温饱，和一些人打招呼、道安……
不曾领悟什么，也不曾启示过什么……

没有受人毁谤，也没有诋骂过人……

对所看见的、所听见的、所触到的，没有发表过一点意见。临死了，对永不回来的世界，没有遗言……

能不感到空虚与悲哀吗？

十一

因旧世界充满欺诈、倾轧、迫害，而对它注目；
因生之历程是无限的颠簸与坎坷而爱生命。

十二

把我们放进人世的熔炉烧成赤红的溶液吧！
再取出，搁在铁砧上，用生活的千斤的重锤猛烈地抨打！
我们的肉体是生铁，
痛苦呀，疾病呀，不自由的岁月呀，
不住地打击在我们的身上，
我们的诗，就是铁与铁的抨击
所发出的铿锵……

十三

他们能向世界要求什么呢——
旧世界的最主要的是发言的自由，——而这些常常得不到，因为任何暴君都知道，一个自由发言的，比一千个群众还可怕。

十四

一刻也不能丧失审视生活的勇气啊!

你看着世界,必须把世界映进你深不可测的瞳仁之底。

十五

我们既被社会指配为"诗人",就像畜牲之被我们指配为"牛"或"马"一样,该永无止息地为人类开垦智慧的处女地,劳役于艺术形象的生产。

十六

每个诗人有他自己的一个诗神——

惠特曼和着他的诗神散步在工业的美利坚的民众里……

马雅可夫斯基和着他的诗神以口号与示威运动欢迎"十六年"的到来……

叶赛宁的诗神驾着雪橇追赶着镰刀形的月亮……

凡尔哈仑的诗神则徬徨在佛拉芒特的原野,又忙乱地出入于大都市的银行、交易所、商场,又在烦嚣的夜街上,像石块般滚过……

十七

膜拜"美"吗?

不。

"美"之不守贞操,比娼妇还不如。任何时代的生活的新的观念,都可把她奸淫；

而她永远盲目地领受赞叹，像那些最善于恋爱的女人，让男子们在她们的心上，弹出各种不同的曲调来……

而她竟以膜拜者为俘虏品……

十八

"生不用封万户侯，

但愿一识韩荆州。"

你们真是何等看重情操，当你们去追索那些可能给你们的生命以最崇高的喜悦的事物时，你们是从来也不会想起那事物本身的价值的。

十九

一切事物的价值，在诗人的国度里，是以他们能否提高人类的崇高的情操为标准的。

二十

"问客何为来？

采山因买斧。"

你们的语言真可怕，竟常常如此地因生活的美而成为永久。

二十一

诗人以形象使一切抽象的变成具体,
诗人是语言的艺术家,
诗人的财富是语言。

二十二

给一切以性格,
给一切以生命。

二十三

不是选民,是自选者;
没有从任何帝王领得采邑;
只为最大的意志而成为顺奴。

二十四

必须首先是自我的觉醒者,
才不致污渎了集团;
集团的终极目的不是取消意志,而是扩大意志至无限。
诗人应该是自我觉醒的先驱,
意志的无厌倦的歌手。

二十五

为全体而斗争：
个人只有不离叛全体时才发生了力量。

二十六

以热情点燃着生命；
生命借热情表现。

二十七

从生命感受了悲与喜、荣与辱，
以至诚的话语报答生命。

二十八

健康的灵魂不需遮蔽，
他们比肉体的袒露更美。

二十九

诗人的剑是语言——
能遣使语言，才能和敌人争斗；
有了丰富的语言，才能战胜敌人。

三十

因为诗人最勇于发言,

他们常常成了自己所亲近的人群的代言人。

三十一

诗人不仅应该是社会的斗士,同时也必须是艺术的斗士——

和恶俗斗争,和无意义的喧吵斗争,和同时代的坏的倾向,低级趣味、一切不健康的文字风格斗争……

三十二

诗人为什么常常瞧不起市侩呢?

因为市侩只能凭着现成的法则去衡量一切的事物,他们对于任何自己所不能理解的说:"这要不得。"他们贫困于想象,他们永远是知识的守财奴,他们看百科全书超过一切;他们由于吝啬,而能温饱自得;

他们不知道,一切知识在没有被公众承认之前,都被看作异端邪说,一样有市侩在说:"这要不得。"

三十三

终日沉默,为了猎获那些偶然在脑际闪过的句子与形象;

接着,须通过编辑老爷与检察官的眼睛;

而火、梅雨与批评家都在等着你们的本子的出现……

而时间又成了你们最可怕的敌人……

三十四

诗人应该是典型事物之敏锐的直观者。

三十五

服从历史的法则,服从自然的法则,因此拂逆了不合理的制度与时间以及地点的制限。

三十六

最高的理智的结果,使诗人们爱上了自然与坦白。

三十七

天才不是精神的贵族,
天才只是特定环境里成功了的人。

三十八

不求为自己所蔑视的人们的谅解;愿在犯罪的旧世界做一个诋毁这世界的罪犯。

三十九

为了努力使艺术与生活之间取得统一与调和,诗人们常把自己搁置在现实与理想之间,像顺水的船与那反逆的风所作的抗御一样,使自己的生命在不安定与颠簸中前进……

四十

不是宣教者,诗人的神不是任何反动的统治者利用来迷惑人的偶像;

自然既是永不停止它的变化,诗人即不再有固定的神了。

四十一

为什么你们永远不安?
风、雨永在摇撼你们;
太阳、月光和星,循环地
在你们的心中徬徨;
一种比什么都更强烈的爱情;
在你们的胸中汹涌;
而那像黑夜一样深的仇恨,
又像流水似的回旋在你们的血管里,
因此,你们的声音
永远带着可怕的震颤……

四十二

只有在诗人的世界里,自然与生命有了契合,旷野与山岳能日夜喧谈,岩石能沉思,河流能絮语……

风,土地,树木,都有了性格。

四十三

好像你们所负的债很重,你们老是终日惶惶,不安于享受一粟半缕的人群的恩赐,羞愧于在劳力者以血汗铺成的道上散步。你们的存在,比影子更萎缩,比落叶更不敢惊动人;而你们的话语终于如此凄惶,使一切天良未泯者闻之坠泪……

四十四

以自己的两颊之晕红与丰盈,交给了深思与哀感,为了揭示众生之苦恼——

换得了执鞭者的嫌忌,持有刀枪者的愤恨,彼拉多的喝叱,法利赛人的咒诅——甚至说,把他钉死——

还有,两颊苍黄、瘦削、衰弱,两只宁静的眼睛,凝视着世界,昼与夜,生长与死灭,繁华与凋零……而有所激奋,有所感受,有所发言的——

四十五

他们常常鄙视人所珍贵、珍视人所唾弃,向君王怒视,又向行乞者致礼……

我相信他们可能奉灵感为至圣,以露水与花瓣为餐,以草叶为衣冠;他们行吟;他们永远地流浪……

四十六

他们以世界为客栈,
以生命为旅行,
痛苦、烦恼、欢乐,像日、月、星辰在他们的头顶迎送着他们……

四十七

他们使年老的都要叹息,少女都要垂颈;一切接触到他们的声音的人,为他们而不得宁静……

四十八

如不曾把你们灵魂的门禁闭,
如不曾以偏见守卫你们的心,
如你们还保留着一丝婴孩的天真,
愿你们能接受一种语言,
它的来访如久别的挚友,絮述真诚,
它别无用心,只愿你们不在利欲之榻上睡眠,
它也别无礼物,只愿你们的灵魂常常清醒……

四十九

他们的话,比黄昏时情人所说的更温柔,比孩子所说的更天真,比农夫所说的更纯朴……

却又恳切如老人的劝告,善良如母亲的责备,深沉如智者的启示……

五十

在生命所交给他的日子当中,他们惊愕于每个日子的新的发现;他们辛劳于探索形象的语言;他们猎取人世与自然林中的隐藏;他们天真如小孩,在智慧的沙滩上,捡取螺贝……

五十一

人类可骄傲的是:它能以不断的创造来辉煌自己的历史;它能把谷粒所维系的生命,升华出不断地提高自己的理想的文化——

"科学——理智的诗,艺术——情感的诗。"

五十二

使人类有别于其他一切动物的是:

人类能知道自己是怎样生活过来的,正在怎样生活着,将要怎样生活下去……

而使人类能具体地看到自己的生活的是艺术——音乐、雕塑、绘画、诗篇。

五十三

给思想以翅膀,

给情感以衣裳,

给声音以彩色,给颜色以声音;

使流逝幻变者凝形,

顽术者有梦,

屈服者反抗,

咽泣者含笑,

绝望的重新有了理想……

五十四

更富有狂热,更善于冷静,憎恨得更深,爱得更固执……
具有感情之最宽伸缩度,而非优伶。

五十五

灵魂之最倔强者——

不控诉向自己的心以外的,

不求宽恕向自己的心以外的,

不因困厄而向同情伸手,

在一切的逆境到来时高歌……

五十六

如果说"冬天既到,春天还会远吗?"是预言,诗人的预言是最天真的——
说要来的必然要来;
不隐瞒陈腐之将死亡;
夜的尽头是黎明;
如地球不停止旋转,世界不会永远黑暗。

五十七

啊,要是你们能听见深夜还有哭声;
看见垃圾桶边还有若干探索的眼;
年轻人的尸体还暴露在道旁……
你们的呼吸能不感到困苦吗?
你们的嘴还能缄默吗?

五十八

但愿爱人散步的道上不会躺着饿殍,
但愿账簿和算盘都将放在博物馆,
但愿监狱都将改成动物园,
但愿勤劳的都将得到幸福,
但愿人民是国家真正的主人……

五十九

如果未来有那么一天——
统治者把镣铐铸成花瓶,
立法者与乞丐散步谈天,
流浪者找到了家,妓女有了丈夫,
军火商不再鼓动战争,
棺材店老板不希望瘟疫流行,
一切都言归于好——
自由、艺术、爱情、劳动,
每个都是诗人。

一九三九年冬完稿

为了胜利

一

一九三七年七月六日,我在沪杭路的车厢里,读着当天的报纸,看着窗外闪过的田野的明媚的景,我写下了《复活的土地》——在这首诗里,我放上了一个解放战争的预言:

……我们曾经死了的大地
在明朗的天空下
已复活了!
——苦难也已成为记忆
在它温热的胸膛里
重新漩流着的
将是战斗者的血液。

是的,"将是战斗者的血液":这话语在第二天就被证实了。卢沟桥的反抗的枪声叫出了全中国人民的复仇的欢快。

二

战争真的来了。这是说,原是在人民的忍耐中的,原是在诗人的祈祷中的,打碎锁链的日子真的来了。这时候,随着而起的是创作上痛苦的沉思:如何才能把我们的呼声,成为真的代表中国人民的呼声,这样的呼声,从最初的意义上说就是迥异于侵略者的,或是国家主义的,或是军国民精神的一种呼声;这样的呼声,更和封建的军民之间的关系绝缘;这样的呼声,必须把这战争看作和全国人民的生活要求,革命意志毫无相间地连结在一起的一个事件。

在三四个月长期的沉默之后,我才写了一首《我们要战争呵——直到我们自由了》。

这是一个誓言。这是我为自己给这战争立下的一块最终极的界碑。

三

于是我在战争中看见了阴影,看见了危机。早在三年前,我已看见了汪精卫的动作与表情,与一个像发自播音筒里的没有生命的语言。还有,他的那颗被包裹在肋骨里的,早已腐烂了的心。

我以悲哀浸融在那些冰凉的碎片一起,写下了《雪落在中国的土地上》,我不幸地发现了:

>…………
>
>中国的路
>
>是如此的崎岖
>
>是如此的泥泞呀。

而我更使自己知道战争的路给谁走是最艰苦的，而且也只有他们才会真的走到战争的尽头，才会真的从自己的手里建造起和平——真的和平，而不是妥协，不是屈服，不是投降，不是挂白旗的和平。

四

我到了北方。在风沙吹刮着的地域我看见了中国的深厚的力量。每天列车运着无数的士兵与辎重与马匹驰向前线。

我曾和一些朋友，在车站上和潮湿的泥地上睡眠——为了向民众宣传。我曾看见了有些人如何对抗战怠工，如何阻碍着发动民众的工作。但我更看见了民众的力量在无限制地生长，扩大到任何一个角落——当我每到一个地方的时候，都会遇见一些纯朴的青年，因爱好真理而爱好了文学和因爱好了文学而爱好了真理是一样的，他们都是最勇敢而坚决的战斗员。我也接触了一些民众，他们已学会了理解战争，他们的语言常常流露了自己单纯而最本质的愿望。他们是新的中国的基本的构成员。

回到武汉之后，我在这种新的信心里，写了《向太阳》，以最高的热度赞美着光明，赞美着民主，写了《吹号者》，以最真挚的歌献给了战斗，是献给牺牲。

《他死在第二次》是为"拿过锄头"的、爱土地而又不得不离开土地去当兵的人，英勇地战斗了又默默地牺牲了的人所引起的一种忧伤。这忧伤，是我向战争所提出的，要求答复与保证的疑问。

不久，我就回到了农村。写了许多田园诗，这些诗多数写的是中国农村的亘古的阴郁与农民的没有终止的劳顿，连我自己也不愿意竟会如此深深地浸染上了土地的忧郁。

但是假如我们能以真实的眼凝视着广大的土地，那上面，和着雾，雨，风，雪一起，占据了大地的，是被帝国主义和封建地主搜刮空了的贫穷。这是比什么都更严重而又比什么都更迫切的：就是合理地解决土地问题。这是抗战建国的基本问题之一。

今年五月初，我写了《火把》，这可说是《向太阳》的姊妹篇。这是我有意识地采用口语的尝试，企图使自己对大众化问题给以实践的解释。

最近我正集中全力写长诗《溃灭》，以法国政府拂逆了民意，驱迫人民进行帝国主义战争，到危急时又惧怕武装民众，最后不得不屈膝求和，出卖了国家和民族的经过。

此外我写了一些散文；写了几篇论文：一篇《诗人论》，一篇《诗论》。

五

在这三年间，我写了近百首短诗：写了《向太阳》《吹号者》《他死在第二次》《火把》等长诗；写了《我们要战争呵——直到我们自由了》《反侵略》《仇恨的歌》《通缉令》《大不列颠的弥撒》《哀巴黎》，《强盗同盟》（未发表），以及关于捷克的，关于周作人的等政治诗。

有人向我戏谑地说："你真是一个斯达哈诺夫运动者。"听了心里很不愉快。我想假如我向敌人放射几颗子弹，人们是不是也要戏谑我呢？不会的。

那么我是不是为了这戏谑就不写诗了呢？不会的。

我永远渴求着创作，每天我像一个农夫似的在黎明之前醒来，一醒来，我就思考我的诗里的人物和我所应该采用的语言，和如何使自己的作品能有一分进步——虽然事实上进步得很慢。

即使我休息了，我的脑子还是继续在为我的诗而转运着。甚至在我吃饭的时候，甚至在我走路的时候。

我说过这是一种苦役。

而我始终不愿意放弃这苦役——自从我只留下这唯一的武器了，在我不再有其他的武器比写诗更运用得熟练了，自从我不再画画了之后，它已成了我唯一的可以飞出子弹的出口孔了，假如把这出孔塞住了，这是要在沉默里被窒死的。

六

批评家们对我的作品曾直率地说了一些话。他们的赞词我不愿意提起，他们的非难大致有如下的几点：

有的说我被象征主义所损害。他们以为我的手法，是象征主义的手法呢？还是我的气氛是象征主义的气氛呢？

我不隐讳我受了象征主义的影响，但我并不欢喜象征主义。尤其是梅特林克的那种精神境界。

我的诗里有些手法显然是对于凡尔哈仑的学习——这位诗人如此深刻又广阔地描写了近代的欧罗巴的全貌，以《神曲》似的巨构，刻画了城里与乡村的兴衰的诸面相，我始终致以最高的敬仰的。而他的那种对于未来世界的向慕与人类幸福彼岸之指望，更是应该被这艰苦的世纪的诗人们公认为先知者的声音的。

我希望我们的批评家所非难的是诗上的象征主义，却不是诗的象征的手法。

有的说我有自然主义的倾向，这是源于我的有些诗，采取了冷静的或是反拨的态度去写作的一种误解。我厌恶浪漫主义，但我也厌恶自然主义——它们同样是萎谢了的风格。

有些人为我的诗里的忧郁辩护；而另外的一些人则非难我的诗里的忧郁；更有的则在我的诗上加上"感伤主义"的注解（对于最后这种脂肪过剩的意见，我是要拒绝的）。

我如何解释我的忧郁呢？这就是说，我如何能使自己完全不忧郁呢？我所看见的东西真的就完全像你们所看见的那么快意么？还是我非把任何东西都写成快意不可呢？我相信，我是渴求光明甚于一切的，假如看过我的《向太阳》和《火把》的人，他们当会知道，"忧郁"并不曾被我烙上专利的印子。我实在不欢喜"忧郁"啊，愿它早些终结吧！

还有一种比较严重的意见，说我和民众的接近不够，另外的则说我的诗里知识分子的气味太浓……这些是事实，我愿意领受这聪明的批判。

这一切，对于我都是好的，可贵的。由于他们的出发的善意，我在这里感激他们——虽然他们好像都只是根据我的诗的一部分而下结论。

我相信，这些意见对我的创作多少是有帮助的。

七

我的作品陈列在读者的面前。只有读者是最有权利检阅它们的。也只有作品本身最能说明我的一切——思想，情感，手法，语言，等等。

存在于我的诗里的缺点竟如此之多，贤明的读者和权威的批评家们是很容易看得出来的。

《向太阳》是我自己比较欢喜的，当写成快要付印的时候却加进了一节"群众"，这就显得不很调和了，所以单行本里，把"群众"删去了。

《他死在第二次》因为写作的时间很久，时写时辍，所以全诗不能统一,有几段并且连格调也不一致(如"一念"与"挺进"),所以我自己并不欢喜。

《吹号者》是比较完整的,但这好像只是对于"诗人"的一个暗喻,一个对于"诗人"的太理想化了的注解。

《火把》是对于"人群""动""光"的形象。当然,这形象必须有思想的内容,有生命。它的思想内容就是"民主主义"。一个友人说,这诗假如在"武汉时代"(指以武汉为抗战中心的时期)写成就好了。这友人大概有些感慨于现状吧?但"民主主义"并没有死啊,反之,它却无限制地在生长啊——

其他的一些政治诗,本来都只是被某些新的现象刺激了随时所发生的一些反射。有人以为我的诗政治性不够。以为我不关心时事。其实我是很关心中国以及世界的时事的变化和发展的,我更以一个中国人民的资格,渴望着中国政治的进步,只是我从来不曾强迫自己为每天的时事,作有韵的报告而已。

八

新的岁月又向我走来,我将以全身激动的热情迎接它。它将载着胜利的冠冕而来。

为了迎接它,我将以更大的创作的雄心来为它谱成新的歌。我将忠实地追踪着它前进。我要以创作作为我的思想的行动,争取自己的预言的实现,证实自己的誓言。

为了胜利,我将更大胆地处理我的人物的命运;为了胜利,我将更无畏地安置为这个时代所不应该隐瞒的语言。

我将学习谦虚,使自己能进步;我将更努力工作,使自己能不惭愧生存在这伟大的时代。

我没有一天不希望自己的作品更充实,使我的声音更广地进入人民的心里。因此,我愿意人家批评,严正地批评,我一定会欢喜而且感激,只要他们的出发点,是为了抗战,为了胜利。

一九四〇年十二月十四日

我怎样写诗的

一、我的癖性

马雅可夫斯基要求有一架自行车,一架打字机,一架电话机,外用访客衣服,以及雨伞等等。我所要求的再简单不过了:好的原稿纸,洁白的原稿纸;揉皱过的原稿纸对于我是最不利的。我爱在白的感觉上,编织由于富有形象的句子组成的诗的花圈。一支普通的钢笔(我从来没有用过派克钢笔),但我最讨厌钢笔漏水,钢笔一漏水了,诗的情绪就像墨水一样凝聚在纸面上了。墨笔也是我所喜欢用的,但用墨笔的时候,情绪的抒发没有用钢笔的时候舒爽。

我常在清晨写诗,常在黎明的时候写诗。有一个时期,我也曾在晚上写诗,甚至没有灯光,只是把笔在纸上很快地写。当我睡眠时,我是一定要把笔和纸准备好,放在枕边的。在我创作狂热的时候,常常在梦里也在写诗的;而最普通的时候,是我感觉常常和诗的感觉一起醒来,这时候,我就睡在床上写,在黑暗里写,字很潦草,很大,到天亮时一看,常常把两句叠在一起了。

我的诗,下午写的很少。

我看重灵感。这或许是一个不很好听的名词。那么,让我们说是情绪的集中吧。假如我的情绪集中了，写成的诗是很少需要改动的；反之，则再三地改动之后，心里仍旧是不愉快。虽然，在别人是不会看出它们之间的差别的。

我爱静，不是死寂，却是要求没有喧闹来驱散我的思绪。当我在思索着什么的时候，我是完全把脑力集中在那被思索着的东西上面的，这时候，我和人家的答话，完全是敷衍，常常连自己都不知道曾说了些什么。

我的一个友人曾说过："假如艾青的诗能写得好，那就因为艾青能集中。"我的诗固然不好，但当我写诗的时候的确是很集中的。我想：这不只是写诗应该这样，就是整个生命也应该这样——在活着的时候，严肃地活；在写的时候，严肃地写。

我的思想活动是终日不停止的。我的脑在睡眠之外没有休息。我常常为我的脑痛苦。为了强迫它休息，我常常楼上楼下地走，在喧嚣的大街上走，在奔忙着的人群里走……

我常常用冰冷的手按住前额——那里面，像在沉静地波动着一种发热的溶液。

二、我为什么写诗

从前我是画画的，用色彩表示我对世界的感情。现在我却用语言来表示了。

最初写诗是在中学时代。用八十磅的光道林钉了一册横长的本子，结了丝绳。封面上用鲜艳的色彩画了蝴蝶或紫罗兰。至今想起来是很可笑的。最初被用铅字印出来的诗，是两首感叹西湖的、吊友的诗。在每个感伤的诗句子的后面，拖了一个疲乏的韵脚。那两首诗，一定是受了当时正在流行的浪漫主义的影响的。

在巴黎时,我读到了叶赛宁的《无赖汉的忏悔》,勃洛克的《十二个》,马雅可夫斯基的《穿裤子的云》,也读了兰波、阿波利奈、桑特拉司等诗人的诗篇。

我很孤独。而我的心却被更丰富的世界惊醒了。我对生活,对人世都很倔强地思考着。紧随着我的思考,我在我的画本和速写簿上记下了我的生活的警句——这些警句,产生于一个纯真的灵魂之对于世界提出责难的时候,应该是最纯真的诗的语言。

这些警句的性质,它们包括了对于资本主义世界所显露的一切矛盾:恋爱、政治、经济、文化、艺术……的矛盾以及对于革命的呼喊。

我在写《透明的夜》一诗时,已领受了现实的严酷的教训,所以不再有空想。

当这首诗写好之后,我曾给好几位画画的朋友看过。我曾问过一个朋友:"依你看,我的诗写得好些呢?还是我的画画得好些呢?"他说:"你的诗写得好些。"不管这朋友说这话时的诚意到达了什么程度,这话对于我的艺术生涯上起了可怕的作用。

我撇开了已学了五六年的绘画,写起诗来了。

以后,我就一直为了发掘人类的不幸,为了警醒人类的良心,而寻觅着语言,剔选着语言,创造着语言。

而且,我也为这事业受过苦难,还在受着苦难,而且将继续地受着苦难。

三、我所受的影响

一般地说,我是比较欢喜近代的诗人们的作品的。

我最不欢喜浪漫主义的诗人们的作品。雨果的,谢尼哀的,拜伦的那些大部分,把情感完全表露在文字上的作品,我常常是没有耐心看完的。

歌德的自满的态度和他的说教的态度,我不欢喜。虽然他是一个巨匠。

我欢喜莎士比亚。《哈姆雷特》我是再三地阅读着的。《仲夏夜之梦》里的幻想太奢侈了。

莎士比亚的联想的丰富,生活的哲学的渊博,智慧光芒的闪烁,充满机智的语言,天才的戏谑……我没有在他以后的诗人中发现过。

凡尔哈仑是我所热爱的。他的诗,辉耀着对于近代的社会的丰富的知识,和一个近代人的明澈的理智与比一切时代更强烈更复杂的情感。

我欢喜兰波和叶赛宁的天真——而后者的那种属于一个农民的对于土地的爱,我是永远感到亲切的。

关于马雅可夫斯基,我只欢喜他的《穿裤子的云》这一长诗。他的其他的诗,常常由于铺张而显露了思想的架空。

四、我所采用的语言

批评家们说我的诗知识分子的气味太浓,他们的话所含的暗示我知道。事实上,没有一个作者不被他的教养和出身的环境所限制了的,而每个作者的进步过程就是他逐渐摆脱他的限制的过程。我是一个从来也不敢停止努力的人,我在继续不断地摆脱我出身的环境所加给我的限制。

我常常努力着使我的诗里尽量地采取口语。

我以为诗始终应该是诗。无论用文言写也好,用国语写也好,用大众语和地方语写也好，总必须写出来是诗。这意思就是：那所采用的语言必须能充分地表达作者对于现实生活所引起的思想情感；必须在精炼的、简约的、明确的文字里面，包含着丰富的生活面貌、生活的智慧、生活的气息、生活的真理。

我常常在决定题材的采取的同时决定语言的采取。我的语言是常常和因题材所决定的表现手法而变更的。

避免用纯粹文章气的句子写，避免用陈腐的烂调写，是每个诗人所应该努力的义务。但和这同时，每个诗人必须要对自己所采用的语言加以严格的选择。诗与散文在体裁上的分歧点，是在语言的气氛，语言的格调，语言的构造，语言的简约与精炼的程度差别上开始的。

我常常避免用生涩的字眼和语句。我在诗里所花的努力之一，是在调整字与字之间的关系，调整语句与语句之间的关系。

当我不得已而采用一些现成的词汇的时候，我是每次都感到恶心的。但是为了那些现成的词汇比自己所创造出来的更自然，更完全地表达了思想情感，我又不得不袭用了它们。

但我确是如一些批评者所说，在同时代的诗人里面，比较的欢喜努力着创造新的词汇的人。我最嫌恶一个诗人沿用一些陈腐的烂调来写诗。我以为诗人应该比散文家更花一些功夫在创造新的词汇上。我们应该把"语言的创造者"做为"诗人"的同义语。

这是一定的：诗人在他对于新的词汇的创造的努力中，他加深了自己对于事物的观察；诗人也只有在他对于事物有了更深刻的理解的时候，他才能创造了新的词汇，新的语言。

新的词汇，新的语言，产生在诗人对于世界有了新的感受和新的发现的时候。

有人说过："第一个说女人的脸像桃花的人是天才，第二个说女人的脸像桃花的人是蠢材。"原因就是第二个人他对世界没有新的发现。

假如我们没有把文字重新配置，重新组织，没有把语句重新构造，重新排列；假如我们没有以自己的努为去重新发现世界，发现事物与事物的关系，人与事物的关系，人与人的关系，我们就没有必要去制造一首诗。

大胆地变化，大胆地把字解散开来，又重新拼拢，重新凝固起来。

在人家还没有开始的地方开始起来，在人家还没有完成的地方去完成它。

而语言的应该遵守的最高的规律是：纯朴，自然，和谐，简约与明确。

五、形象的产生

一首没有形象的诗！这是说不通的话。

诗没有形象就是花没有光彩、水分与形状，人没有血与肉，一个失去了生命的僵死的形体。

诗人是以形象思考着世界，理解着世界，并且说明着世界的。形象产生于我们的对于事物的概括力的强旺和联想力与想象力的丰富。

每天洗涤自己的感觉，从感觉里摄取制造形象的素材。

从物与物的比拟里，去分别他们间的类似和差别的程度。再把类似的东西组成一个新的程序。

努力把握物体所存在的地位和周围的关系，人与社会之间的关系，事件与时间之间的关系。

诗人的脑子必须有丰富的储藏：无数的鲜活的形体和它们的静止与活动；无数的光与色彩的变化；无数的坚硬与柔软；无数的温暖与寒冷；无数的愉快的与不愉快的感觉。

只有储藏丰富了之后，所产生出来的形象才是自然的，生动的。

我常常唤醒自己的联想和想象。我常常从这一物体联想到和它类似的所有物体，从这一感觉唤醒和它类似的所有的感觉；我常常从我已有的经验里去组织一些想象。

联想和想象应该是从感觉到形象的必经的过程。没有丰富的联想和想象，是不可能有丰富的形象的。

当然，丰富的联想和丰富的想象，只有从丰富的生活经验里才能获得。

一九四一年三月

论抗战以来的中国新诗

——《朴素的歌》序

一

一个拥有四万万六千万人数,占世界人口四分之一的民族,一个展开着一千一百多万平方公里的土地的国家,在持续着已经历了四年半的争取自身的独立与解放的战争,这战争是这民族必须倾其所有的全力,所有的机智,才能匹敌和制胜那在武器的配备上比它精良多少倍的敌人的战争。

这战争不只是两国间军事的交锋,不只是为了仇恨的报复与耻辱的洗雪,也不只是为了国家的空洞的光荣的争取,这战争是为了:假如我们不坚决击退敌人,我们即被敌人永远奴隶、永远宰割,我们即要永远叹息、永远哭泣的、殊死的战争。所以这战争必须同时是政治、经济、文化……整个民族的全般生活的战争。

经历了四年半的全国人民的坚如钢铁的团结,血火交溶里的挣扎与搏斗,和白热如炎阳的奋斗,中国是迅速地进步了。这进步不只是在军事的稳定和后方经济建设上可以看到,同时也在文化的普遍的方向上可以看到;更在文学与艺术的质与量的相互递进上,在文学艺的一部门的新诗创作活动的蓬勃上，得到显著的反映。

二

诗是国民生活的最真实的纪录，和发自国民生活的愿望最最诚挚的语言。国民生活通过真实的诗人的眼、心与嘴，披露了它的内容，千百年来被凌辱的痛苦，解放的渴求，今天的抗争的奋发，与明天的胜利的预期的狂喜……因此，那些立志要完成自己是国民精神的表现者的诗人们，必须与其他的人们更无保留地委身给战斗——努力着观察和了解国民生活，并且，为了表现他而承受艺术的创作生涯中一切的困苦，诗人们必须比其他的人们更深地体验自己民族的悲哀，也必须比其他的人们更清楚地觉察到自己民族的优秀的品质，和混在一起的数不尽的卑劣和腐败。一个民族，借信实的诗人的眼，看清他自己。

在这同一的意义上说，当着一个国家临到了它空前的危厄的时候，当着侵略的敌人已跨上了它的土地的时候，诗人不仅应该用情感去激起人民的仇恨与愤怒，不仅应该由仇恨与愤怒鼓舞起人民参加战斗；诗人们更应该教育给人民以生活的智慧，教育给人民以慎密的思考，增长人民的坚韧沉毅的性格，使他们能从悠久的盲目迷信的、被蒙蔽着的、反科学的神秘精神里摆脱出来，从封建文化的桎梏里摆脱出来。

新的勇敢的跃进，不仅需要动员无数的血肉之躯，为斗争与工作而奋起，却更需要对于明天的胜利给以沉思——为了完成革命的伟大事业，为了完成真的独立、自由、幸福的新中国的建立，中国人民不仅应该为今天的战争而牺牲，却更应该为保障明天的胜利而冷静的沉思，而机敏地警惕，而坚强地防御，不然的话，这些悠久的苦难的年月，这些忍受，这些崇尚的舍身取义的观念，这些纯洁的鲜血，将都只是一些空虚，一个滑稽，一页讽刺，一场噩梦而已。

　　这战争的革命的性质，这战争的进步的意义必须被每个诗人所了解，所稔熟，这不是帝国主义的侵略战争，所以我们没有国民精神的杀人的沉醉。这是半殖民的国家为了自己能从奴役与被宰割的命运里解救出来的革命的战争。所以我们有权利要求诗人具有冷静的眼睛和深刻的思想，随时警戒着避开那些掩伏在向胜利之路的两方的黑暗的窥伺，和正在等待着整个民族堕到里面去的陷阱。诗人们必须在他的作品里，比一切更重要的，提醒自己并向人提醒，这战争的最基本的革命因素：反对帝国主义的战争，反对血腥的世界法西斯的统治，反对一切充当敌人的清道夫的汉奸及其倾向，反对一切使中国倒退到封建统治的企图及其倾向；诗人们必须提醒自己，并且向人民提醒：这战争是在全国人民和政府的团结一致这基础上才能持久，这战争必须在民主政权的迅速的实现上，才能得到胜利。

三

　　抗战变动了中国人民的生活，抗战的生活丰富了中国的文学艺术。中国的文学艺术在抗战里得到了廿年来所未曾有的成长、进步与繁荣的机会。

　　中国新诗在抗战期间，经了自己哺育、自己扶持、自己茁壮的努力，今天已临到了一个果实累累的收获的季节。这些果实是滋生在广大的、流血的土地上的，这些果实是以人民的眼泪为露水而丰满自己的，我们眼前铺陈着丰富的色彩与光辉；从这些色彩与光辉，我们的眼睛前也闪烁着中国人民的血泪的斑点……

　　抗战以来，中国的新诗，由于培植它的土壤的肥沃，由于人民生活的艰苦与复难，由于诗人的战斗经验的艰苦与复杂，和他们向生活突进的勇敢，无论内容和形式，都多少倍地比过去任何时期更充实和丰富了。

四年半前七七事件的前夜，作者曾对中国新诗有过这样的近似祝祷的预言：

…………
　　河岸上
　　春天的脚步所经过的地方，
　　到处是繁花与茂草，
　　而从那边的丛林里
　　也传出了
　　忠心与季节的百鸟之
　　高亢的歌唱。
　　　　——《复活的土地》

这祝祷这预言，今天已得到了证实了。

抗战以来的中国新诗，由于现实生活的不断的变化所给予它的新的主题和新的素材，由于它所触及的生活的幅员之广，由于它所处理的题材错综繁难，由于它的新的思想和新的感觉的浸润，它已繁生了无数的新的语汇，新的词藻，新的样式和新的风格。

这些语汇，这些词藻，这些样式，这些风格，使中国新诗显然地自己表明了一种进步，更因为它们的内容具备了中国现实之历史的意义，也必然地使自己得到了新的美学的肯定。

四

作为抗战四年半来的中国新诗的特征是什么呢？

那最显著的成为普遍流露在抗战以来的中国新诗上的特征，是诗人们要它自己置身在为正义而战斗的人群一起的企图；以群众和不违反群众的愿望的人为真正的英雄；以群众为执行革命事业的真正可以信赖的人物；以及对于土地的热爱与对于人民的尊敬，等等。

诗人们努力着把自己的作品成为发自人民自己的呼声，为此迫使诗人们去了解人民的痛苦，发掘蕴藏在广大群众间的无限的力量；而且是自然地对人民产生了亲切的感情，更从那被它们如此艰苦地支撑着的斗争中，提高他们的生命的价值，从它们的不可悔的反抗中，辉映他们的意志的尊严。

诗人们不仅努力着为自己以最大的热情，去反映生活，他们颠沛流离，他们的日常生活的艰困，他们的饥饿与疾病的纠缠，他们的死难，他们的对于残暴的敌人深刻的仇恨，和他们的参加战争的热情……诗人们也努力着为自己以最大的热情去讴歌人民的内心的愿望，他们的对于被奴役的生活的厌恶，他们的对新的日子的欢迎，对于革命战争的兴奋，对于自由幸福的企求，以及在那远处向他们闪光的理想境界的向往……

诗人们也努力着自己试探着，寻找语言，不是被旧文学经过百般蹂躏的语言，不要捡起贵族文学的盛宴之后的冷菜残羹；他们所试探着，寻找着的语言，不是萎靡与陈腐的语言，不是飘忽与朦胧的语言，不是无力与柔弱的语言，不是唏嘘与呻吟的语言，他们试探着、寻找着的语言，是明朗与正确的语言，深沉与强烈的语言，诚挚与坦白的语言，素朴与纯真的语言，健康与新鲜的语言，是控诉与抗议的语言。

诗人们更努力着为自己培养丰富的鲜活的形象，浓郁的清新的气息，宽阔的、健康的、素朴的、明朗的风格，强烈的、有力的音节与旋律；那些本质的是进步的形式，胜利的形式。

诗人们更努力着为自己武装了思想，通过科学的正确的方法与思辨，提高自己的认识，为自己在无数的政治概念，在每个日子的新的变化，与自己的情感之间，寻求调协写融洽，使它们不致在表现的时候，有了罅隙与漏洞，而能达到了完全一致。

抗战四年来的中国新诗，为了充分表现人性的斗争的壮丽，和斗争生活的美丽与庄严，它自然地摈弃了装饰趣味与琐屑的雕琢的形式；摈弃了任何空想的与虚构的，以及罗曼蒂克的内容……它和巴拿斯派的近似凝冻了的思想、情感，与僵死了的木乃伊的格调离别；它也离别了浪漫主义所遗留不来的浮夸与一泻千里的豪兴（这种豪兴产生于个人英雄主义的空想的放纵）；它和象征主义的、神秘主义的、近似精神病患者精神的呼喊，苍白的呓语，空虚的内省，带着战栗的声音的独白绝缘；它更揭去了一切给世界事物以神秘的掩蔽的外衣，观念的外衣，黑色的外衣；它大胆地感受着世界，清楚地理解着世界，明确地反映着世界。

五

当然的，存在于抗战以来的中国新诗的缺点，也是不容隐讳而且是应该郑重地指出来的。

由于这一些诗人的创造力的贫弱，我们的诗坛里也还流行着模拟与抄袭，有一些诗人显然不是从生活去寻找他们的创作的题材与语言，却只是从一些流行的读物上去寻找他们的创造的题材与语言；一些诗人们竟毫无选择地，把许多枯死的成语搬到他们的诗里去；一些诗人们在无厌地翻覆着从人家那里借用来的滥调；还有一些诗人们，很轻易地在他们的作品里排列着一些套语，而最普遍的现象则是情感的不够深沉，思想力的薄弱——他们显然把无论任何得到他们脑子上来的思想与得到他们心上来的情感，毫无选择能力地，把它们流露在他们的作品里，而他们的思想与情感，反常常是肤浅到不足道的。

同时，我们也依然常常可以发现，很多诗人在利用自己的技巧上的一点小成就和组织字句上的小机智，极力铺张和掩饰空虚，使他们的作品常常在浮面上闪烁着文字的光彩，造句的聪明，而里面却是一些伪装的情感，和仅只是一些流行的概念的思想。

但是，这些都是一些暂时的现象，一些在迅速发展中所不能避免的过程。诗人们的努力达到了一定的程度时，当历史现实达到一定的阶段时，当诗人们的更紧地接触到生活和更深切地关心到现实时，这些缺点，一定随时逐渐地从他们的作品里减少了的。

六

抗战四年来的中国新诗和读者的关系，比从前任何时期都更加切实了。由于新诗运动的发展，由于诗晚会、诗朗诵、诗壁报、街头诗等样式的提倡推行，诗在报章杂志和书本的印刷以外更增加了许多新的传达与广播的方法，同时诗人们和读者群众之间的接触，也由于诗晚会与诗朗诵等形式的介绍而成为经常化了。

读者群众的鉴赏能力被提高了。我们可以说，生活不仅影响了作者，而且也同样影响了读者。今天的中国新诗的基本的读者，已慢慢地从士大夫、学者、名流、教授与绅士，而转换到更广大的人们。他们包括着一切热心于中国的民族解放运动，热心于中国现实的理解，关心人类进步事业，而具有文学的初步修养（当然这并不是论中国新诗经不起更高的艺术的评价）的所有的人们，而这广大的人们由于他们生活的进步，由于他们参加战斗的热情，由于他对于文化教养的渴望与自我教育的努力，他们已极明显地在鉴赏能力上比中国新诗的旧有的读者进步了。

有些教授与绅士非难中国新诗，假装公正地批评着中国新诗，说他们对这些东西"不欢喜"或是说"这些东西总没有旧诗有趣味"，等等。天晓得他们说的是什么话！他们在云南或是四川的小城里，远离了烽火，看不见全国人民的流离之苦与抗争的英勇，在小天井的下面抚弄着菊花，或者凝视着老婆的背影而感到人民无限幸福地过日子，他们的情感需要的是鸭绒被上的睡眠，他们的审美力早在成见与对于新的事物的胆怯与戒备里衰退到几乎没有的程度了；他们早已失去了理解中国新诗的公正态度与评论中国新诗的为公众所承认的权利。

中国新诗已为自己找到了更严正的，更可信赖的读者了。而且，也只有拥有这新诗的读者的中国新诗，才有继续繁荣的前途。

七

抗战开始之后，中国的新诗人们即广泛地动员活动，他们都无保留地以自己的笔作为武装，参加了文学宣传的工作，成千成百的诗人把自己的艺术为这神圣的革命战争而服役，他们把生命的全部热情交给了这神圣的革命战争，极少有例外的。

在这四年半期间，从参加写诗的诗人的人数和诗的创作的生产数量，他们之间的团结与互助，过去各种流派之间的意见的分歧，和那些无形的对立的消泯，他们在抗战与民主的旗帜下的实现的统一与亲爱，超过了中国革命以来的任何一个文学上最光荣的时期，同时，在这四年半以来的中国新诗很坚固地保持了中国革命的新文学的光荣的传统，贯彻着中国革命的新文学的鲜活的血脉，使自己成为中国革命的新文学的继续成长，继续发展的一个重要的阶段。

今天的中国新诗，假如没有二十年来的伟大的中国革命为基础，假如没有二十年来的诗人们的前仆后继的革命热情的灌溉，是不会也不可能有今天这样丰富的收获的，所以今天的中国抗战新诗，正是二十年来的中国革命新诗的一个进步。

而今天的中国新诗有这样丰富的收获的更重要的原因，该是由于今天的中国诗人的对于民族的独立解放的渴望，对于抗战的坚决的拥护，对于中国土地与人民的热爱和诗人们参加战争的勇敢，以及诗人们向这前进伟大的时代奔驰，与无比丰富的现实生活的森林的突进所得来的成果。

中国新诗好像有意地为自己选定了这些优秀的知识分子作为自己的光荣传统的承继人，所以也像有意地使这些知识分子领受更多的苦辛，无所顾惜地把他们投进了战争，经历了血与火的洗礼，经历了无比艰苦的锻炼，培养了他们沉毅的、为了争取胜利所必须有的坚韧与倔强的性格。好多诗人放弃了优裕的享受参加了抗战；好多诗人挣脱了温柔的羁绊，出发去工作；好多诗人绞杀了那个一直残忍地统治着他们的创作生活的、把艺术当作精神的私有财产的观念，而把自己的思想情感为这新的日子、新的事件而服役；更有好多诗人，他们在战争中知道，无论艺术和科学、哲学都一样，在人类的为了消灭不幸的斗争还没有完全停止之前，它不得不成为为了消灭不幸的斗争的武器。

八

在这选集里所收集的四十多位新人的诗,它们包括了中国新诗各种比较重要的倾向,包括了中国新诗各种比较重要的流派,他们各具风格与韵致,而每种声音都如此清澈地歌唱着为这民族所一致体验着的悲哀里感受着的欢愉,激荡着的热情,进行着的战争,争取着的胜利,企求着的美好的理想,工作与粮食,自由与幸福,文化与艺术的可靠的保障。

那贯穿在它们里面的思想与情感,正可以从各方面反映今天全民族的思想与情感;它们里面所发出的愿望,正可以从各方面反映今天全民族的愿望,他们的共同所要求的那些终极的目的就是中国的独立解放,人民的自由平等,而他们比一切更知道的就是为了中国的独立解放,人民的自由平等,必须坚持全国人民政府之间的团结,必须坚持抗战——直到中国完全胜利了为止。

这六七十首诗,它们所触及的题材有英勇战斗的歌颂,有对于真正为人民而劳瘁的人的歌颂;有民众动员的画面;有对于支持抗战最有力的劳动人民的慰问;有为因抗战而流血牺牲的人们的哀悼;有来自失地的悲哀的呼声;有前线和后方生活的画图;有反对世界法西斯摧毁文化的檄文;有对于世界的为正义而斗争的友军的同情,和他们牺牲的哀悼;有对于妥协投降的警惕;有坚强的誓言,有对于背叛者的愤仇;和今天中国方面的生活的画图……它们的所有的激昂,悲愤,壮烈,哀伤,忧郁,欢快,兴奋……都是为了战斗,为了牺牲,为了支持,为了胜利。

这些诗,不仅标明了中国新诗的显著的进步,同时,也标明了中国的诗人的显著的进步。有些诗人,在抗战以前是那么幸福,做着艺术的俘虏，膜拜着美为至圣；有些诗人得意着把艺术当作魔术，当众变幻着他的空虚与神秘；有些诗人在感觉的浸淫里任性地亵渎着艺术，像污辱一个善良的女人似的；但今天，他们都在迫使着他们不得不进步的现实的前面进步了，不进步的就被淘汰，永远是自然发展的最高的真理。这些的人，有缓慢地在探求着创作的出路，有的却勇敢地踏进了新的创造的锻冶厂，有的转变得连他自己都不会或者不愿意得他的原形。他们同样地都为自己的艺术取得了解放，有如勇敢的普罗米修斯，冒犯了宙斯的禁律，把火交给人间。

有些诗人，他们几乎和抗战发动的同时，一面撇开了艺术至上主义的观念，撇开人生的哲学说教，撇开了日常苦恼的缕述，撇开了对于静止的自然的幸福的凝视；一面就非常迅速地（当然，在他们的内心的奋斗过程里不会是太简单的）把自己投进了新的生活的洪流里去，以人群的悲苦为悲苦，以人群的欢乐为欢乐。使自己的诗的艺术，为受难的不屈的人民而服役，使自己坚决地朝向为这时代所期望的，所爱戴的，所称誉的指标而努力着、创造着。

卞之琳，何其芳，曹葆华，都写了好多诗，这三位诗人，最显著地受到抗战的影响，他们都同样地为自己找到了他们诗的新的栖息的枝桠。

如果说卞之琳极力想从自己的意念里去寻找他的对于新的生活的肯定与融洽，因而常常有意无意地忽视了自己，则何其芳显然是从个人内心的变动去感受新的生活的侵入他的世界观的那种力量，他的歌里，常常有意无意地掺进了对于自己的剖白——这种剖白是这诗人最感兴味的；而曹葆华则比上面所讲的两位诗人更大胆地诋毁了过去，赞美未来。

方敬，骆方，厂民，锡金，韩北屏……有一些类似的地方。他们的技巧的平稳,他们的一般化的手法,他们的极力想控制情感的企图,羞涩地把思想显露出来的态度等等。

力扬,常任侠,徐迟……很多场合,显然是为创作的意欲而唤起自己的情绪。因此,他们的诗,技巧的成分常常过多于感情的成分。

毕奂午以优美的格调,抒出他的不屈的意志的声音。这诗人如果我们要加以责难的话,那就是他的意志常常是代表个人的这一点,他好像不很有意味去发现革命,必须是群众的行动这一观念,因此他的诗里的信仰,就常常成了没有根株的花树一样,是一种道德上的奢侈品了。

蒲风,田间,袁勃,戈茅……被生活的浓烈的光焰所陶醉,他们的诗,常常流露了由于激情所带来的喘急呼喊。

贾芝为自己发现了诗的音乐性,这种音乐性不是依靠脚韵的那种催眠的声音,而是从快愉的情感所唤起的声音;而另一诗人——括洛用富有旋律的语言,去发现它。

孙钿,彭燕郊,李素石,比人家更自然地呼吸了新鲜——这新鲜是从对于土地的爱里所散发出来的。

李雷似乎始终为自己保留着忧郁,想用忧郁喂养他的憎与爱。

李又然是以信念为教训,他的诗闪着智慧的光。他是企图以诗启示自己并温暖自己的。

袁水拍是今天最富有西欧明澈的理智的诗人,他常常以带着强烈的憎与爱的讽喻,解释并批判着世界。

邹荻帆,邹绿芷的情感比较深沉,刘火子的比较明朗,健康,鲁藜的格调比较清新。

戴望舒依然保留了诚挚的语言。

在这些诗人里面,我们已发现了十几个是新人,他们的诗的技巧与他们的显露的思想情感已得到了相当的调协与和谐,他们的出现是中国新诗的光荣。

有了他们,新诗有了可以预期的胜利;有了他们,新诗的正确传统可以得到保障。当然,这样地列举是不够的!这些诗人之外,应该还有许多可以推崇的诗人,只是为篇幅所限,不得不在他们之间有些选择。

这些诗,它们各自代表了它们的作者的思想与情感,格调与气氛,他们都在自己的约束与控制里得到了很高的表现;很多且已到达了艺术与思想的完全的合致。它们不仅在技巧上标明了二十年来中国新诗的一些进步,而且,因为他们所触及的现实生活和他们所处理的主题,使他们成为中国革命文学的可贵的收获。

九

我们坚持着为建立真正的三民主义(不是日本帝国主义及其走狗汪精卫所冒充的三民主义)的新中国而奋斗;为了中华民族的解放,民主政权的实现,人民生活之自由与幸福的保障而奋斗;为了坚持真正三民主义的革命的新文化(即为了民族独立,民主政治的实现,人民生活的自由与幸福的文化)而奋斗;也只有为了民族的独立解放,民主政治的真正实现,人民生活之自由与幸福真的得到了保障,战斗才成了美的最高的标帜,诗的最高的赞颂;牺牲才成了道德最高的行为,诗的最高的尊敬。

我们也同样坚持着为中国革命的新文学而奋斗,为中国革命的新诗保持光荣的传统而奋斗;祖国的独立,人民的自由,和革命的新文学的进步,革命的新诗的繁荣,是不能分开的。

中华民族在继续着的伟大的革命事业,必须通过革命的新文学、革命的新诗才能强化人民的意志，组织人民的情感与思想于一致，向人民提醒一切的保障，启示革命的真理。中国的革命的新诗，也只有依附于中国革命事业，才有发展的前途，而且只有中国革命的真正的胜利，才能保障中国新诗的永久的繁荣。

十

　　这选集是尽可能的范围里使它成为中国新诗的一个比较正确的反映。编者为他所定的搜集作品的标准是很宽的，每个作品的艺术手法和那里面所包含的生活内容保持了相当的均衡，不相背驰。有些诗，艺术的标准达到了，但是，它们所包含的思想抑贬了它们的价值；有些诗，思想是正确的，但是它们的表现手法的稚拙，使他们仅仅成为一些政治的篇章，而不是诗；有些诗，诗藻铺饰在浮面上，但那词藻是矫揉造作的；有些诗情感流露在文字上，但那情感竟像一个拙劣的演员一样，一看就知道是伪装的，诸如此类的诗，编者只有把它们舍弃了。

　　同时，这选集，却也由于一些实际上的困难，使它不可能做到满意的地步，时间的短促（从开始到完成仅只两三个月），地域的限制（交通的阻隔，使各种地方的刊物与报纸，不能汇集拢来），材料的缺乏（出版物收集的不容易），以及诗人的分散，作品的收集仅只能做到现在这个样子。

　　还有一些诗人的努力是素来为编者所钦佩的，但他们的作品有的因为收集不到，没有选进去；有的因为他们现在的作品，并不能增加他们已经得到的光荣，编者为了爱惜他们的文学上过去的成绩，只有把他们的作品割爱了。编者希望由于这些诗人的对于艺术的忠诚，而能得到他们的原宥。

　　这里我必须声明是：这工作交给一个写诗的人来做，不是最恰当的，因为一个写诗的人多少都由于他们的创作上的一些积习，他的修养的一些局限，养成了对于编辑工作很不利的偏好，这偏好或多或少会损贬了一些诗人们的劳作，也或多或少会侥幸了另外的一些诗人们。但我想：假如诗人们都允许我也是他们的一个读者（我会以一个诗学徒的谦虚和诗的同志的诚恳，在你们的诗里，寻找我所能理解的声音），你们一定会不大看重我所定的选择的标准。

最后，我得感谢允许我将他们的作品选入这集子的、和把他们的作品寄给我，使这集子能增加光采的诗人们。

一九四二年四月

开展街头诗运动

——为《街头诗》创刊而写

一

劳动者是文化的创造人；革命的目的之一，就是要把文化从特权阶级夺回来，交还给劳动者，使它永远为劳动者所有。

二

把诗送到街头，使诗成为新的社会的每个构成员的日常需要。假如大众不需要诗，诗是没有前途的。

三

诗必须成为大众的精神教育工具，成为革命事业里的，宣传与鼓动的武器。

四

诗人应当毫无间断地关心老百姓,倾听老百姓的话,注意老百姓的事情,留心发生在老百姓之间的每个新的事件。只有这样,才能使诗的内容与形式日益丰富与扩大,才能使诗富有生命。

五

让老百姓在墙报上看见他们所了解的话,看见他们所知道的事情,让老百姓欢喜诗。

六

把政治和诗密切地结合起来,把诗贡献给新的主题和题材:团结抗战建国,保卫边区,军民合作,缴公粮,选举,救济灾民……以及"今年打垮希特勒,明年打垮日本",整顿三风,劳动英雄吴满有,模范工人赵占魁……等,使人们在诗里能清楚地感到今天大众生活的脉搏。

七

提倡写给老百姓看的诗,更提倡老百姓自己写的诗,提倡不离开生产的工农兵大众写的诗。

八

让诗站在街头，站在公营银行和食堂中间。让诗和老百姓发生关系——像银行和食堂同老百姓发生关系一样。

九

让老百姓从墙报上读到自己的名字。诗原是属于他们的，一切艺术原是从劳动开始而又属于劳动的。珠宝原是属于捞珠人的，却被盗窃了，而且被锁在保险箱里，或者挂在因闲空而发胖的女人的项颈上。

十

自从知识被少数人所占有以后，就像财产一样，被披上了"神秘性"，好像是一个"圣处女"似的不可侵犯。现在是要把这"神秘性"完全揭去的时候了。应该打开书库像打开谷仓一样，让书籍受到阳光，而且被流着工作的汗的粗手拿起来。

十一

有这样的事：一些农村里的佃户或自耕农的儿子们，在上海念了几年书，他们的父亲到上海去看他们，有些同学问他们那些庄稼人是谁，他们说是他们家里的长工——不承认是他们的父亲。

文学艺术的叛逆行为也和这一样。那些绅士们，教授们，诗人们，都以为文学是贵族们的东西；以为得使大家不了解为光荣，他们嘲笑一切写给大众看的东西为"粗俗",或者有意无意地无视它们,抹煞它们,甚至给以冷嘲,使文学变成了统治者的第四个姨太太才算满足。

　　文学艺术只有从那些绅士,教授,诗人……的包围里挣脱出来,才能同时从颓废主义,神秘主义,色情主义的泥沼里救出自己。

十二

　　只有诗面向大众,大众才会面向诗。应该终结那种专门写给少数几个人看的观念了,那种观念,是封建文学者的观念。

　　在革命的意义上说,文学以它所能影响的程度决定它的价值。

十三

　　充分肯定大家的日常的口语,是文学语言的主要素材,并且努力使之合于文法——灭除那些暧昧不清的话语,保存那些简朴的话语——吸收到诗里来——它们将是诗的丰富的营养。

　　文学的贫血,是大多数作者脱离生产,脱离广大的社会生活的结果。现在已有了这样的危机:一个刚刚开始练习写作的青年,都学会那一种弱不禁风的文体了。他们的东西,一开始即失去了应有的粗犷和野生的力量。这样的文学青年,当然渴望着做"作家",努力学着既成的所谓作家的那一套,终于一天天地和大众远离。他们的作品像出于一个闺秀的手似的纤细。我非常嫌恶这种倾向。

十四

与其"纤弱",毋宁"粗糙"——后者常常是生命力过于充溢的结果。

为了要把文学交还给大众,让那些绅士、教授们、诗人们皱眉吧——总有一天他们将要哭泣!

十五

从惠特曼、凡尔哈仑,以及马雅可夫斯基所带给诗上的革命,我们必须努力贯彻。我们必须把诗成为足够适应新的时代的新的东西。我们要改变诗的生产方法——把诗从小手工业的形式中突破出来,用任何新的形式去迎合新的时代的新的需要。

十六

今天已不止一个地方在进行街头诗运动了。让这运动在每个有写诗的朋友的地方去开展起来是完全必要的。发动更多的人为他而努力。这运动包括任何新的形式:诗标语,明信片诗,用新诗题字,用新诗写门联,……使诗同人民的日常生活连结起来。

十七

新的诗人将从大众中产生。而我们,我们至多是一个助产士。在这意义上,我们必须有充分的愉快与敏捷来从事工作。

我们来抄写,我们来整理稿件,我们来编辑,我们来画标题,我们来张贴。

十八

诗的语言、形式、风格，将由大众化运动的实践中，带来了变化与改造。好的东西，将可以预期地被发现。

在丰富的现实生活中，在广大的写作青年的努力中，"狂野的、特殊独创而美丽的诗"（拜伦论柯勒立治语）将会产生。

十九

我们要继续进行朗诵。不仅在室内集会上，而且在露天，在街头。任何一个运动的本身就含有一种革命的意义。而且，就在这个人类的世界上，没有哪一次新的运动不是曾遭受到嘲笑的——但是最后得到胜利的，绝不是那些冰冷的嘲笑者。

一九四二年

关于诗的一封信

你的两部原稿——《人民进行曲》和《春耕》,我已全部读完了。这两部原稿里,共收集了你从一九四六年春到一九四九年冬之间所写的长短诗四十三首。

你要我为你的诗集介绍出版和提意见,我以为你的诗里毛病很多,出版了,当你更成长的时候,重新读起这些诗,也要引起懊悔的。

你的诗,大部分是由于生活经验不丰富和对生活的认识不够,而显得内容空洞,语言和比喻混乱;在你所喜采用的象征的手法里,真实的想象不但没有很好的结合,而是常常互相抵触,或者互相纠缠不清;摹仿与抄袭好像已成了你的一种习惯,这样,使你的诗完全失去了独立的价值。

你一定是常常写诗,但你的诗许多都是无病呻吟,对革命的愿望的一些空虚的无力的叫喊,而这些叫喊,你用外表上看去好像很美的词句装饰起来。例如《飞蛾》:

  由于一点灯火的引诱
  从遥远的地方飞来
  为了一个美丽的憧憬

慷慨地把身子献给光明

多么的勇敢呀

你这真理的信徒

虫类的革命家

用"飞蛾"来比拟对光明的追求,是勉强可以的,这是一种象征,也有人用过,但你最后却把"飞蛾"具体地叫作"真理的信徒""虫类的革命家",不但觉得有些滑稽,简直是拿"革命家"来开玩笑了。

诗是需要形象的。但在你的诗里的许多形象,是一些从脑子里勉强挤榨出来的——很不干净的东西。例如《招儿的一生》里:

嫌恶立刻爬上了他的脸

"嫌恶"用"爬上"已经不自然,而"立刻"是快的意思,"爬"却又常常是缓慢的。

但爸爸板起冬天的脸

"冬天的脸",你是说阴沉的脸,还是冷酷的脸呢?把"冬天"两个字放在这里是不恰当的。

你的眼睛噙着愁苦

你的脸像冬天的潴水

你的心像一只抛下了锚的破船

静候着生活的逆潮的冲击……

一个人的脸、眼睛和心是有生理上的关系的,而你所采用的比喻却没有什么关系:你说"脸像冬天的潴水",而"心像一只抛下了锚的破船",这之间的关系是不可想象的。"冬天的潴水",这又是说明什么呢?"破船"是要沉的,既然要沉,又怎么会"静候着生活的逆潮的冲击"呢?

> 埋去一个杂草丛生的山冈上
> ——年轻的春风吹绿了野草
> 但你的灵魂永远追恋着死亡……

"去"大概是"在"字之误,"年轻的春风吹绿了野草",春风加上了"年轻的"是什么意思呢?不加上"年轻的"不可以吗?你写的是一个女人不幸死了的,那么她又怎么会自己"追恋着死亡"呢?倒不如说死亡追恋着她吧!

> 广阔的世界没有了你的渺小的名字

在旧社会里,一个乡下女人,"广阔的世界"原来就没有她的"渺小的名字"的,这也并不是她感到最痛苦的事。她假如有不幸,绝不是因为在"广阔的世界"上失去了自己"渺小的名字"。

例如《春耕》里:

> 汗珠滚落到泥里
> (这是最好的肥料呵!)

这是象征的呢,还是真实的呢。我们有时说用血汗灌溉土地,意思是以辛苦的劳动去培植庄稼,这原是有些象征的说法;而你现在却真的把"汗珠"当作"肥料",而且加上一个那么肯定的形容词"最好的",这么一来,却反而成了不合乎科学的了。

  但埋在土壤里的
  希望的籽种
  要突破黑色的命运而
  生长

"黑色的命运"指的是什么呢?因为"土壤"和"籽种"之间的关系既然是这么具体而又明确,接着却来了"要突破黑色的命运",这是指天气呢,还是指"籽种"的包壳呢?其他还有什么需要"籽种"去"突破"的呢?

  是生命萌芽的日子呵
  希望的亮丽的轮子在阳光中滚动着

在同一首诗里,前面的"希望的籽种"和后面的"希望的亮丽的轮子"是一种东西呢,还是两种东西?假如都是"希望",它怎么一下子像"籽种"一下子又像"轮子"呢?

在《更夫里》:

  沉重而单调的步伐
  吻着梦的村路

"步伐""吻着梦的村路",这是不是说"更夫"的脚步走过在做梦的乡村的道路呢?脚步走路怎么会是"吻着"呢?是不是"更夫"的脚踩到地里的时候是充满柔情,竟像是"吻"呢?

> 黑暗鞭着罪恶的马
> 向死亡的深渊逃逸

这些句子多么可怕!而这些想象也多么奇怪!
"罪恶的马"象征什么呢?"马"而向"深渊逃逸"。这里,你的马岂不成了两栖动物了吗?
在《篝火》里:

> 荒凉的鼾声

是不是还有一种"繁盛的鼾声"?

> 冰冷的寒夜

是不是还有一种不冰冷的"寒夜"呢?"冰冷"和"寒"究竟有多大区别呢?

> 天空抖落了阴郁的云块

"阴郁的云块"是不是像很干燥的树叶一样可以"抖落"呢?

>　流溢着新鲜的乳白色的烟液……

"烟"是一种气体,而"液"当然是一种液体,你所说"烟液"究意是气体还是液体呢?假如以"流溢"这一动词来推测,则你所说的"烟液"是有些像啤酒刚倒在杯里的样子,它是泡沫很多,而又从杯口"流溢"出来的。

>　他们用杀戮
>　喂养着
>　我们
>　又用钢刀
>　插进我们的
>　血管

"杀戮"怎样"喂养"呢?"喂养"即使不使生物成长,也总使生物能维持生命,而"杀戮"却不是使生命死亡,就是使生命受伤,你的意思究意是怎样的呢?是不是要用"杀戮"把我们"喂养"大了,再用"钢刀""插进我们的血管"呢?这是一种什么游戏啊!

在你的《给一个战斗的歌者(寄B、K)》这首诗里,你说:

>　你挑起了
>　祖国的
>　命运
>　像殉道者
>　背负着

十字架……

这是非常不合适的，难道你的那位朋友对于我们祖国真的显得那样重要吗？

诸如此类的语言和比喻，使你的诗成了一种文字的玩弄，这种文字的玩弄是和生活的真实的语言之间没有什么关系的。在《排字工人》这首诗里，你这样描写工人的生活：

你们
晒不到
太阳
你们
呼吸着
铅字的
毒气
你们
没有健康

你们的宝贵的
青春
在印刷机的
喧嚷声里
埋葬
你们颠倒了
生活的程序

白天睡觉

　　夜晚工作……

　　你们，你们

　　可敬的排字工人啊

　　你们是在用鲜血

　　灌溉文化的花朵呀！

这里，与其说你是对排字工人表示尊敬，不如说你是对排字工人表示嘲讽。我不知道你写的是解放前的排字工人呢，还是解放后的排字工人？看你的诗的第一二两段，都好像是解放前的排字工人，但第三段，又好像是在写解放后的排字工人。假如你是写解放后的排字工人，一个已经有了阶级觉悟的工人，对你这种写法会认为是对他的一种讽刺，一种出于好心的侮辱。

以上的这些，是我在你的诗里一面看，一面发现的认为不妥当的语言和比喻的一些例子。而这还只是一部分。

其次我想和你谈谈摹仿的问题。

你的诗的大部分，是从摹仿来的，有的是摹仿田间同志的作品的，有的是摹仿拙作的，还有的可能是摹仿别的同志的作品的。

我不是说诗人不应该互相发生影响，古今中外的诗人，都不可避免地互相学习、互相影响的。

　　人行明镜中

　　鸟度屏风里

　　　　——李白

山阴路上行

如在镜中游

　　——王逸少

人似天上坐

鱼似镜中悬

　　——沈佺期

船如天上坐

人似镜中行

　　——沈佺期

春水船如天上坐

老年花似雾中看

　　——杜甫

　　这就是我们古代诗人间前后影响的最明显的例子。但无论如何，这不是写诗的最好的办法。比之书本，生活是更好的教师。有志气的诗人，应该多多向生活中去寻求语言和比喻，却千万不要专门从书本去寻求语言和比喻。

　　在你的作品里，摹仿竟成了这样缺乏节制的行为，使人看了会感到惊奇。从你的作品里，可以看出你读了一些作品，常常在你的一首诗里可以看出从不同的诗所摹拟来的影迹。而你的摹仿没有经过一定程度的消化作用，有时竟是生硬的抄袭。

　　例如《土地》：

土地

人民的

母亲

灾难的

证人

土地

呼吸着

仇恨

热恋着

太阳

遭受野兽的

蹂躏

和暴风雨的

洗礼

土地

要自由呵!

要翻身呵!

接受了战斗的

召唤

土地

觉醒了

土地

怒吼了

她

抖落了压在身上的

旧时代的

愚昧

和沉重的

叹息

她

开始用巨大的、顽强的

力量

向迫害她的

阶层

反抗!

斗争!

土地

咬紧着

牙关

浴着

血……

显然想摹仿田间同志前期作品所常采用的形式,而结果是失败了的。

在这里,你那"土地"比拟成"人民的母亲""灾难的证人""呼吸着仇恨,热恋着太阳",这些辞句之间,没有任何东西发生了关联。前面,你说"土地"是"灾难的证人",好像她只是看见了灾难;而后面,她又"遭受着野兽的蹂躏",那么,她不只是"证人",而是本身就蒙受灾难了。你说,"土地"要"抖落了压在身上的旧时代的愚昧和沉重的叹息","愚昧"和"叹息"用什么方式可以"抖落"呢?"愚昧"和"叹息"是不是都像一些木屑屑一样附在她的身上呢?你说土地要"用巨大的、顽强的力量向迫害她的阶层反抗",什么是迫害土地的"阶层"呢?"土地"怎样反抗这些"阶层"呢?在你的原稿里,采用像土地这一种形式写的诗是很多的,这些诗差不多都是一些空洞的叫喊,一些似是而非的比喻,一些无病呻吟的语言。

另外的一些诗,是摹仿我的抗日战争前后的作品的。

在《鸮》的第一段,你是摹仿拙作《出发》的第一段的;同诗第三段,是摹仿拙作《鸫》的最后一段的。这里只要一对照,就很容易看出来:

拙作:

  而在邻家的屋背上

  又听见了你的歌声

  你又在用你纯真的歌声

  永远流滴着欢愉的歌声

  去唤醒每个沉睡的灵魂

  ——被无报偿的劳作

  压倒在卧榻上的人们……

尊作:

  你又作树枝飞上人家的屋顶

  依然用你的热情的歌声

  (那歌声多么清脆而悦耳

  就像情人柔语在耳畔)

去唤醒那些被过度的操作压倒的人们

而括弧里的两句,却又是摹仿拙作《鸫》第一段里的这几句:

你的歌声清新而委婉
圆润如花瓣上的新露
悦耳如情人的话语

你不过把中间一句去掉罢了。

在《新的伊甸乐园》(这题目摹仿拙作《新的伊甸》)里,你是摹仿拙作《敬礼啊,苏维埃共和国联盟》的,只是你用田间同志过去的诗型来重新排列而已。

拙作:

我向你敬礼——美丽而严寒的露西亚
深沉的思想和强烈的意志是你的伴侣……

而你却把它改成:

敬礼!
你
美丽而严寒的
露西亚
纯洁的冰雪凝冻了你的
意志之池

"纯洁的冰雪凝冻了你的意志之池"却成了完全不可理解的了。什么叫"意志之池"呢？这是摹仿拙作《新的伊甸》中"意志之犁"四个字的。在拙作《新的伊甸》里，引用了新旧约里的一句话："耕种他所自出之土"，再加上"用自己的坚固的意志分犁"，意思是说苏维埃社会主义共和国联盟的缔造的艰辛，但你这里的被"冰雪凝冻了"的"意志之池"是什么意思呢？难道说，苏联的意志竟在什么时候"凝冻"了吗？

而拙作的：

涅克拉索夫所曾哀叹的女人
自由与爱情已经拥抱了你们

却被你改成：

尼克拉索夫哀叹过的女人
你们挺起胸脯
走出了狭窄的家庭
自由和幸福已经拥抱了你们

"你们挺起胸脯，走出了狭窄的家庭"是你所加上去的。实际上苏联的社会并不废除家庭制度，只是这是新式的家庭。

你的《骑士底梦》是摹仿拙作《强盗和诗人》的，所不同的是我用二十二行写，你却把它扩充到九十一行而已。

在你的《春耕》的"序"里，也可以看出你是在摹仿拙作《献给乡村的诗》里的"序"的。我的"序"里说:"我的这个集子,写的是旧的农村,用的是旧的感情。"而你的"序"里则说:"我写的是昨天的农村,用的也是旧的感情。"我说:"我所出身的阶级,给我很大的负累,使我至今还不可能用一个纯粹的农民的眼光看中国的农村。"而你则说:"我愿卸脱出身阶级给我的负累,用纯粹的农民的眼光来看中国的农村。"

这里包含着一个你的学习和创作的态度问题。你的学习是生吞活剥的;你写了许多东西,一般的说你都没有很好的思考,没有很好的组织自己的思想感情,也没有很好的应用自己的语言,正因为这样,你的许多诗就成了一堆混乱的思想和混乱的语言的缀合。

应该指出:你是有文学的素质的。你在创造中也有许多探求形象的努力。这种探求形象的努力,是一个写诗的人所必需的,而在你的原稿里也有几首技巧上比较好的作品;只是,这些作品也同样在内容上显得非常贫乏,语言也还有些矫揉造作。要医治这些病症,我以为只有加深对生活的认识,写作的时候,必须经过严肃的思考,注意使每句话、每一个比喻都能恰切地表达自己的思想和情感,弃绝浮华的词藻,力求朴素与纯真。我相信你一定是会进步的。希望你努力。

一九五〇年一月二十日 北京

《艾青选集》自序

最近，我参加宣传保卫世界和平的旅行讲演回到首都，受到朋友们再三的鼓励，在很短促的时间里，把自己的诗集翻阅了一次，匆匆选出这个本子，贡献给读者。这些诗，是从我的十二个诗集中选出的，是我从一九三二年到一九四五年间的创作生活的一个初步的总结。

我出身于中国东南部的一个地主家庭，在一个贫苦的农妇家里抚养到五岁，感染了农民的忧郁。回到父母家里，在被冷漠与被歧视的空气里长大，受过"五四"思想启蒙运动与文学革命的影响，在中学的最后一个学期，看见一九二七年的昙花一现的大革命，在艺术学校学了一学期绘画，到资本主义国家流浪了几年，乱七八糟地读了一些哲学和文学的书，日本侵略东北后回到中国来，很快就被送进了监狱，过了几年黑暗的不自由的生活，出狱后，在国民党白色恐怖所统治的上海一直到国共合作。抗日战争爆发，满怀热情从中国东部到中部，从中部到北部，从北部到南部，又从南部到西部——延安，才算真正看见了光明。

我的创作生活，大概可以划分成三个时期：国民党统治的白色恐怖时期；抗日战争初期；延安时期。

本集的第一、二部分是国民党统治的白色恐怖时期的作品；第一部分几乎完全是在上海巡捕房的看守所里写的，第二部分是出狱后在上海亭子间里写的。

第三部分和第八部分的一首长诗《向太阳》，是抗日战争初期写的，这是我创作最多的一个时期；第四部分是在所谓"大后方"的农村写的。

第五部分是希特勒发动法西斯的侵略战争时期写的。其中有的诗是在延安写的。

第六部分是在延安写的，第七部分是苏德战争时期写的，那时也在延安。

一九四二年参加延安文艺座谈会，听了毛主席的讲话，参加一九四二年到一九四五年间的整风学习，对我是一次大改造，我将永远感激中国共产党和毛主席所给予我的教育。这个期间，我的创作的风格，起了很大的变化，交识了一些劳动人民里面的英雄人物，写了一些记录性的散文，学习采用民歌体写诗，但因这些作品多半都是学习性质的，也因为有的作品所歌颂的人物已有变化，这个时期的作品就不选了。

自从一九四五年日本投降后，我从延安到华北，经历了人民解放战争，土地改革，做了几年的行政工作，写作比较少，印刷条件也比较困难，没有出过单行本，这个时期的作品就没有选进去。

我所受的文学教育多半是"五四"新文学和外国文学。我是在一种缺乏指导与帮助的情况中，进行自由阅读的，因此，所受的影响也是复杂的。十九世纪俄罗斯旧现实主义的大师们揭开了我对现实社会认识的帷幕。从诗上说，我是喜欢过惠特曼、凡尔哈仑和苏联十月革命时期的大诗人马雅可夫斯基、勃洛克的作品的；由于出生在农村，甚至也欢喜过对旧式农村表示怀恋的叶赛宁。法国诗人，我比较欢喜兰布。我是欢喜比较接近我们自己时代的诗人们的。

我曾尝试了许多诗体，最多的是采用所谓"自由诗体"，努力把自己所感受到的世界不受拘束地表达出来。创作的态度始终是严肃的，自信还不至于被一时的热闹而把头脑弄得昏眩了的。直到近年，为了接受中国诗的民族传统，才竭力使自己的诗格律化。

由于长期的流浪与监禁，也由于长期过的是个人的自由生活，我对于中国社会的了解，对于劳动人民的认识都是不够深刻的。在我的诗里，有时也写到士兵和农民，但所出现的人物常常是有些知识分子气质的、意念化了的。

现在我又要出发作另一次旅行，没有时间更好地分析和批判自己的作品，这个工作，只有留待日后再作了。在这里，我诚恳地希望读者能对我过去的作品多多提出意见和批评，这不但对我个人是一种幸福，我想就是对于中国新诗的发展也是会有益处的。

一九五〇年七月二十九日　北京

和平书简

——致巴勃罗·聂鲁达

> 给我和平,给我酒。
> 明天早晨我一早就动身。
> 四面八方,
> 春天在等着我。
>   ——巴勃罗·聂鲁达《欧洲的葡萄》

"诗与战斗的兄弟"——巴勃罗回到了智利。你像春天的燕子,披着满身的阳光,越过重洋,飞落在太平洋东岸的智利的土地上。

无数沉睡在寒冷中的生命,将苏醒过来。

巴勃罗离开这个荒原已很久了。当魏地拉把智利出卖给华尔街的时候,魏地拉把你也出卖了。你开始逃亡,穿过崇山峻岭,避开敌人的侦察与追踪,在黑夜里潜行,由爱你和尊敬你的忠实的同志们保护着,你旅行着,唱着仇恨的歌。

那是"污秽的、阴险的、愤怒的年头"。

你所心爱的智利,你所心爱的拉丁美洲,你所心爱的科罗拉多河所流过的地域,整个太平洋东岸的辽阔的土地,像一片原始的森林,被野兽蟠踞着,好像未经开发的时候一样。今天,没有比美洲更充满蛮荒的气息了。自从哥伦布从航船的甲板走上这片土地的时候起,美洲已写下了自己的激剧变化的历史:他像一个青年,被从欧洲驱赶到这片土地上垦荒,也曾经发奋努力,后来由于进行一连串的投机买卖而成了暴发户,竟愈变愈荒唐。

没有人会忘记美利坚的为争取独立和自由的战争;没有人会忘记林肯——伐木者出身的人的宽阔的胸襟;没有人会忘记惠特曼像一株巨大的橡树,纯朴地站在大地上,日夜发出巨大的响声……

但是美利坚堕落了,像一个骗子……

造谣和说谎成了政治的资本,欺诈和恐吓成了战略思想;投机和冒险成了这个国家的性格——国家不但沿着这种精神在决定政策,而且千方百计鼓励人民在日常生活中也贯穿这种精神。美国帝国主义已成了今天世界的灾难。

拉丁美洲的许多国家,就像一群打手,跟随在这个骗子的后面。智利政府逮捕你的决定,应该是美国国务院签发的。但是他们没有达到目的,因为你生活在广大的群众里面。不久,你带着自由的歌声,出现在另外的大陆上,你以巨大的声音,向全世界控诉美帝国主义的野心和罪行,你以巨大的声音,向美国叫喊:"伐木者,醒来吧!"

你警告那些为野心所蛊惑而狂热地鼓吹战争的家伙:

如果你要派遣芝加哥的屠夫
去统制我们所爱的音乐和生活
　　　　我们将从岩石中,空气中
　　　　冲出来

咬你,

　　　　我们将从最后一扇窗子里

　　　　冲出来

射击你,

　　　　我们将从最深的浪涛里

　　　　冲出来

用荆棘刺死你,

　　　　我们将从田沟里冲出来,

　　　　地里的种子将如

同哥伦比亚人的拳头一样痛击你,

　　　　我们将断绝你的面包和水,

　　　　我们将用你自己所点燃的火

　　　　来

把你烧死!

…………

到那时候,那常春藤覆盖的实验室

也将放出解除束缚的原子,

指向你们的傲慢的都市。

　　——巴勃罗·聂鲁达《伐木者,醒来吧!》

　　你到了许多国家,到处都以鲜花和鼓掌声来欢迎你,你看见了许多国家从被奴役的境地解放出来之后,人民以自己的劳动和智慧创造自己的新的生活。

　　你也来到我们亲爱的中国。你和爱伦堡怀着多么大的兴奋看见这个古老的国家焕然一新啊!

　　你向中国致敬:

世界各民族一起望着你，啊，中国！

他们说："我们当中出现了一个多么坚强的兄弟啊！"

——巴勃罗·聂鲁达《向中国致敬》

你在解放了的土地上漫游。而你的心没有一刻忘掉了战斗。甚至在颐和园的小船上，你还唱着西班牙人民在保卫马德里时候的战歌，你教我们跟随你唱那热情的副歌的调子。

胜利的信心培养了你的乐观主义，而战斗的智慧丰富了你的谐趣。因为你的姓的中国翻译是"聂"字，爱伦堡叫你"三只耳朵的人，"我问你还有一只耳朵在哪儿？你笑着，指着前额说："在这儿。"你说："我可以倾听未来。"

你和爱伦堡离开中国之后，我们好像家里少了人。

巴勃罗，坚强而又纯朴，你的声音好像是从地层下面发出来的、沉洪的、使地面为之震动的声音。从你的声音里，可以听见美洲人民的力量，从你的声音里，可以听见美洲的希望。这种声音是属于新大陆的、大瀑布的声音、大河流的声音、高原上的大风暴的声音。这样的声音将愈来愈洪亮，像从海洋里来的台风，吹刮整个美洲大陆，激起争自由争民主的巨浪，冲垮一切腐朽的堤堰……

流亡的巴勃罗回到了智利。这消息激动着我。因为你太爱你的祖国了，长期的离别已成了你的痛苦。你采用了智利民间情歌的格调，诉说了自己对祖国的怀念：

什么时候，

什么时候啊，什么时候，

什么时候

我才能与你重逢?

——巴勃罗·聂鲁达《在我的祖国里正是春天》

现在巴勃罗终于回来了。巴勃罗是从世界上回来的。

那些久别了的矿工,那些水手,那些耕耘土地的人,那些石匠、渔夫、饥饿的人、赤脚的人将要拥抱你。他们将要问起你外界的一切情形。他们被谎言所蒙蔽,正渴望着来自远方的亲人带给他们可信的消息。他们将很关心地谛听你给他们谈到苏联,谈到东欧,谈到中国。你将带给他们无数关于新的世界、新的人类的故事。而一切的变化和发展对于他们都是这样地容易理解。他们将对自己的国家、拉丁美洲人民的前途、整个美洲的命运产生更强有力的信念。

最近我收到当你临离开欧洲时所交托的德国民间工艺品的礼物。转交礼物的同志在附信上说,你将参加智利的竞选,而且很有信心。让我在这儿祝福你胜利!

我不知道该向什么地方投递给你的信。我打开地图,在那条窄长的像花边一样的土地上注视了很久,好像要从那上面寻见你的影子……你在哪儿?在圣地亚哥?还是在特墨哥?在矿山里?在森林里?还是在插入海浪中的农场里?你是无所不在,因为你生活在群众中。

由于帝国主义把世界分割得这样破碎,我们离开也显得这样遥远。但是,终有一天,这种情况会改变。那时,太平洋上将可以自由航行,从西岸到东岸,应该像从这个村子到那个村子一样方便。无论我们的诗,我们的工作,我们为和平而进行的一切努力,也都是为了达到这个目的。

你曾为那样的日子,贡献了诚恳的愿望:

因为我信任人,
我相信我们就要攀登
最后的阶段,
从那里我们可以看到
真理普及于一切,
纯朴主宰着大地,
大家都有面包和葡萄酒。

一九五二年九月　北京

诗与感情

有许许多多的青年朋友都喜欢写诗，这些青年朋友们散布在各种不同的工作岗位上，其中占最多数的是工人、战士和学生，所有这些青年朋友们都热衷于诗歌，他们不断地阅读着中外诗人的作品，自己练习着写诗，有的写了放起来，有的把自己写的东西给亲近的人们看，常常会遇见比较直率的批评，说他们写的不是诗，因此，他们就向他们所信任的诗人们和报纸杂志的编辑们提出一连串的问题。这些问题，由于提出的人的修养和理解不同，反映了他们所引起的苦恼的程度也不同，但是这些问题，大都是围绕着这样一个共同的中心：对于诗的认识问题，也就是诗所做的是什么和诗应该做些什么。

我以为，对于诗的认识的问题，不只是在初学写作的青年们中间存在着，同时也在经常发表诗歌的人们中间存在着，我自己也经常被这样的问题所苦恼。大家都希望把诗写得好，能感动人，而我们的许多诗却又的确写得不好，不能感动人。一个工厂和作坊，假如所出的成品都是废物，就非马上关门不可。我们的习作虽然无关于整个国家的生产，我们是在工作和学习的空隙里在进行写作，但无论谁都一样，总是希望自己所经营的园地能长出花木，有枝繁叶茂的一天。而接连的失败却嘲弄着我们的意志和毅力，日子久了，对诗的兴趣减少了，厌倦了，最后就不写了。

我们生活着，有的同志生活在非常激荡的斗争环境里；有的同志生活在比较缺少变化的环境里；有的同志，生活本身就是诗；有的同志，生活即使也有诗意，但这种诗意却也只有很聪明的人，才能感触得到；有些同志，常常想把自己十分简单的生活写成诗，把诗写成日记或杂文一样，或者说是用普通写日记或写杂文的方法来写诗，这样的东西，要使看了的人能感动是很困难的。

我们必须生活得很好，生活得很丰富，而且对生活感受得很深，热爱生活，在我们前进的道路上歌唱着，这种歌唱，是由我们的心腔发出来的，即使没有人听见，也还是抒发了自己的热情，我以为这样的歌唱虽然不一定就是诗，但它却已经具备了诗的素质了。

写诗要在情绪饱满的时候才能动手。无论是快乐或痛苦，都要在这种或那种情绪浸透你的心胸的时候。人并不是对任何事情或任何时候都充满情绪的，而每个人却都有这样的经验：忽然被某种事物所感动，而这种感动并不会延续得很久。只有我们对于这种感动产生了一种非把它保持下来不可的时刻，才是诗的创作的开始。

激起我们的情绪的，经常是新鲜的事物，是那些把我们从半睡眠的意识里惊醒起来的事物。我们经历了长期的灰暗的冬天之后，忽然，一天早晨，发现了金色的阳光照射在我们的窗户上，我们就会高兴：晴朗的春天来了。这感觉会使我们产生一种力量。这种被外界的事物所唤起的新的情绪，常常是诗的情绪，这种新的情绪，对诗的创作来说，是最可宝贵的东西。

或许有人要问：每天经历同样的事情，都可能写诗吗？照你这样说，那些古诗人常常以身边的极细小的事情写成诗，那些事情又是每人每天所可以遇见的，这又该如何解释呢？

每天经历同样的事情，也可以写成诗。对于同一事物的延续很久的印象，也可以产生一种情绪，虽然这种情绪是比较平静的，但当你去把这些印象重新组织起来的时候，你还是要激起新的情绪，才能把原来平凡的印象，变成新的印象。

叙事诗的情况也一样。叙事诗里所包含的事件，显然不是诗人所完全经历过的，甚至也不是突然遇见的新的事件，但诗人在处理这些已经过去的事件的时候，也必须像是刚经历的事情一样，要充满新的情绪。

那么，别的文学作品难道不是这样产生的么？

是的，所有的文学作品，当作者处理它们所包含的事件和人物的时候，也都必须充满新的情绪，不管这些事件和人物是不是他们自己的亲身经历，也必须写得像自己亲身经历一样地真切，不然是不可能感动人的。

但是，作为诗，感情的要求要更集中、更强烈，换句话说，对于诗，诉诸于情绪的成分要更重。别的文学作品，虽然也一样需要丰富的感情，但它们还可以借助于事件发展的逻辑的推理，来获得作者思想说服的目的。而对于诗来说，它却常常是借助于感情的激发，去使人们欢喜与厌恶某种事物，使人们生活得更聪明，使人们的精神向上发展。

当然，引起我们情绪的，不只是我们现在眼睛所看见的或耳朵所听见的事物；有时，过去的经历和对于未来的向往也能引起我们的情绪。关于回忆和理想的诗，就是在这种情况下产生的。

人总是有感情的，总是在喜爱一些事物和憎恨一些事物的，虽然每个人的感情的趋向和程度是有差别的。感情的变换和推移，实际上就是一个人对某些事物慢慢失去了感情，而对另外的一些事物生长了新的感情。每个人都处在新旧感情互相交替的矛盾中，艺术的作用，不仅是帮助人明辨事理,而且也在促进人们的感情上的变化。而对于诗来说,后者的作用,显得特别重要。

在诗里,就是直接反映社会生活的东西,也和小说、戏剧不一样,试图以写小说和写戏剧的方法来写叙事诗,其结果也只能产生有韵的小说或是歌剧,却不是叙事诗。在叙事诗里,依然需要很重分量的抒情的章节,而就是在描写具体生活的部分,也必须具备诗的那种更高的概括。以诗来解释一些哲学的命题,就往往会吃力不讨好。诗里可以出现一些格言式的语句,但这些语句也不会占很大的篇幅,这些语句不是详尽的逻辑的说明,而是对于生活经验的洞察事理的结晶,它们在整个诗篇里面就像宝石之镶嵌在冠冕上一样。说理和辩解的成分多了,就会相对地减少感情的成分,结果也就削弱了诗的感人的力量。这就是为什么哲理诗始终不能很发达的原因。

假如上面的话能够说明诗的基本属性的话,那么我们就可以确定在诗里感情是处于何等重要的地位了。诗人要写出新的诗,必须对新的事物有极强烈的情绪。当诗人不能爱什么东西的时候,他所写出的东西是不能叫人去爱它的。而假如诗人只有浮泛的感情就进行写作,人们也不会满足的,因为浮泛的感情是一般人都会产生的,用不着诗人来饶舌。人们喜欢读诗,最重要的是想从诗里获得感情上的启发或帮助。当一首诗缺少感情的时候,人们就开始对诗失去了信任。这就像我们和一个使我们觉得不诚恳的人在交往,心里难免有些隔阂。

每个人感情的容量是不相同的,正因为这个缘故,我们有时说:"这是一个热情的人""这个人没有什么热情"。有些人对许多事物都很冷淡,而有些人则对许多事物都很容易兴奋。我们的工作,或者说我们的精神劳动,就是使人们对于在我们国家的发生的新的事物,都能引起浓烈的兴趣;使人们能生活得更美好,更有理想,人与人之间的关系更密切，互相理解得更深刻，在共同的事业中团结得更紧，发挥更高的创造性和更的高战斗力。

感情是能生长和培养的。更多地接近新事物，对新事物愈熟识，就自然会产生新的感情；反之，对旧事物愈留恋，愈不能摆脱旧的感情。

诗人在社会上有没有价值，就决定于他是否和公众的倾向相一致，是否和公众一起又引导公众前进。这里，就向诗人们提出了一个十分现实的严重问题：诗人能否在最先进的人们当中去吸收自己的营养，使最先进的思想感情成为自己的精神力量，再以这种精神力量去感动千百万人们，这就是他的创作能不能教育千百万人们的关键。诗人必须以人民群众中的最先进的思想感情，去影响千百万人的思想感情。所谓"时代的喇叭"也好，"时代的鼓手"也好，根本的意思就在这里。斯大林同志所说的"灵魂工程师"，以我的理解，对于诗人来说，根本的意思也在这里。

感情活动，首先是通过感官对于外界事物的反映所引起的。要是所有的感官都停止了活动，那就意味着死亡。人活着，就一定在感觉着，在思考着，才能产生各种不同的情绪。

人通过自己的感官和外界发生着联系，不同的感官使人和他周围的事物保持着接触。假如一个人是生下来就盲目的话，他对于色彩就不会有什么感觉，以后再和他说明各种色彩的区别，就简直不可能。

每个人感觉力是有强弱的。就是在同一个人身上，不同的感官也有强弱。有的人对形体的感觉很敏锐，有的人对声音的感觉很敏锐。也有些人，各种感官都很强，他对外界事物的运动和变化就能得到非常迅速的反映。对于外界事物的形体，色彩，密度，温度，声音以及它们的运动和变化的正确而又迅速的反映，是一个写诗的人所应该具备的素质。

感觉力一样是能培养的。一个人只有他和外界的接触更多，和事物的关系更密切，他的感觉力也就更强。生活经验愈丰富，知识愈丰富，对人的理解和对社会的理解也愈深，他的感觉力也就愈强。

或许有人要反问：人们说年轻的人常常是诗人，难道不是因为他们感觉敏锐么；而有人说年老的人却常常失去对新鲜事物的敏感，这又该如何解释？

我以为这是说，年轻人看世界比较单纯，他们常常更多地是根据自己的直觉来判断各种事物。当一个人的经验愈多，就常常以比较冷静的反复思考对待事物，因此，那种好像出于直觉的判断的写诗冲动，就愈来愈少了。而只有那些始终保持着新锐的感觉和近乎天真的热情的人们，借用古话来说，就是保持着"赤子之心"的人们，即使到了老年，也能写出抒情气息很浓的诗篇。至于那种非常严峻地批判着人和社会的史诗式的巨大的诗篇，我以为只有人生经验比较丰富的年老的人才能完成。无论莎士比亚和歌德都可以说明这个问题。

抒情诗所要求的，是诗人对世界的出于直觉的语言。诗人可以读而且应该读许多哲学的书，应该认识到事物发展和变化的规律。没有一个诗人是没有政治倾向的。但当诗人写作的时候，他必须把他从哲学书里所得到的东西，把他的对人生对社会的见解，化为直觉的东西，化为童年的天真，不然的话，他的诗就不能成为诗了，因为纯粹从理论出发所写出来的诗，是不能感动人的。

我们的时代是一个新的时代，原是一个可以使感情充沛的抒情诗生长繁荣的时代。而这个时代却同样是处在非常激烈的斗争中，矛盾非常尖锐，各种新旧的观念在互相交替中，这个时代又需要人们以严格的理智来处理许多问题。这在表面上看起来似乎是矛盾的，其实连最抒情的作品，也一样是以很明确的理智作为基础的。我以为无论进行创作也好，还是为了更好地认识诗因而使诗能更向前发展也好，都必须理解诗的这种感情和理智之间的关系。

　　对生活所引起的丰富的、强烈的感情是写诗的第一个条件，缺少了它，便不能开始写作，即使写出来了，也不能感动人。当然，感情并不是写诗唯一的条件；要诗写得好，也还必须具备其他的条件，如丰富的想象、诗的语言、诗的表现手法、诗的韵律等。这些只有留待以后再谈了。

一九五四年

诗的形式问题
——反对诗的形式主义倾向

今天中国的诗,内容和形式都存在着一些问题。其中最中心的问题,是形式主义的倾向。这种倾向,反映在创作上,是内容的空虚和对于形式盲目的追求;反映在理论上,是对形式的一系列的混乱的观念,这些观念在各种不同的程度上妨害了创作。我以为,形式主义的倾向不克服,要使社会主义现实主义的诗有正常的发展,是很困难的。

现在我想就这次讨论会所提出的诗的形式问题,发表一些意见,供大家参考。

关于文学形式的论争,各种形式之间的对立状况,是古今中外都有的。这种论争和对立状况,说明了各个不同时代的人民以及同一时代的人民之间的爱好、欣赏趣味和审美观念是不同的。在文学上,也像在生活的其他方面一样,由于人们的生长环境和所受教育的不同,有的人喜欢这种形式,有的人喜欢那种形式,各种不同的爱好,逐渐形成习惯,发生一种支配感情的力量。而只有当人们的生活改变了,习惯也逐渐改变,新的形式也就逐渐代替旧的形式取得了人们的爱好,发生一种力量。这当然是指一般的情况而说的。有时,有些人,虽然物质生活改变了,而他们的精神生活却并没有很快就随之改变。

在生活内容越来越丰富的时代，人们的爱好也越来越丰富，无论从为了表现生活的需要出发，还是从满足人们的爱好出发，都不可能达到形式上完全的统一。要求形式上完全统一的想法是天真的想法。

有人想建立一种共同所遵奉的形式，说是为了国家过渡时期总路线的需要。我以为总路线不是需要某种统一的形式，总路线需要的是多种多样的形式；而任何哪一种新的形式，都必须服从现实生活的需要，符合国家社会主义工业化的需要，符合我国人民日益增长的精神文化的需要。

因此，在诗的形式问题上，我以为也应该遵照毛主席关于旧剧改革的方针："百花齐放，推陈出新。"只有这样，才能使我们从令人迷惘的论争中解放出来。

"百花齐放"，首先应该是花。花长在土地和水上，土地就是生活。一切艺术的根源是生活。不同的种子，在不同的土质和水里，因为不同的季节，长出不同的花。

各种各样的花，都有它自己的模样。桃花、梅花是五瓣的，主张写五言诗的人，不妨以这些花作为自己形式的理论根据；但并不是所有的花都是五瓣的，如牡丹、菊花、石榴花……等等，谁也不知道它们究竟有多少瓣，难道它们就不美么？难道它们就不是花么？

花所具有的是水分、颜色、形状和香味，由于各种花所含有的水分、颜色、形状和香味不同，形成它们之间的区别；再愚笨的人也不会因为自己的偏爱，说除了他所喜欢的一种花之外，其余的都不是花。

有些花是不长在土地上的，也不长在水上的。像北京玩具铺里卖的纸花和绒花，这些花，虽然也有花的形式，却没有花的内容。它们既没有水分，也没有香味。

诗应该是诗。这意思就是说，我们应该从本质上来认识诗。

常常有读者来信问起:"什么是诗?""如何理解诗?""什么是诗的本质?",等等。

我们也有最早的诗教的,"诗言志、歌永言"这六个字,大体上说明了诗的目的以及它和歌之间的区别。所谓"志",就是思想感情,诗是思想感情的表现。

诗和其他文学样式不同的地方,在于它必须通过诗所特别具有的艺术,表现诗人的思想感情。所谓诗的艺术,包括诗的语言、诗的表现手段、诗的韵律。当诗人被某种事物唤起感情,产生一种为联想寻找形象的行动,通过富有韵律的语言,把这种感情表现出来,才能产生诗。写诗要有丰富的想象,而丰富的想象是由生活经验和知识的丰富所产生的。

社会生活很复杂,思想感情也很复杂,不同的社会生活所赋予的不同的题材和不同的思想感情,不可能凭借仅只一种形式来表现;就连相同的题材和相同的思想感情也可以出现不同的表现形式。

社会主义现实主义所企望于诗人的是:诗人必须具有正确的世界观,强烈的、社会主义革命的感情,以现实主义的创作方法,描画我们这个时代物质和精神的伟大变革,向人民进行共产主义的教育。

社会主义现实主义对于文学形式的要求是多样的。广大人民群众的不同的爱好,向诗人展开了自由创作的无限辽阔的天地。在多种多样的形式中,要求它们自己的统一与完美,生动地反映新的现实,具有民族的气派,为广大的群众所欢迎。

诗的民族形式问题

有些人写的诗,没有中国诗的情调。在那些诗里,看不见中国人民的思想感情，即使他们写的是中国的事情，也好像是一个外国人在写中国的事情，因此读了觉得不亲切。那种诗，假如在作者名字下面再加上一个"译"字，我们就会以为是外国人写的，因为它们没有中国的气味。

过去我们曾看到有些外国人在旅行中国时所画的中国风俗画，这种画，常常出于作者的猎奇心理，不可能正确地表现中国人民的感情，因此看了叫人很不舒服。这是说，民族形式不只是题材就能决定的。

有时看见外国人穿了中国的长袍或旗袍在街上走，那种奇异的样子叫人要发笑，原因倒不是由于他（她）们的鼻子高，而是由于他（她）们的气质、风度和这种服装很不调和。这是说，民族形式不只是某种装饰就能决定的。

形式必须服从表现生活的要求。我们民族有自己的生活，有自己的风俗、习惯，我们人民有自己的气质和风度。我们所生活的地理环境，也和别的国家不一样。我们有自己的文化传统，有自己的欣赏趣味和审美观念。

我们是中国人，生活在中国，无论写中国的事情和人物，还是写外国的事情和人物，都是写给中国人看；即使有时写给外国人，也是中国人在和外国人说话。

只有当艺术家热爱自己的人民，熟识自己民族的风俗、习惯，熟识自己民族的文化传统，了解我们民族在世界上所处的地位，而且看见自己民族的发展前途，才有可能正确地、深刻地理解民族形式的意义。

凡是真正现实主义的作品，一定具有民族气派。我们必须更深地了解我们的人民，了解我们人民的思想感情，了解我们人民的气质，了解我们人民正在进行的伟大事业，我们的作品才会具有民族的新风格，人们才能看了我们的作品而认为是中国诗人的作品。

但是，我们对于民族形式的认识并不一致。有许多人，显然的把民族形式看成是某种简单的、固定的形式。

一谈起建筑，有人就以为只有宫殿式的、庙宇式的、牌坊式的建筑，是民族形式的建筑。他们常常忽略了大量的、因人民生活的不同、各地的气候和材料不同而创造的各种不同的住宅，才是研究和发展民族形式建筑的最可宝贵的根据。现在已出现了这样的一种建筑，在西式大楼的屋檐或窗檐上，装饰了一些从宫殿里抄来的图案，就算是民族形式了。这种原来用在木料上的图案，被放在砖石或水泥的建筑上，就显得很不调和。这种建筑，在抗日战争以前，在南京上海一带就已经出现，叫作"中西合璧式"，想不到今天又应运而生了。

在绘画上，也有人以为只有"单线平涂"是我们的民族形式，于是，有一个时期，"绣象图"式的画就代替了一切。在老解放区，由于印刷条件的限制，较多采用"单线平涂"的画法还是对的。我今天这样说，也不是反对"单线平涂"的画法，而是反对那种把一切的题材，都只用过去的某一种方法来表现，而把其他的方法都废弃的倾向。在装饰美术方面，有些人常常拿"龙""凤"以及各种云彩图案作为我们的民族形式，以致使我们好像置身在古代的宗教的氛围里，而有一些人常常满意于这样做，以为这样就可以使我们的生活充满"古色古香"了。

也有人以为"章回体"是我国小说的民族形式，于是，有一个时期，以"话说"开头，以"且听下回分解"作为两章间前一章的结尾的小说就随之出现。听说，最近还有人主张用"章回体"写小说。而在曲艺方面，许多人始终停留在摹拟大鼓词和快板的如何开头、如何结束的格式上，里面常充满了陈词滥调，很少生动活泼的东西。

这些做法，都是把民族形式局限在某种格式、某种体裁和某种方法里面了。就是因为这个缘故,我们文学艺术的各种部门,都有人在硬搬过去的某种体裁、格式和方法,作为民族形式的固定模型,而且想把这种模型推广,代替其他一切。这样做,都是把形式变成凝固的程式化的东西了。因此,形式仅只成了作品里面的一些装饰,而不是表现生活所必须的、本身就是有生命的、是一个作品的有机的构成部分。

我们民族的历史很悠久,分布地区广阔,经历朝代很多,这样的民族,必然有自己非常丰富的物质和精神的生活,适应这种丰富的生活,也必然具备了丰富的形式,把某种格式或体裁看作是我们民族的唯一的形式,这不仅是目光狭厌,而且曲解了民族形式真正的含义。

在诗歌上,有人以为只有"五言体"或"七言体"是我们的民族形式,他们甚至为自己的这种看法制造了一系列的理论,作为根据。

他们说,在我国诗的整个历史中,"五言体"和"七言体"流行时间最久,占有统治地位,因此"五言体"和"七言体"应该成为主要形式。"五言体"或"七言体"的确出现过许多好诗,将来也还可能出现"五言体"或"七言体"的好诗。至于它们流行的时间最久的原因是什么,我不敢轻易论断,但是,形式上的长期停滞状态,并不能认为是文化发展中的好现象。

他们说,民族形式是民族语言决定的,而"五言体"和"七言体"最符合民族语言的规律。他们解释我们民族语言的特征时,认为我们的语言是以单音字组成的,如:人、手、足、日、月、星,等等。

不管是因为这种理论指导了创作也好,还是某些创作证实了这种理论也好,现在我国的确出现了这样的一些诗:因为主张多采用单音字,可以达到"单纯美",几乎回复到用文言写,而当字数不够的时候,就掺进些白话的虚字。这类诗,语言极不纯洁,常常破坏了语法,有的竟成了文字游戏,把诗写成像"拗口令"一样的东西了。

试想一想,假如有人以为曾经在历史上出现过的骈体文是我们的民族形式,而且提倡大家回复去写骈体文,大家一定会以为他是疯子;而当以为这种或那种曾经在历史上出现过的诗体是我们的民族形式,你就不觉得奇怪,这是什么原因呢?这难道不是对诗的看法比较保守么?

近年来,常常有人提出要建立"新格律诗体",虽然各人的主张不同,大都想制定一种格式,作为诗创作的固定模型。无论是主张"五言体"也好,"七言体"也好,"九言体"也好,都无非想以一种固定的格式,代替多种多样的格式。

无论哪种形式的产生,都不是由某个天才的拟订而成的,而是由于作家们为了表现他们自己所生活的时代而进行的、长期的创作实践,和那个时代的社会风尚所形成的;各种形式都在产生它们的时代起过作用。新的生活要求新的形式,这种新形式和原有形式之间就产生了互相融合或互相排斥的现象。

无论"五言诗"也好,"七言诗"也好,也只是我国诗体中的一种旧有的体裁,这种体裁标志着我国文学发展的某个阶段,它既起过积极的作用,也起过消极的作用。我们并不反对利用旧形式,我们反对的是主张大家回过头去都写"五言体"或"七言体",而且以为这种体裁是我们这个民族永远应该遵奉的形式。为了更好地反映我们的时代,更丰富地描画我们的生活,更深刻地表现我们的思想感情,我们要尝试更多的体裁,创造出适合我们这个时代的多种多样的新形式。

我以为,所谓形式,里面虽然包括着体裁和格式,却不只是体裁和格式。在文学上,所谓形式,里面包含着体裁、格式、结构、手法、风格、韵律，等等。而所有这一切，都是通过语言文字表现出来的。语言文字构成两部分：一个是它的外表，即所谓形式；一个是它的含义，即所谓内容。在这里，语言文字又是工具又是材料。

在文学上，体裁和格式在任何时代也都是多种多样的。

"社会主义的内容，民族的形式"，是我们社会主义文化建设的方向。中国是一个多民族的国家，各个民族都有自己的文化生活。在我们民族的大家庭里，汉族人口最多，文化历史也比较久，即使如此，我们也不能以汉族的某种格式来代替其他民族的格式。就以汉族的文学发展的历史来说，也反映了我们的文化是几经变迁，不是以某种统一的格式一直贯穿下来的。在诗上，从诗经到楚辞、唐诗、宋词，等等，也可以看出体裁和格式上的变化。而在各个时代，也常常是各种形式并存，逐渐消长，只是在总的趋势里可以看出愈到后来就愈繁复。

在民间歌谣中，在各种歌剧的唱词中，也出现了多种多样的诗的体裁和格式。

一个作品之具有民族气派，不是因为它仅仅在体裁上和别的民族的作品不同，而主要是由于那作品所反映的生活、思想、感情具有民族气派。

鲁迅的小说，不是用文言写，也不是"章回体"，但它们即使翻译成任何一种外文，依然还是中国的东西，因为他深刻地理解了中国人民的气质，理解中国人民的痛苦与希望，充满了中国人民的生活中的人情味。

民族形式始终是民族生活所决定的。语言在创作中是表现生活的工具和材料。工具和材料会影响创作，有时这种影响甚至很大，但对形式起决定作用的，仍然是生活内容。假如民族形式是民族语言所决定的，那么许多外国作品翻译成中国文字之后，岂不都成了中国的作品了么？幸亏我们还能由一个作品的民族生活，鉴别出这个国家或那个国家的作品，不然的话，假如不懂外文，岂不就会以为外国没有文学了么？

有人主张以中国诗的格式来翻译外国诗，这种主张也并不新奇，多少年前，苏曼殊就是把拜伦的作品以中国古诗体来翻译的。我以为这样做是不妥当的，把原来包含比较复杂意义的语言，压缩在五个字一句、七个字一句的文言里，多少都要损害原作。

民族语言的主要特征（或者说规律），不是什么单音字（词）；民族语言的主要特征（或者说规律），是语言的构造——即所谓语法和基本词汇。

假如说我国语言的规律决定了诗必须五言或七言，而五言或七言又最符合我国语言的规律，那么所有的散文就要被看作是违反语言规律的作品了。

至于我国文字中单音字（词）特别多，那也只是说明一种情况：在我国语言发展的过程中，由于生活关系比较简单和传播文学的工具的限制（从刻在甲骨上，到刻在竹板上），非采用最节省的字眼不可，因此也形成了语言和文字之间长期分离的现象。而古文的构造，常常含糊不清，艰涩难懂，容易引起误解。人与人之间的关系越密切，传播文字的工具越进步（印刷术和造纸工业的发达），语言的构造也逐渐完善，采用复音字（词）也更多，意思也表达得更明晰了。近三十年间，我国语言的变化，新词汇的增加，外来语的运用，可以说是过去任何时代都不曾有的。当然，这些变化，并不能消灭我们民族语言的基本语法和基本词汇，恰恰相反，所有这些都使我们民族语言的语法和词汇更加发展、更加丰富了。

我们应该熟识各种语言的性质，在日常生活中，当人们为了适应繁复的事件，必须运用丰富的语言；语言是千变万化的，是和每个人的思想感情不可分离地联系着的。

现在我们所用的语言，是在我国原来的语言基础上发展起来的，这种语言，把文字和语言之间的鸿沟慢慢填平了。这种语言，成为我们团结人民、教育人民的有力的武器，而且使我们能把指导革命的原理和许多优秀的科学著作、文学著作传达到人民群众中间去。我们是依靠这种语言在生活、思想和斗争的。

近十年来，文学作者在学习群众语言上，有很大的收获，使我们的语言丰富了，作品也就充满了血液。

但是，这方面的工作，也只能说是开始，收获主要是在农民习惯语方面。对于其他各阶层的习惯语，还是不够熟识的。我这样说，并不是意味着各阶层都有它自己的独特的语言，而是说，在统一的民族语言中，统一的语言构造中，各阶层的习惯语，由于他们生活的不同，是多少存在着差别的。

一个诗人不理解语言的性能，是不会写出好诗的。就是说，一个艺术家即使有了很好的思想感情，有了很好的题材，但没有很好的材料，没有很好的工具，没有运用工具所必需的技术，仍然不可能很好地完成他的创作。

诗的语言和散文的语言是有区别的；文学的语言和人民的日常用语也是有区别的。虽然这种区别，也只是在加工程度上的区别。日常用语比较凌乱、芜杂、夹带了不纯粹的成分；日常用语因为借助于人物的表情、动作，即使省略了某些细微的部分，也能使对方理解他的意思。而文学语言则不同，它既要把事物表现得准确、明白，又要把意思说得很生动。文学语言是经过作家的选择、洗练、重新组织了的一种语言。

我们把语言分做文学的语言和人民的语言，意思是说语言中有"未经加工"的语言和巨匠加过工的语言。对这点了解得最明白的是普希金。他是告诉了我们人所说的语言应该怎样利用，怎样加工的第一个人。
　　——高尔基

　　我们要求诗的语言比散文的语言更纯粹、更集中，因而概括力更高，表现力更强，更能感动人。

　　我确信在人类语言中真正美的，只有单纯的美，这是我素所不知的。
　　——托尔斯泰

　　……简洁，单纯，明白……荷马艺术的要素。
　　——罗曼·罗兰

　　所谓"加工"，就是去掉那些日常用语中不纯粹的东西。这种加工过程，可以拿铁矿如何经过锻炼成为铁，铁经过锻炼成为钢的过程来说明。这种"单纯""简洁""明白"，是只有当一个人在思想和感情上都经过一些锻炼才可能达到的。也就是说，只有当一个人认识了事物的本质，才能达到语言的"单纯"。所谓"简洁"，就是要说得少，又要说得好。诗还是写得叫人能看懂，"明白"的意思包括两方面，诗人把意思说清楚，群众看得懂，要是看不懂，怎么能叫人感动呢？
　　最好的语言，也还是从生活里产生的。离开了生活就没有语言。有一次，一个我们大家所敬仰的人，为了鼓励人们对他们所从事的工作的信心，曾说过这样新鲜的话：

> 看到它开花，
> 看到它结籽。

在另一次，同一个人，为了安慰几个刚失去了父母的孤儿说：

> 我们的家，
> 也就是你们的家。

这样的话，深深地感动了我，多少年也不会忘记。

有一次，一个刚到解放区的女画家和我谈话时说：

> 这儿的人真好——
> 年长的是我的父母，
> 年幼的是我的姊妹。

有一次，一个学者和我说，他记得一个民歌，是写死了丈夫的女人在扶棺恸哭时说的几句话的：

> 我愿和你隔千山万水，
> 却不愿和你隔一层无情木。

仅只两句话，却充满了感情被切断的痛苦。

最近，在《人民日报》的副刊"农村速写"上有一张画，画着：

个小孩在看合作社的四匹马，下面标题——

　　你家的，
　　我家的，
　　都是咱们社的！

这是由新的思想感情所产生的新的语言，是充分地表现了内容的语言。

这样的例子是举不完的。这样的语言就是诗的语言。它们所含的感情分量是这样重，它们简洁、明白、单纯。但他们并不是什么神秘的东西，它们存在于日常的谈话里。

诗是不是自己有一种特殊的语言呢？没有的。诗的语言也还是、而且必须是以日常用语做基础的。

当然，诗人的工作并不是记录语言，我们不是在编什么词典，我举这些例子的目的，只是想说明什么是好的语言，认识这些语言的特性，按照生活的要求和这种语言的规律，创造出新的语言，使我们的作品更动人，使我们的民族语言更提高、更丰富。

民族形式是发展的。

无论是叫做继承遗产也好，叫做学习民族遗产也好，都不是要我们把祖上留下的宝物箱打开来，再按照这些宝物的样子重新造上几套。我们的目的是找出它们哪些东西是好的、可以吸收的，哪些东西是可以发展的，就是要学习它们如何表现生活。我们的目的是创造表现新生活的、具有民族风格的新形式。

从古到今，既不是以某种统一的形式来表现事物，我们也大可不必停留在对于某种体裁的模仿而感到满足；我们更不必要求将来的人们也按照我们现在的形式来创作。"今天的我们,不同于昨天的我们;明天的我们,也将不同于今天的我们。"(日丹诺夫)"将来的光明,必将证明我们不但是文艺上遗产的保存者,而且也是开拓者和建设者。"(鲁迅)

形式发展的因素在什么地方呢?

对于形式发展起决定的因素,是生活的变革。不能设想,在生活上已经起了极大变革的时代,文学艺术一点也不受这种变革的影响的。事实上,每个伟大时代的变革,不只是在文学艺术的内容上留下了影迹,而且也在文学艺术的形式上或多或少地留下了影迹。

我们所处的时代,是我国历史上从来不曾经历过的时代。现在,我们正开始使原来的农业国在一定的时间内发展成为社会主义的工业国。在这样的一个过渡时期中,我们的生活面貌要引起多大的变化。这个时代,提供了人民可以最高限度地发挥创造才能的机会。我们必须具有新的眼光来迎接一切新的变革。我们的工作是应该帮助各种新的创造和发明都能得到正常的发展,却不是在某些新的萌芽刚出现的时候,就惊惶失措,并且给以限制和防止。

形式发展的第二种因素,是艺术家的劳动,这里面也包括群众在文学艺术上的劳动。艺术家的工作,是创造,是根据新的生活面貌,创造新的艺术。所谓"创作",用现在流行的话来说,就是"创造性的劳动"。所以托尔斯泰说:"愈是诗的,愈是创造的。"人是按照美的法则来创造的。我们讨厌千篇一律的作品。连印花布都在不断地变换花样。人民希望诗人们创造新的东西,所谓"推陈出新",这就是一面继承传统,一面有新的创造。也只有真正理解遗产的人,才能真正继承遗产。而把我们的遗产只能从外铄的形式来理解的人,绝不可能真正爱护我们的遗产。这些人最多不过从遗产中摹仿某种体裁和格式就沾沾自喜了。因此，我们却常常在重复人民已经听厌了的声音。社会主义的劳动，就是在最高程度上满足人民的要求，这意思就是说，我们应该给人民以最好的东西，最有创造性的东西。假如我们不能有新的、更好的、更有创造性的东西，假如我们老是停留在抄袭与摹仿上面，那么，我们只要有故宫的"绘画馆"和"北京图书馆"的古代书籍的书库就行了。

形式发展的第三个因素，是外来的影响。外国文学作品影响了我们的创作。在我国历史上，当我们和世界的关系比较密切的那些时代，我们的文化和别的国家的文化就自然要发生交流作用。五四运动以来，外国的作品就像潮水一样涌到中国。过去我们有许多人曾盲目地崇拜西洋，盲目就是没有睁开眼睛，也就是没有分析，没有批判，也就是不知道剔除什么、吸收什么。好的东西进来了，坏的东西也进来了。现在，我们不会再那么傻了，我们多少也学会了选择。这里，我们撇开对外国作品的内容暂且不谈，在表现形式方面，凡是那些与我们人民的欣赏趣味、审美观念不相抵触，而且会使我们在表现方法上更加提高的、有创造性的东西，我们就应该学习。大家都知道，普希金是俄罗斯民族的，他使俄罗斯文学提高到世界的水平。但谁也不能否认他受了外国文学的影响。屠格涅夫、托尔斯泰都和他们同时代的法国作家有很好的关系。大家也都知道，鲁迅是既熟识中国古代文学，而对外国文学的知识也很丰富的。

我们是爱国主义者，也是国际主义者。假如我们不理解或不爱护自己民族的文化，我们怎能是爱国主义者呢？假如我们不尊重人家的文化，我们又怎能是国际主义者呢？在我们生活的各个方面，都已经很显著地受到外来的影响。这种影响，无论在衣、食、住、行方面都可以看出来。杜甫旅行是坐船或骑毛驴，而我们的诗人旅行是坐火车或汽车。

有些人说,"民族形式是个原则问题"。这意思就是说,中国诗的传统是"五言体"和"七言体",诗人要是不按照这种体裁写作,就违反了原则。这样的观点,在一次建筑师们的会议上也出现了。而现在有许多新的建筑,就是按照这种对于民族形式十分简单的理解建造起来的。

我以为,复古的倾向和爱国主义毫无关系。前者只是一种已经沉淀了几十年的旧意识的复活;而后者则是从中国人民革命的需要出发,目的是把人民引导到共产主义。

中国诗人写的诗,要有民族的气派、民族的风格,这种民族气派和民族风格,主要也还是内容决定的。这种民族气派和民族风格,可以在多种多样的形式中表现出来。

文学艺术的原则问题,是内容问题,是一个作品所包含的思想——作者对待现实生活的态度。形式问题只是形式问题。只有当某种形式的发展妨害了内容——形式和内容存在着严重的矛盾的时候,形式问题才有了特殊的意义。今天中国的诗,最根本的问题,也还是内容问题,是诗人对于国家现状的态度、诗人与人民的关系、诗人的感情和人民的建设社会主义的感情更进一步结合的问题。把形式问题看作是原则问题,把形式看得比内容更重要,倒的确是本末倒置了。这结果,只会引导诗人努力追求某种体裁和格式,最后也不过出现了一些似是而非的所谓"诗"的东西。这种东西,现在已经不少了,难道还嫌不够么?

自由诗与格律诗问题

诗的体裁是多种多样的,在多种多样的体裁中,大体上可以分为两类:一类叫"自由诗",一类叫"格律诗"。这种分类,无关于诗的内容所属的性质，而只是从诗所具备的格式来给以区别而已。

什么叫"自由诗"？简单地说，这种诗体，有一句占一行的，有一句占几行的；每行没有一定音节，每段没有一定行数；也有整首诗不分段的。

"自由诗"有押韵的，有不押韵的。

"自由诗"没有一定的格式，只要有旋律，念起来流畅，像一条小河，有时声音高，时声音低，因感情的起伏而变化。

这里，我引一首短诗作为例子，这首诗的题目叫《野火》——

在这些黑夜里燃烧起来

在这些高高的山巅上

伸出你的光焰的手

去抚扣夜的宽阔的胸脯

去抚扣深蓝的冰凉的胸脯

从你的最高处跳动着的尖顶

把你的火星飞扬起来

让它们像群仙似地飘落在

那些莫测的黑暗而又冰冷的深谷

去照见那些沉睡的灵魂

让它们即使在飘渺梦中

也能得到一次狂欢的舞蹈

在这黑夜里燃烧起来

更高些！更高些！

让你的欢乐的形体

从地面升向高空

使我们这困倦的世界

因了你的火光的鼓舞

苏醒起来！喧腾起来！

让这黑夜里的一切的眼

都在看望着你

让这黑夜里的一切的心

都因了你的召唤而震荡

欢笑的火焰呵

颤动的火焰呵

听呀，从什么深远的角落

传来了那赞颂你的瀑布似的歌声……

  这首诗的内容，不必多加解释，写的是一九四二年的延安，这里可以听见的是光明世界的喧噪声。这首诗分三段，一二两段虽然有些对衬，并不整齐，而第三段只有两行。每行没有一定的音节。不押韵。

  这怎么是诗呢？有人或许要这样问。我以为这是诗，从题材到处理方法是诗，从情绪到语言也是诗。以野火象征光明，并给予活的形象而加以赞美，这个目的是达到了。它虽然没有韵脚，但节奏很显明，念起来是完全贯穿的。这是诗，即使不是分行排列也是诗。它的缺点就是不够通俗。

  在近代，以写"自由诗"而博得声誉的，是合众国民主诗人惠特曼。当时的合众国，是以一个年轻的、充满朝气的、纯朴人的姿态出现在世界上的。惠特曼成了这个新兴的国家的代言人。

产生这种诗体的时候，从诗的本身说，是为了适应表现新的思想感情的要求，突破了旧形式的束缚，是一种解放。

在中国历代的白话诗中，原也有接近"自由诗"体的诗，只是到"五四"时代更明确地被提出来。当时，反对用文言写诗，提倡用白话写诗，为的是白话有较大的语言容量，为广大人民群众所能接受，能更充分地表现新的生活和新的思想感情。另一方面，也受到外国"自由诗"的影响。产生这种形式也还是由于革命的要求。"自由诗"在中国革命的新文学中，的确也起了一定的作用。我们有很多以"自由诗"的体裁写的好诗。

但是，现在，或者更远一点说，自从新文学发展以来，也产生了许多散文化的诗。有些诗，假如不是分行排列的话，就很难辨别它们是诗。有的人挖苦自由诗是"无韵、带杠、有点、隔开、高低不平"。这虽然是属于形式主义的批评，却也说明了自由诗的庞杂现象。这种散文化的诗，缺乏感情，语言也不和谐，也没有什么现象。有的诗，语言构造很奇特，任意地破坏我们的语法。

诗的散文化倾向，不是由于写诗的人修养不够，就是由于写诗的人误解了诗。有些人以为写诗比什么都方便，既没有很好地选择和使用语言，也没有考虑到诗之作为艺术所必须具备的条件，有些诗，只把素材摆出就算完了，没有任何艺术的加工。诗的散文化，是写诗的人在劳动和学习上疏懒的结果。也有一些人，他们并非不理解诗，但他们完全是有意地和"格律诗"对抗，过分地强调了"自然流露"，想到哪儿写到哪儿，语言毫无节制，常常显得很松散，这是五四运动后，一面盲目崇拜西洋，一面盲目反对旧文学的错误倾向的极端表现。

诗和散文是不同的两种文学样式，诗不能以散文来代替，就像散文不能以诗来代替一样。不同的样式，具有不同的性能，发挥不同的作用。有些题材，可以用诗的形式来处理，也可以用散文的形式来处理，而有些题材是只能用散文的形式来处理的。假如把只能用散文的形式来处理的题材，用诗的形式处理了，不管你是"自由诗"也好，是"格律诗"也好，结果都会出现散文化的倾向，因为它的题材性质首先决定了是散文的。

文学上的各种表现手法，可以用在诗上，也可以用在散文上；但各种表现手法之被用在诗上，是和用在散文上不一样的。在散文里，长篇的叙述是被容许的，但是在诗里，就要有节制得多。在散文里，对一个观念可以加上不厌烦絮的解释，而在诗里，这种解释就会显得累赘。在散文里，出现一些理智的分析的章段，并不足奇怪，这在诗里就会使人感到很不习惯。这两种样式，假如勉强要找比喻的话，就像两种不同的酒，一种酒精量多些，一种酒精量少些。在一篇散文里，掺进了一些诗的成分，就会使它有了诗意；而在一首诗里，散文的成分重了就会显得松弛无力了。

那么，诗里是不是能完全排斥散文的语言呢？不能。因为最好的散文的语言，也可以成为诗的语言，例如，在《哈姆雷特）里——

活呢，还是死呢？
这确是个问题。

"这确是个问题"这句话，是散文的语言，但当它被运用在适当的地方上——丹麦王子考虑生死问题的时候，就显得很有力量了。又如：

荷拉修，世间有些事是在你哲学以外的。

这样的话，也还是散文的语言，但由于它充分地表现了机智，也成了诗的语言。最好的散文的语言和诗的语言之的距离,就像两只眼睛一样接近。

语言的效果,完全看作者把它安排在什么地方。语言和语言的关系,就像各种不同化学成分摆在一起,可以发生完全不同的效果。一根火柴放到水里就失去了作用,而当它被放到火里,就会突然燃烧起来。有时,出于冷静的理智的语言,被放在那些充满感情的章句一起,会引起一种反衬的作用,而且可以借它来暗示这些感情的章句是在明确的理智的基础上的。

但是,所有这些,都必须是作者意识明确的结果,却不是由于作者没有办法的时候随便发生的。这就和那些由于诗人修养差而陷入散文化倾向根本不同的地方。

有人说"散文诗"不是诗,因此,"自由诗"也不是诗。

这种看法,显然把这两种文学样式误解成一种文学样式了。"自由诗"和"散文诗"之间也是有区别的。"自由诗"是通过诗的形式,来处理一个具有诗的性质的题材;而"散文诗"则是以散文的形式,来处理一个具有诗的性质的题材。

至于"抒情的散文"呢,则是在一篇散文性质的作品里,含有若干抒情的成分。

什么叫"格律诗"?简单地说,这种诗体大体上是一句占一行,或一句占两行;每行有一定音节,每段有一定行数;也有整首诗不分段的。

"格律诗"要押韵,有的行行押,有的隔行押,有的交错着押;也有整首诗押一个韵的。

有各种不同的建行的意见,有的主张以统一的字数为标准;有的主张以统一的节拍为标准,字数则可伸缩。

"格律诗"总的解释是:无论分行、分段,音节和押韵,都必须统一;假如有变化,也必须在一定的规律里进行。

所有这些,也只是根据已经有的关于诗的格式的说明,对于写诗并不会有什么帮助。

这里,我想引《王贵与李香香》中的一段为例子:

风吹大树嘶啦啦地响,
崔二爷有钱当保长。

一个算盘九十一颗珠,
崔二爷牛羊没有数数。

三十里草地二十里沙,
哪一群牛羊不属他家?

烟洞里冒烟飞满天,
崔二爷他有半个天;

县长跟前说上一句话,
刮风下雨都由他。

天气越冷风越紧,
人越有钱心越狠!

十八年庄稼没有收,

庄户人家皱眉头；

打不下粮食吃不成饭，
崔二爷的租子也难还。

饿着肚子还好过，
短下租子命难活！
…………
　　——崔二爷收租

阳洼里糜子背洼里谷
那达想起你那达哭！

端起饭碗想起了你
眼泪滴到饭碗里；

前半夜想起你点不着灯，
后半夜想起你天不明；

一夜想你合不着眼，
炕围上边画你眉眼。
　　——羊肚子毛巾

　　这就是一句一行，两行一段；音节大致相等，两行押一韵。这是根据陕北民歌的一种体裁写的。

现在一般流行的"格律诗",大都是四行一段,行无一定音节,韵也常常不一致。有的诗,看去整齐,念起来不整齐,原因就是没有一定的音节。

"格律诗"的种类很多,有的是从我国原有的诗、词及民间歌谣发展起来的;有的是从外国传来的。

"五言""七言"是中国原有的"格律诗"体,而像"楚辞"和"宋词"也是我国的"格律诗"体。五四运动以后,从西洋传来了许多"格律诗"体。

我们也的确产生了很多以"格律诗"体写的好诗。近十年来,由于诗人们对于民间歌谣和古典诗的研究,产生了许多比较优秀的"格律诗",使"格律诗"有了新的发展。

但是,另一方面,却也产生了许多押韵的概念诗和标语口号排列起来的东西。这些东西,也只是因为排列整齐和具有韵脚才看出是诗,它们既没有什么思想感情,也没有什么诗的艺术技巧。有些诗,为了要保持固定的格式,就显得是无可奈何地在拼凑字数和句子。

诗必须有韵律,在"自由诗"里,偏重于整首诗内在旋律和节奏;而在"格律诗"里,则偏重于音节和韵脚。

诗是借助于语言以表现比较集中的思想感情的艺术。语言是由声音组成的。把语言里的声音,按照它们的强弱,经过了配合,就构成了韵律。韵律是传达声音的有规律的表现。

无论诗人采取什么样的体裁写诗,都必须在语言上有两种加工:一种是形象的加工;一种是声音的加工。

所谓旋律也好,节奏也好,韵也好,都无非是想借声音的变化,唤起读者情绪的共鸣;也就是以起伏变化的声音,引起读者心里的起伏变化。关于韵律的解释,借用一段话:

> 韵的最简单的说明，就是一个字的母音。各种文字的读音都可以用子音母音拼切出来，诗歌中常在一句的末尾用母音相同的字，这便叫作协韵。韵的作用，在使读者读时感到句与句间的共鸣，可以激动联想，并修饰字句，使粗糙的处所成为光滑、流畅、平整。所以，这对于写诗者是有帮助的。但用多了也常使得诗句单调，并使读者的感觉麻木，只注意到音调的铿锵，而模糊了诗句的辞意与感情。所以要写好一首诗，用韵是应该慎重的。新诗旧诗，都有不用韵的，但不用韵的诗比较难写，因为舍弃了韵的帮助，自非有更高的掌握语言文字的技能不可。
>
> 锡金

对于这段话，我想要补充的只有一点：韵的运用方法有三种，一种是用在每句起首一字，一种是用在每句末尾一字，也有用在每句的任何一个节拍中的。而现在一般的对韵的方法，多只注意每句末尾一字上。

我同意鲁迅的主张，押"大致相同的韵"，废古韵，以现代语言的发音，押现代的韵。这里面，虽然存在着各地发音不同的问题，大致也不会相差太远，此起古韵总要合适一些。

用韵的目的，就是为了念起来比较和谐、唤起读者的快感。我以为，这种念起来和谐、唤起读者快感的要求，在"自由诗"里也应该而且可能做到的。这就是"诗的音乐性"。当然，这种音乐性必须和感情结合在一起，因此，各种不同的情绪，应该由各种不同的声调来表现。只有和情绪相结合的韵律，才是活的韵律。

有些人以为要防止"自由诗"散文化的倾向，只有提倡诗人写"格律诗"。他们把散文仅只看成了文字和声音的不整齐,只要文字排列整齐和有齐匀的韵,就不会散文化了。我以为不是这样解决问题的。优美的形式并不就是整齐的形式。优美的形式产生于对生活的强烈的感情,对艺术创造的诚实的态度。优美的形式就是那种和内容完全合致的形式。从肥沃的土壤里生长的树,即使不经过修剪也是美的。诗的散文化,正如我在前面所已经指出的,是诗人对新事物的感情,选择题材和艺术修养上都存在着问题。这意思就是说,诗的散文化,不只是诗人能不能拼凑字数和寻找韵脚的问题,因为,现在有许多以"格律诗"体写的诗里面,也同样存在着散文化的倾向,只是在"格律诗"里,这种散文化的倾向,由于排列整齐和韵脚作为掩蔽,不容易被人发觉罢了。

有些人,由于热心提倡写"格律诗",就说"自由诗没有前途",有的甚至责骂诗人:"群众不欢迎自由诗,诗人为什么还要写自由诗来与群众对立?"

我以为武断和责骂也一样不能解决问题。为什么有的人喜欢写"格律诗",有的人喜欢写"自由诗",也还需要冷静地分析,这里不仅是一个"能不能"的问题,而且存在着在"愿不愿"的问题。而"愿不愿"的问题里面,就包含着诗人对群众、对现实生活的看法,以及诗人自己对于创作方法和美学观点所抱的一定的态度等等。

无论诗人采取哪种诗体写诗,都一样要求在群众中发生影响;而无论哪个诗人又都是根据他自己的美学观点在对事物进行评价的。一面是群众的爱好,一面是作家创造的个性,只有具备了最高才能的作者,在这两者之间所存在的矛盾上会取得最好的解决。艺术也好,科学也好,都是很复杂的问题,对于很复杂的问题,是不能用很简单的方式来解决的。至于群众对待各种诗体所抱的态度,也要在多方面、在较长时间里,才能取得比较可靠的了解。

这里,我引一段老舍的一次座谈会上的发言,这段发言,至少也可以看见一部分人在诗的形式问题上所持的态度,这对于从事诗歌创作的人会有一些帮助——

最近我参加了两个诗歌朗诵会(一次是工人自己朗诵快板及诗),这两个诗歌朗诵会给我一个印象:文句有长有短,合乎口语条件的,都能念得好。因此我对自由诗的前途,颇抱信心。另外是朗诵五言诗,关于这,有两种朗诵法,一种是如念古诗。这常因无韵,使人觉得就像我这条腿,走起路来是一跛一跛的。再一种是勉强用口语的语调来念,也显着不自然。所以我以为按照五七言的死板形式,并不是一条写新诗的好路子。还有一种诗,在新诗里往往搅上鼓词惯用的词汇,新旧掺杂,很难巧妙地结合。所以,这两者——诗与鼓词——将来能否归并到一起,我还不敢说。

总之,我是觉得按口语的长短句子写的自由诗,朗诵起来好。太整齐的句子,念起来别扭。混合(新旧词汇搅在一起)的因难于运用得恰好调谐,也不入耳。

工人诗歌朗诵会上,主要是念的快板,我以为这还是可利用的形式。快板贵俗,可以说是愈俗愈好。

关于民间的曲艺(鼓词等),我以为还是非突破形式不可。不然,就不能有新的发展。但目前是以普及为主,还谈不到突破。至于新诗,则我不愿意他再回头去走五七言或是太整齐的韵语的道路。

老舍是写过一些"格律诗"和大鼓词的，因此，在这个问题上，想不致会被怀疑有什么偏见。当然，朗诵的效果不能完全作为诗好坏的凭证，但朗诵的确是使诗和广大群众结合得很好的方法。我也参加过一些朗诵会，听众们对于诗的那种热情，也常常使我感动。群众喜欢各种形式的好诗，至于不好的诗，无论它是哪种形式的，谁也不会喜欢。我们不能以自己的爱好，来代替群众的爱好；也不能以自己之所恶而篡夺群众之所爱。

一些形式主义的理论

诗的形式问题应该讨论，这种讨论，必须和诗创作的实际、必须和诗所反映的生活内容结合起来谈。

离开内容对于形式的要求而谈形式问题，是形式主义的理论。也就是说，凡是抽象地谈形式问题，把形式看作绝对的、一成不变的那种理论，就是形式主义的理论。

形式主义反映在两个方面：一面是否定艺术创作的规律，否定一定时代的审美观念，使诗的形式陷入虚无主义和无政府状态里；另一方面是把创作规律看得很简单，把创作活动限制在这种或那种形式的模仿里。

把民族形式从现实生活抽离开来；把民族形式简单地理解为这种或那种体裁和格式；把民族语言简单地理解为几个节拍或几个音数；把诗的形式用一种固定的模型来套，等等，那根本的性质，是形式主义。

有人说"写诗必须押韵"，把韵当作诗的唯一特征，只有押了韵的东西，才能和散文有所区别，也是形式主义地理解诗的理论。当然，这种理论也不是今天才有的。在《红楼梦》里，贾宝玉就说过"押韵就好"；法国唯美派诗人戈蒂耶硬说"诗不仅不表示什么东西，并且不谈什么事情，诗之美是由音律韵律而定的"。这就把诗完全当作声音组合的东西了。事实上，就是音乐也不是"不表示什么东西""不谈什么事情"的。

有些人，因为自己写格律诗，就说"马雅可夫斯基的诗也是格律诗，是中国翻译的人把它们翻译坏了"。好像诗人的工作就是寻找韵脚。这种说法，不但冤枉了诗人，也冤枉了翻译者。

押了韵的东西很多，有的是诗，有的不是诗。薛蟠学会了押韵，但写出的东西不是诗。"三字经"是押韵的，却不是诗。"百家姓"也是押韵的，却也不是诗，甚至也不是散文。

无论哪种形式主义的理论，都不是把文学的理解提高，而是把文学的理解降低到庸俗的程度，把文学的真正含义给以歪曲了。

这里，我引几段古人的话作为参考：

诗人和历史家的区别，并不在其一用韵文，其一用散文。希罗多德之作品即使改为散文，也仍不失为历史的一种。
——亚里士多德

学者惟拘声韵为之诗，而不知言情达志、敷陈风喻、抑扬涵咏之文，皆本于诗教。声韵之文，古人不尽通于诗。滨畴皇极，训诰之韵者也；所以便讽诵，志不忘也。六象赞言，支系之韵者也；所以通卜筮，阐幽玄也。六艺非皆可通于诗也，而韵言不废，则协音协律，不得专为诗教也。传记如左国，著说如老庄，其文逐声而逐谐，语应节而遽协，岂必合诗之比兴哉？焦贡之易林，史游之急就，经部韵言之不涉于诗也。后世杂艺百家，拾诵名数，率用五言七字，演为歌诀，咸以取便记诵，皆无当于诗人之义也。而文诣存乎咏叹，取义近乎比兴，多或滔滔万言，少或寥寥片语，不必谐韵和声，而识者雅赏其为风骚遗范也。故善论文者，贵求作者之意旨，而不可拘于形貌也。

——章学诚《文史通义》

这些话的意思就是：押了韵的并不一定就是诗，诗要真写得好，也不必拘于形式。

也在《红楼梦》里，曹雪芹所安排的林黛玉这个人物，在对于诗的见解上，就比光说"押韵就好"的贾宝玉要高明些：

黛玉道："什么难事，也值得去学？不过是起、承、转、合，当中承、转，是两副对子，平声的对仄声，虚的对实的，实的对虚的。若是果有了奇句，连平仄虚实不对都使得的。"

——《红楼梦》第四十八回

香菱笑道："……古人的诗上，亦有顺的，亦有二四六上错了的……如今听你一说，原来这些规矩，竟是没事的，只要词句新奇为上。"黛玉道："正是这个道理。词句究竟还是末事，第一是立意要紧。若意趣真了，连词句不用修饰，自是好的：这叫作'不以词害意'。"

——《红楼梦》第四十八回

由此可见，形式主义和反形式主义之间的斗争，也是"古已有之"

的，我们的文学事业，当形式主义占上风的时代，就形成了衰落，出现了各种各样的为艺术而艺术的倾向；而当每个上升时代，由于新的精神的冲激，就自然而然地要求在形式上突破各种各样的既成的束缚，向更高的境地发展。

至于马雅可夫斯基究竟是怎样写诗的问题：我实在不了解情况，还是请马雅可夫斯基自己来声明吧：

让我再声明一遍：我不是要来定出如何成为诗人如何写诗的什么规则。这样的规则是没有的。诗人的定义就是一个为他自己创造出这样规则的人。再说一遍，让我借助于我自己所爱好的相似体吧。

坦白地说，我自己一点也不知道什么抑扬和韵脚以及其他的，从来不知道，也不打算来区别它们之间的关系。并不是因为这样做有什么困难，而是因为，在实际中，我从来不需要这些"你也许会使唤它们的"东西。

这当然不是说马雅可夫斯基就是毫无准备地进行创作的。

你的准备工作必须整个时间进行。
如果你已经有了一大仓的"蓄藏品"，那是可能在规定时间写出好诗来的。

搜集这样的"蓄藏品"占去了我一切的时间，我一天要花八到十小时做这些事，而且我几乎常常是我对自己在喃喃地讲些什么。因为集中心思于此,所以使诗人变得出名的精神恍惚。

我在我底"蓄藏品"上是如此的紧张工作着,在十五年写作过程中,我要告诉你十有九回是在什么恰当的所在,我接触到了这一种或那一种韵律,头韵,想象,等等。

诗人必须注意到他所看到的每一件事情,以作为写作底潜伏的材料。

由此可见,马雅可夫斯基是根据生活来进行创作的,是从群众语言中,从新的事件中来吸取新的声音的;却不是捧着什么"诗歌指南"来进行创作的。

创造格律的是诗人,而诗人是根据新的生活、新的语言在创造格律的;格律不是一成不变的东西,诗人应该根据他所要表现的题材的需要,自然地形成了这样或那样的形式。

有人把形式划分了阶级,说"自由诗"是小资产阶级的,而无产阶级则是主张"格律诗"的,等等。

这样说法当然是很荒谬的。马雅可夫斯基是写"自由诗"的,却是苏维埃时代最有才华的诗人;凡尔哈仑是写"自由诗"的,他是列宁所喜欢读的作者之一;聂鲁达是写"自由诗"的,他是今天著名的和平战士;希克梅特和阿拉贡也是写"自由诗"的,他们都是世界上著名的共产主义者。而英国资产阶级的幽灵爱略特也是写"自由诗"的。有些诗人有时写"自由诗",有时写"格律诗",难道他们的成分一下是小资产阶级,一下又是无产阶级了么?

"格律诗"也不是今天才开始的。远在无产阶级还没有出现之前，人类已有了很长的"格律诗"的历史。现代诗人中，伊萨柯夫斯基、马尔夏克、吉洪诺夫、纪廉等著名的共产主义者，固然是写"格律诗"的；但是，也有许多资产阶级诗人是写"格律诗"的。

假如形式是有阶级性的话，在近代产业工人出现之前，既没有无产阶级，我们就没有什么形式可以利用了。

各种形式既可以为这个阶级服务，也可以为那个阶级服务，用划分阶级的办法来谈形式问题，只会产生笑话而已。这种人不知道，武器是多种多样的，目的都是为了战斗。我们常常从敌人手中夺过来武器，又再去打击敌人。我们应该容许各种各样武器存在，武器的原则是发挥最大的战斗作用，离开这个原则，我们的论争就要成为形式主义的争吵。不能因为看见一些不好的"自由诗"，就说"自由诗"要不得；也不能因为看见一些不好的"格律诗"，就说"格律诗"不能再发展。

有人说，"诗的形式问题，是一个思想问题，是诗人的良心问题"。这意思很明显，无非是说写"自由诗"的人在思想上有问题。我以为这就不是什么理论，而是一种恐吓了。

"格律诗"可以写得好，也可以写得不好；"自由诗"可以写得好，也可以写得不好。根本的问题，在于诗人如何提高修养，如何更好地与现实结合，如何加强政治锻炼，如何向人民的生活和人民的语言学习，如何选题材，采取什么艺术技巧，等等问题。

新诗虽然已有了三十年的历史，三十年在文学史上是很年轻的一段时间。就在这短短的三十年里，中国新诗也已经起了很大的变化，诗的题材扩大了，无病呻吟的声音绝迹了。诗的形式和语言也比过去丰富了。随着中国革命的形势，新诗将要继续发展。在新诗发展的道路上，我们所能做的工作是很多的，其中最重要的依然是创作，"光说不练是假把戏";另一方面,"光练不说是哑巴戏",认真地讨论一些问题,我以为也同样是很重要的。

在今天,我们所应该反对的,依然是文学艺术上的概念化和公式化的创作倾向,而这种创作倾向是和形式主义的理论分不开的。形式主义是教条主义的产物,追究它的根源则是哲学上的唯心论。

诗人完全可以根据他所表现的题材的需要,采取自己所认为恰当的形式来创作,一个诗人也不一定非老是用一种形式创作不可。一切形式之能否存在,只有看它是否很完善地表现了现实生活和是否为广大群众所欢迎。无论是创作和理论我们都要下更大的功夫,要更刻苦些。真正谦虚的人永远觉得自己不够,而自满的人却一定是浅薄的。我们的生活是在日新月异地变化着,广大群众也正处在一个成长的过程里,他们的爱好与趣味也将逐渐地更广、更高、更丰富。让我们看得更远,容量更大,越丰富越好。

让我们的诗能发达,让各种各样为人民所喜爱的文学形式都有繁荣的机会,让我们所有的形式都能达到社会主义现实主义的要求。让我们能听见这个大时代的繁复又洪亮的声音。

一九五四年

望舒的诗

望舒留在世间的作品并不多，现在见到的，只有《望舒诗稿》和《灾难的岁月》两个本子，共计诗八十八首，而且都是短诗。他曾以《我的记忆》和《望舒草》的书名出过两个集子，那些作品，大都已收进《望舒诗稿》里了。

望舒初期的作品，留着一些不健康的旧诗词的很深的影响，常常流露出一些哀叹的情调。他像一个没落的世家子弟，对人生采取消极的、悲观的态度。这个时期的作品，充满了自怨自艾和无病呻吟，人们绝不会以为是一个二十世纪三十年代的中国青年写的。那时候，正是第一次国内战争的时期。例如："人间天上不堪寻""人间伴我唯孤苦""朝朝只有呜咽""只愿春天里活几朝""为了如今唯有愁和苦，朝朝的难遣难排，恐惧以后无欢日，愈觉得旧时难再，……""我将含怨沉沉睡，睡在那碧草青苔，……"处处都是颓废的、伤感的声音，对时代的洪流是回避的。这样的作品，对当时的青年，只会起不好的作用。

听说他曾经一度对现实采取积极的态度。这件事，在他的作品里也留下了痕迹。这个时期的作品，虽然那种个人的窄狭的感情的咏叹，依旧占有最大的篇幅，但调子却比过去明朗，较多地采用现代的日常口语，给人带来了清新的感觉。例如在《我的记忆》这首诗里：

我的记忆是忠实于我的,
忠实甚于我最好的友人。
…………

它的拜访是没有一定的,
在任何时间,在任何地点,
时常当我已上床,朦胧地想睡了;
或是选一个大清早,
人们会说它没有礼貌,
但是我们是老朋友。

在《路上的小语》里:

…………
——它是到处都可以找到的,
那边,你瞧,在树林下,在泉边,
而它又只会给你悲哀的记忆的。
…………

——它是我的,是不给任何人的,
除非有人愿意把他自己底真诚的
来做一个交换,永恒地。

在《秋》里：

我从前认它为好友是错了。

在《祭日》里：

当然她们不会过着幸福的生涯的，
像我一样，像我们大家一样。

这些诗就和他过去写的那些充满了旧词藻的语言有了很大距离。这些诗里，即使也还是充满了忧伤，这种忧伤是属于现代人的。这些都是现代人的日常口语，而这些口语之作为诗的语言，在当时，是一大胆的尝试。在这个时期，他也写了一些比较纯朴的、属于现实生活的诗，尽管写的他只是从某个侧面，或是某种程度上美化了的，这样的诗，使我们读起来就比较亲切。例如他在《断指》里，写了对一个为革命而牺牲了的朋友的怀念，这是他在抗战前所写的诗中最有现实意义的一首诗；而在《村姑》里，他给我们描出了一张动人的风俗画，他很巧妙地刻画了一个农村少女的心情。假如我们不过于苛求，我们认为诗人是在寻找一些新的题材——在自己的感情生活以外的题材了。

不幸这种努力并没有持续多久，他又很快地回到一个思想上紊乱的境地，越来越深地走进了虚无主义，对自己的才能作了无益的消耗。这在《古意答客问》和其他的许多诗里，都留下痛苦的影子。例如：

> ……
> 你问我的欢乐何在?
> ——窗头明月枕边书。

而在《赠克木》里,表现得更彻底,观念和词藻的游戏也更厉害:

> ……
> 你绞干了脑汁,胀破了头,
> 弄了一辈子,还是个未知的宇宙。

诗人徒劳地思索着,除了使自己更困惑之外,不会有更好的答案。他感到更深的寂寞,终于连声音也停止了。

抗日战争爆发,每个诚实的诗人都在民族利益的面前惊醒过来。望舒虽然没有写诗,但他是兴奋的,他在香港主编一个报纸的副刊,发表了许多歌颂抗日战争的诗,他翻译了《西班牙抗战谣曲》。直到一九三九年的元旦,他才重新写作,那面貌就和过去的作品完全不同了:

> 新的年岁带给我们新的希望。
> 祝福!我们的土地,
> 血染的土地,焦裂的土地,
> 更坚强的生命将从而滋长。
>
> 新的年岁带给我们新的力量。
> 祝福!我们的人民,

坚苦的人民，英勇的人民，
苦难会带来自由解放。
——《元日祝福》

写这样的诗，对望舒来说，真是一个了不起的变化。我们在他的诗中发现了"人民""自由""解放"等等的字眼了。我们当然很高兴。

一九四一年间，日军占领香港。诗人在敌人占领的区域里过着灾难的岁月。在《致萤火》里，他在对自己的命运完全绝望的时刻，想起远方：

在什么别的天地，
云雀在青空中高飞。

他吞咽着泪沉哀地过着日子，怀念着战斗的祖国。他被日军逮捕，投入狱中，受到了折磨和考验，在狱中写诗。在《狱中题壁》里，他用切齿的仇恨记录了敌人的暴行，最后他说：

当你们回来，从泥土
掘起他伤损的肢体，
用你们胜利的欢呼
把他的灵魂高高扬起。

然后把他的白骨放在山峰，
曝着太阳，沐着飘风；
在那暗黑潮湿的土牢，

这曾是他唯一的美梦。

这种爱国主义的感情，使他重新认识了现实，认识了中国。诗人在《我用残损的手掌》里，写自己用手抚摸祖国的地图，用高度压缩的词句，概括地描述了祖国的广大的陷落了的土地，句句都充满了哀痛，到后来笔锋一转，对解放区（我想他指的是延安），寄予极深的爱：

> 只有那辽远的一角依然完整，
> 温暖，明朗，坚固而蓬勃生春。
> 在那上面，我用残损的手掌轻抚，
> 像恋人的柔发，婴孩手中乳。
> 我把全部的力量运在手掌
> 贴在上面，寄予爱和一切希望，
> 因为只有那里是太阳，是春，
> 将驱逐阴暗，带来苏生，
> 因为只有那里我们不像牲口一样活，
> 蚂蚁一样死……那里，永恒的中国！

他相信解放的日子一定会来，他的心始终维系在战斗的人们那里，熬受着痛苦与侮辱：

> 把我遗忘在这里，让我见见
> 屈辱的极度，沉痛的界线，
> 做个证人，做你们的手，你们的眼，
> 尤其做你们的心，受苦难，磨炼，

> 仿佛是大地的一块，让铁蹄蹂践，
>
> 仿佛是你们的一滴血，遗在你们后面。
>
> ——《等待》

"我等待着，长夜漫漫"，他过了很长的一段又寂寞又沉痛的日子。这个时期的诗，是在艺术上最成熟的作品，风格起了很大的变化，摈弃了语言和观念的游戏，把自己的真切而又悲痛的感受，用精练而又纯朴的表现手法刻画出来，常常给人以极深的感动。

诗人对美好的生活充满了信心。他写了《偶成》，这是我们所看到的诗人的最后的作品。

> 如果生命的春天重到，
> 古旧的溪水都哗哗地解冻，
> 那时我会再看见灿烂的微笑，
> 再听见明朗的呼唤——这些迢遥的梦。
> 这些好东西都决不会消失，
> 因为一切好东西都永远存在，
> 它们只是像冰一样凝结，
> 而有一天会像花一样重开。

"像花一样重开"的日子终于来临。历史没有嘲弄诗人的期待。日军投降了。一九四九年，望舒回到了解放了的国土。但他在敌人的土牢中受了伤，带了很重的气喘病。他曾经和我谈起想重新写诗，他的这心愿没有实现，不幸于一九五〇年二月离世长逝。作为他的诗的一个喜爱的人，作为他的一个朋友，我常常为他的过早的去世而感到惋惜,觉得是中国人民的一个损失。

望舒是一个具有丰富才能的诗人。他从纯粹属于个人的低声的哀叹开始,几经变革,终于发出战斗的呼号。每个诗人走向真理和走向革命的道路是不同的。望舒所走的道路,是一个中国的正直的、有很高的文化教养的知识分子的道路,这种知识分子,和广大劳动人民失去了联系,只是读书很多,见过世面,有自己的对待世界的人生哲学,他们常常要通过自己真切的感受,有时通过现实的非常惨痛的教育,才能比较牢固地接受或是拒绝公众所早已肯定或是否定的某些观念。而在这之前,则常常是动摇不安的。

构成望舒的诗的艺术的,是中国古典文学和欧洲的文学的影响。他的诗,具有很高的语言的魅力。他的诗里的比喻,常常是新鲜而又适切。他所采用的题材,多是自己亲身所感受的事物,抒发个人的遭遇和情怀。所可惜的是他始终没有越出个人的小天地一步,因之,他的诗的社会意义就有了一定的局限性。

望舒从很年轻的时候起,就致力于外国文学的翻译工作。他曾翻译过罗马诗人沃维提乌思的《爱经》,却也曾以江思的笔名翻译过十月革命时期的作品《一周间》,后来又以艾昂甫的笔名翻译过《普希金革命诗抄》,今年出版了他所翻译的西班牙诗人《沃洛伽诗抄》。这些工作,都和他的一部分创作一样,是他所留给我们的一份财富。

一九五六年十一月中旬

在汽笛的长鸣声中

——《艾青诗选》自序

一

"我们找你找了二十年,我们等你等了二十年……"

"在'四人帮'横行的日子里,不知你怎么样了,我总是想:大概死了……"

上面引的都是读者来信中的话,这样的话几乎每封信里都有。这是今年四月底,我发表了第一首诗之后,读者对我的关切。

"作家没有作品,或者没有发表作品,等于不存在……"

不存在等于死亡,而我并没有死亡。

多少年来,林彪、"四人帮"总想禁锢歌声,他们把不属于自己帮派体系的作品全都列为禁书,束之高阁。

但是,只要歌声是属于人民的,人民就会保护歌声。

"为了买你的诗集,我曾跑遍很多地方也没有买到……"

"我们到处找你的诗集,找到了就互相传抄,抄好了就东藏西藏……"

"为了保存你的诗集,我用塑料布裹起来,藏在米缸里……"

"唐山地震之后,我在柜子底下找到你的诗集……"

最近一个朋友给我看了四十二年前出版的《大堰河》,并且要我签名作为纪念。

我在那本书的扉页上写了一首"诗":

> 好像一个孤儿
> 失落在人间
> 经历了多少烽火硝烟
> 经历了多少折磨和苦难
> 相隔了四十多年
> 终于重新相见——
> 身上沾满斑斑点点
> 却保持了完好的容颜——
> 可真不简单!

开滦煤矿的一个工人来信说:

"我不懂诗,我是一个生在农村的人,看到你的诗会勾起我回忆童年时代的农村和可怜我童年时代的农村……为什么诗的魅力这么大呢?……我只知道我这个普通工人经常怀念你,经常关心你!……只要你收到这封信,看到一个二十多年来经常把你怀念的人的感情,也就使我心安理得了……"

几乎所有来信都对我写诗表示高兴:"现在好了""你终于出来了""你还健在,你应该歌唱!"

我今年六十八岁,按年龄说并不算老,但是,有许多年轻的朋友都死在我的前面,而我却像一个核桃似的遗失在某个角落——活着过来了。

二

我生于一九一〇年阴历二月十七日,是浙江金华人,老家在山区。

据说我是难产的,一个算卦的又说我的命是"克父母"的,我成了一个不受欢迎的人,甚至不许叫父母"爸爸、妈妈",只许叫"叔叔、婶婶"。我等于没有父母。这就使我讨厌算卦、反对迷信,成了"无神论者"。

从少年时代起,我从美术中寻求安慰。

五四运动开始的时候,我已经九岁。小学课本里已有启蒙思想——要求民主和科学。

女学生们开始"放足"了。

中学老师第一次出的作文题是《自修室随笔》,我写了一篇《一个时代有一个时代的文学》,反对念文言文。老师的批语是:"一知半解,不能把胡适、鲁迅的话当作金科玉律。"老师的批语并没有错,我却在他的批语上打了一个"大八叉"!

"山雨欲来风满楼"。学生们经常上街游行、摇旗呐喊,捣毁卖仇货的商店,冲进卖鸦片的"禁烟处"……革命的风暴震撼着南方的古城。不知哪儿来的一本油印的《唯物史观浅说》,使我第一次获得了马克思主义阶级斗争的观念——这个观念终于和我的命运结合起来,构成了我一生的悲欢离合。

一九二八年暑假初中毕业后,我考入国立西湖艺术院(即现在杭州的浙江美术学院)绘画系。没有念完一个学期,院长发现了我。他说:

"你在这里学不到什么,你到外国去吧。"

第二年春天,我就怀着浪漫主义的思想到法国去了。

我在巴黎是一个穷学生。家里不愿意接济我,我就在一家工艺美术的小厂工作,一边进行自修,到蒙巴那斯一个"自由画室"去画人体速写。我也读了一些中文翻译的哲学和文学的书;俄罗斯批判现实主义的小说、苏维埃十月革命的小说和诗歌;有时也到工人区的"列宁厅"看禁演的电影。同时也读了一些法文现代的诗。而我最喜欢、受影响较深的是比利时大诗人凡尔哈仑的诗,它深刻地揭示了资本主义世界的大都市的无限扩张和广大农村濒于破灭的景象。总之,我在巴黎度过了精神上自由、物质上贫困的三年。

三

一九三一年的"九·一八事变",使中国的民族危机深刻化了。

一九三二年的"一·二八事变"那一天,正好是我从马赛动身回国的那一天。

但是,四月上旬轮船到香港停了四天——国民党忙于和日本帝国主义谈判"淞沪协定"。

到上海的时候战争已结束——祖国依然呻吟在屈辱中……我茫然回到老家,住了不到一个月就离开了。

五月我到上海,加入"中国左翼美术家联盟",和大家一同组织了一个"春地画会"。

早在巴黎的时候,我就试着写诗,在速写本里记下一些偶然从脑际闪过的句子。

在从巴黎回国的途中也写了一些短诗,但从来没有想要当一个"诗人"。

一天，同房住的一个诗人在桌子上看到我写的一首诗《会合》，是记录反帝大同盟东方支部在巴黎开会的场景的，他自作主张地写了个条子："编辑先生，寄上诗一首，如不录用，请退回原处"，寄到当时"左联"的刊物《北斗》。想不到居然发表了。这件小事，却使我开始从美术向文学移动，最后献身于文学。

六月，"春地画会"在上海基督教青年会楼上举行展览会，得到了鲁迅的支持，把他珍藏的德国女画家珂勒惠支的版画借来一同展出。鲁迅自己也来参观，签了一个很小的名。看完之后捐了五元——会场要出租钱。我把"收条"给他，他悄悄一揉就扔掉了。

我和鲁迅见面只这一次。

七月十二日晚上，"春地画会"正在上世界语课，突然遭到法租界巡捕房密探的袭击，进行了半个小时的搜查之后，我和其他十二个美术青年一同被捕。

国民党以臭名昭著的"危害民国紧急治罪法"控告这一群手无寸铁的青年"颠覆政府"！

在看守所的时间特别长。我写了不少诗。有些诗是通过律师的谈话、亲友的探望，偷偷带到外面发表的。

为了避免监狱方面的注意，从一九三三年开始，我改用"艾青"这个笔名，写了《大堰河——我的保姆》。这个笔名到今天，已经整整用了四十五年。

一九三五年十月我出狱，一九三六年出版了第一本诗集《大堰河》。

四

一九三七年七月七日爆发了"抗日战争"。我在前一天在预感中，

写了《复活的土地》:

> ……　……
> 我们的曾经死了的大地
> 在明朗的天空下
> 已复活了!
> ——苦难也已成为记忆
> 在它温热的胸膛里
> 重新漩流着的
> 将是战斗者的血液。

中国人民,伟大的中华民族,以自己的鲜血来洗刷近百年来被奴役的耻辱。

我从上海到武汉,从武汉到山西临汾,从临汾到西安,又折回到武汉,到桂林,在《广西日报》编辑副刊《南方》。出版了诗集《北方》。

一九三九年下半年在湖南新宁教了一学期的书之后到重庆。

一九四〇年春天,我带了长诗《火把》到重庆——当时的所谓"大后方"的文化中心。

不久,我得到周恩来同志的接见。那是在重庆郊区北碚,在事先约定的时刻,他从浓荫覆盖的高高的石阶上健步下来,穿一身浅灰色的洋布干部服,显得非常整洁。

他在育才学校的讲话中,明确地提出希望我到延安去"可以安心写作"。那时,大家都亲切地称他"周副主席"(军委副主席)。

一九四一年初发生了震惊中外的"皖南事变",国民党发动了第三次反共高潮。在重庆的进步作家受到了恐吓与监视。我幸亏得到周恩来同志的帮助，和另外的四个作家一起，摆脱了国民党特务的跟踪，沿途经过四十七次的检查，安然到达延安。

初夏的一个夜晚，得到通知，我们在杨家岭的窑洞里，第一次见到了自己所生活的时代的杰出的人物——中国人民的伟大领袖毛泽东同志。在我的脑子里留下了永远不会消失的一个既魁梧又和蔼的身影与笑容。

十一月，我被选为陕甘宁边区参议会的参议员。我第一次写了歌颂领袖的诗《毛泽东》。

一九四二年春天，毛主席多次接见我。最初他来约我"有事商量"，我去了。

他和我谈了"有些文章大家看了有意见，你看怎么办？"老实说，我当时并没有看出有什么严重性。我很天真地说："开了会，你出来讲讲话。"他说："我说话有人听吗？"我说："至少我是听的。"

接着他来信说："前日所谈文艺方针的问题，请你代我收集反面的意见……"在"反面的"三个字下面加了三个圈。

我没有收集什么反面的意见，只是把自己的意见正面提出了。

他看了我的意见之后来信说："深愿一谈。"在谈话中，他提出包括文艺与政治、暴露与歌颂等等问题。我根据他的指示进行了修改，以《我对于目前文艺上几个问题的意见》为题发表了。

五月，以毛主席的名义召开"延安文艺座谈会"，会议进行了好多天，讨论也很热烈。

在会上，我记得的是朱总司令对我在文章中引用的李白的两句话："生不用封万户侯，但愿一识韩荆州"，做了最精辟的解释："我们的韩荆州是工农兵。"实际上指出了文艺工作者的方向。

在会议结束的那一天黄昏，毛主席发表了著名的、经典性的《在延安文艺座谈会上的讲话》,把马克思主义的文艺理论发展了,也明白无误地重申了列宁对文学艺术的党性原则。

在座谈会之后,我写信给毛主席提出想到前方去。他回信说:"赞成你去晋南北,但不宜走得太远,因同蒲路不好过。""目前这个阶段希望你蹲在延安学习一下马列,主要是历史唯物论,然后到前方,切实研究一下农村阶级关系,不然对中国战况总是不很明晰的……"

他指示我学习马列——主要是历史唯物论,实际上叫我投入接着不久就来到的"整风运动",以马克思主义为武器,去战胜一切领域中的唯心主义。

五

一九四五年八月,日本投降。

十月,我随"华北文艺工作团"到张家口,文工团并到"华北联合大学"作为"文艺学院"。不久就撤出张家口,转移到冀中、冀南一带。整个解放战争期间,我都在"文艺学院"搞行政工作。也曾参加过几次土地改革工作。写过组诗《布谷鸟》。

一九四九年初北京解放。我在进城后的第一件工作就是以"接管人员"的身份接管"中央美术学院";参加全国文联和作家协会的筹备工作;参加第一届政治协商会议;最后当了《人民文学》的副主编。

一九五〇年随中共中央的一个代表团访问苏联,所写的诗均收入《宝石的红星》里。

一九五三年回老家一次。收集了抗日战争期间在浙东一带的历史,但以民歌体写的叙事长诗《藏枪记》却失败了。

一九五四年七月，得到智利众议院的邀请到智利访问，写了《南美洲的旅行》的组诗以及后来补写的长诗《大西洋》。

一九五六年由人民文学出版社出版了我的第二个选集《春天》，我在"后记"中说：

……我的作品并不能反映这个伟大的时代。这个时代是要用许多的大合唱和交响乐来反映的。我只不过是无数的乐队中的一个吹笛子的人，只是为这个时代所兴奋，对光明的远景寄予无限的祝福而已。

一九五七年，我先是计划写"匈牙利事件"，已完成《弗洛拉》《巴拉顿湖》两个章段，因材料不足搁下了。接着到上海，收集了有关帝国主义在经济上侵略中国的历史资料，才写了《外滩》一节，又因事搁下了。

一九五八年四月，得到一个将军的帮助，并经周恩来总理的同意，我到东北国营农场去"体验生活"，当了一个林场的副场长，和伐木工人们一起生活了一年半；曾写了长诗《踏破荒原千里雪》和《蛤蟆通河上的朝霞》，可惜都已丢失了。

一九五九年冬天我到新疆，在生产建设兵团的一个垦区度过了十六年。

我认识了不少新朋友。我也下决心要歌颂这些改造大自然的战士们。我为了要写这个机械化的垦区积累了几十万字的材料。

一九七二年，经医生检查发现我的右眼因白内障而失明已经有四五年之久了。

一九七五年春天，我经上级批准到北京医治眼疾。

难忘的一九七六年！我国人民先后失去了三个领导人，整个国家处在危急中——万恶的"四人帮"从四面八方伸出了黑手，党中央一举粉碎了"四人帮"，使伟大的祖国转危为安。我也得到了第二次解放。

六

诗人必须说真话。

常常有这样的议论：某人的诗受欢迎，因为他说了人们心里的话。我以为这种议论不够全面。全面地说，某人的诗受欢迎，因为某人说了真话——说了心里的话。

人人喜欢听真话。诗人只能以他的由衷之言去摇撼人们的心。诗人也只有和人民在一起，喜怒哀乐都和人民相一致，智慧和勇气都来自人民，才能取得人民的信任。

人民不喜欢假话。哪怕多么装腔作势、多么冠冕堂皇的假话都不会打动人们的心。

人人的心中都有一架衡量语言的天平。

也有人夸耀自己的"政治敏感性"，谁"得势"了就捧谁，谁"倒霉"了就骂谁。

这种人好像是看天气预报在写"诗"的。

但是，我们的世界是风云变幻的世界。这就使得"诗人"手忙脚乱，像一个投机商似的奔走在市场上，虽然具有市侩的鬼精，也常常下错了赌注。

"政治敏感性"当然需要——越敏感越好。但是这种"敏感性"又必须和人民的愿望相一致。以个人自私的动机是嗅不出正确的东西的。

这就要求诗人既要有和人民一致的"政治敏感性",更要求诗人要有和人民一致的"政治坚定性"。

谁也不可能对什么都兴奋。连知了也知道什么时候才兴奋。

有人反对写诗要有"灵感"。这种人可能是"人工授精"的提倡者,但不一定是诗人。

把自己不理解的,或者是不能解释的东西,一律当作不存在、或者是认为非科学,这样的人只能居住在螺蛳壳里。

外面的世界是瞬息万变的:有时刮风、有时下雨,人的感情也有时高兴、有时悲哀。

所谓"灵感",无非是诗人对事物发生新的激动、突然感到的兴奋、瞬息消逝的心灵的闪耀。所谓"灵感"是诗人的主观世界与客观世界最愉快的邂逅。"灵感"应该是诗人的朋友,为什么要把它放逐到唯心主义的沙漠里去呢?

无差别即无矛盾。

对一切兴奋就是对一切都不兴奋。

诗人要忠于自己的感受。所谓感受就是对客观世界的反映。

并不是每首诗都在写自己;但是,每首诗都由自己去写——就是通过自己的心去写。

没有兴奋而要装出兴奋,必然学会撒谎。自己没有感动的事不可能去感动别人。

当然,说真话会惹出麻烦,甚至遭到危险;但是,既然要写诗,就不应该昧着良心说假话。

七

不要为玩弄技巧而写诗,而写诗又必须有技巧。连说话也有说得中听的和不中听的。

人的思维活动所产生的联想、想象,无非是生活经验的复合。在这种复合的过程中产生了比喻。比喻的目的是经验与经验的互相印证。

"触觉和视觉是如此地互相补充,以致我们往往可以根据某一物的外形来预言它在触觉上的性质。"

好一个"互相补充"!恩格斯在这里所说的"互相补充"虽然只是不同感官间的事,但它也同样存在于事物与事物之间、思维与思维之间。它使世界万物取得了沟通与联系。

形象思维的活动,在于使一切难于捕捉的东西、一切飘忽的东西固定起来,鲜明地呈现在读者的面前,像印子打在纸上一样地清楚。

形象思维的活动,在于把一切抽象的东西,转化为具体的东西——可感触的东西。

形象思维的活动,在于使所有滞重的物质长上翅膀;反之,也可以使流动的物质凝固起来。

通过形象思维,可以使相距万里的携起手来;反之,也可以使原来在一起的挥手告别。

形象思维的方法,是抽象与具体之间的"互相补充"的方法。

形象思维的方法,是诗,也是一切文学创作的基本的方法。

甚至在理论文章(也就是依靠"逻辑思维"所进行的文章)里,也可以遇见形象思维的表达方法。例如在《共产党宣言》里:

……为了拉拢人民，贵族们把无产阶级的乞食袋当作旗帜来挥舞。但是，每当人民跟着他们走的时候，都发现他们的臀部带有旧的封建纹章，于是就哈哈大笑，一哄而散。

至于莎士比亚，那是一个离开形象思维就不能工作的人。在他的所有的作品中，无时不在闪耀着形象思维的光辉。

例如"金钱"两个字只是一个概念，但在他的《雅典的泰门》里，"金钱"转化为许多具体的"人"了。

> 啊，你可爱的凶手，帝王逃不过你的掌握，
> 亲生的父子会被你离间！
> 你灿烂的奸夫，淫污了纯洁的婚床！
> 你勇敢的战神！
> 你永远年轻韶秀，永远被人爱恋的娇美的情郎，你
> 的羞颜可以融化了狄安娜女神膝上的冰雪！
> 你有形的神明，你会使冰炭化为胶漆，仇恨化为亲吻！
> …………

这就是通过一连串的比喻，对为资本所统治的世界所发出的最深刻、也就是最辛辣的咒骂！

诗只有通过形象思维的方法才能产生持久的魅力。

写诗的人常常为表达一个观念而寻找形象。例如拙作《珠贝》：

在碧绿的海水里
　　吸取太阳的精华
　　你是彩虹的化身
　　璀璨如一片朝霞

　　凝思花露的形状
　　喜爱水晶的素质
　　观念在心里孕育
　　结成了粒粒真珠

"观念"是抽象的,结成"粒粒真珠",就成了明亮的、可以把握得住的物质了。

"反抗"两个字是属于精神范畴的、抽象的名词。"哪里有压迫,哪里就有反抗。"反抗天然地产生于受迫害的人。

难道还有迫害人的人需要什么反抗吗?

作为一个民族,作为一个要求生存权利的个人,遇到连续的迫害该怎么办呢?

　　一个浪,一个浪
　　无休止地扑过来
　　每一个浪都在它脚下
　　被打成碎沫、散开……

　　它的脸上和身上
　　像刀砍过的一样

> 但它依然站在那里
>
> 含着微笑,看着海洋……

这也只是从受到"无休止地扑过来"的"礁石"的角度上所应采取的态度——它还有什么别的办法吗?

然而有人说礁石是"与大大小小的航船为敌的"——"自傲的态度",按照他的说法,礁石应该"自己消灭"和对一切"大大小小的航船"——自觉地让开。他完全忘掉礁石是不可能移动的,应该由"大大小小的航船"不要去碰那顽固不化的礁石,这就是从两种不同的角度看问题的不同的结果。

由形象思维的活动所产生的一切比喻,都不是原来的事,所以列宁说:一切比喻都是跛脚的。正因为这样,比喻也最容易被人歪曲甚至诬陷——历史上不少"文字狱"都由比喻构成。

八

我所经历的时代,是一个波澜壮阔、绚丽多彩的时代。我和同我差不多年纪的人们一样,度过了各种类型、不同性质的战争;也遇见了各种类型、不同性质的敌人。真是变幻莫测!

我在一九四一年冬天写的《时代》那首诗里的许多话,里面最重要的话,这些年都得到了应验:

> ——纵然我知道由它所带给我的
>
> 并不是节日的狂欢
>
> 和什么杂耍场上的哄笑

却是比一千个屠场更残酷的景象，
而我却依然奔向它
带着一个生命所能发挥的热情。
…………
我要迎接更高的赞扬、更大的诽谤
更不可解的怨仇，和更致命的打击——
都为了我想从时间的深沟里升腾起来……
…………
我忠实于时代，献身于时代，而我却沉默着
不甘心地，像一个被俘虏的囚徒
在押送到刑场之前沉默着
我沉默着，为了没有足够响亮的语言
像初夏的雷霆滚过阴云密布的天空
抒发我的激情于我的狂暴的呼喊
奉献给那使我如此兴奋、如此惊喜的东西
我爱它胜过我曾经爱过的一切
为了它的到来，我愿意交付出我的生命
交付给它从我的肉体直到我的灵魂
我在它的面前显得如此卑微
甚至想仰卧在地面上
让它的脚像马蹄一样踩过我的胸膛

　　这样的一首诗，再明显不过的是一首歌颂时代的诗，歌颂的是我们为之战斗、为之献身的时代，"我在它面前显得如此卑微""甚至想仰卧在地面上让它的脚像马蹄一样踩过我的胸膛"！

这样的一首诗却被文痞姚文元之流恣意歪曲，诬蔑为"个人主义者自我扩张的嘶喊"，而且明目张胆说成是一首攻击延安的诗！

也是这个文痞，竟说我从来没有歌颂过无产阶级！可是在我的四首诗里曾提到第一个无产阶级政权"巴黎公社"。

一九三二年的《巴黎》里，有"公社的诞生"；一九四〇年的《哀巴黎》里，有"将有第二个公社的诞生"；一九四五年的《悼罗曼·罗兰》里，有"把公社的子孙出卖变成俘虏"；一九四二年的《土伦的反抗》里，有"公社的子孙将重新得到解放"！

这个冒牌的"马克思主义理论家"，早在二十年前，已暴露他是反对马克思主义的。

就在这个文痞的文章发表之后，我收到一个将军给我的信，鼓励我："你是歌颂过公社的子孙的，你应该继续写诗。"

这两件事形成了多么鲜明的对照！

我曾不知多少次地提到无产阶级的领导人，提到无产阶级的武装部队……怎能说我从不歌颂无产阶级——难道只有贴上"无产阶级"四个字的标签才算是无产阶级吗？

文痞同样歪曲我的长诗《向太阳》中《太阳之歌》里的话：

太阳
使我想起……
……
想起《马赛曲》《国际歌》
想起　华盛顿　列宁　孙逸仙
和一切把人类从苦难里拯救出来的
人物的名字

文痞说:"但国际歌和列宁是平列在马赛曲、华盛顿和孙逸仙中间,并不突出",因而对我做了个政治性的"结论":"所神往的不过是资产阶级的自由民主而已!"好一个"而已"!

我的长诗《向太阳》写于一九三八年四月,地点是国民党统治下的武昌。那时正是国民党消极抗战、积极反共的时期,我提出资产阶级自由民主也不应该吗?

这个文痞在整整过了二十年之后,在一九五八年的上海,住在特务父亲姚蓬子经营的"作家书房"里,大腿叠二腿地坐在沙发上来嘲笑一首在白色恐怖中所写的诗,显得多么得意啊!他而且说我把"列宁"和"国际歌"写上去,只是为了"点缀"!

都因为他享有乱打棍子、乱扣帽子的自由!

今天有机会重温这个文痞发迹的历史,可以更清楚地看到这些年来"四人帮"所实行的法西斯文化专制主义,早在二十年前已经进行了一次大规模的演习了。

像这样的一个流氓竟然能如入无人之境地横冲直撞,成了"庞然大物",骗取了我国文艺学术领域里生杀予夺之权达几十年之久,这件事难道不值得我们深思吗?

可庆幸的是,这一切终究过去了。

如今,时代的洪流把我卷带到一个新的充满阳光的港口,在汽笛的长鸣声中,我的生命开始了新的航程。

一九七八年十二月中旬

新诗应该受到检验

有人挖苦写新诗的人:"写诗的人比读诗的人多。"

这好像不只是在中国。苏联人也很幽默地说:"苏联诗人多,每张树叶都有二十个诗人在写。"

写诗的人真的多吗?

假如一百万人里面有一个是写诗的人,中国九亿人口就得有九百个写诗的人。

当然写诗的人并不都是通常被叫作"诗人"的人。被公众认为"诗人"的人数要少得多。

前些日子看到一份打印的"五四"以来新诗人的名单,连冯玉祥、陶行知以及民间歌手孙万福、汪庭有、王老九、李有源等等都算在里面,也不过三百三十四个人,其中有四分之一已经去世,活着的也有一半以上已经几十年不写诗了。

这怎么能说"诗人"太多呢?

至于说读诗的人,仅只以《诗刊》现有每期发行量计算是四十万份,怎么能说太少呢?

何况全国将近一百种的文学期刊里面都有一定数量的新诗发表。

把写诗的夸张手法用到调查研究工作上只能成为笑话。

另一方面，从每种文学期刊的编辑部所收到的稿件来看，诗稿可能要占最大的数量，而负责看诗稿的编辑只有几个人，因此说"写诗的人比看诗的人多"倒是真的。

这是对写诗长期的误解：以为写诗比干什么都容易。

我经常遇到有人拿着一个本子说："给我写一首诗吧。"

每到一个风景区也会有人提出："给我们这个地方题一首诗吧。"

甚至在外国也一样会有人提出："留下一首诗吧。"

写诗被看作可以随便应酬的交际手段。

但写诗并不是像人们所想的那样轻松愉快的事。

新诗是五四运动的产物，是中国反帝反封建的新文化运动的产物。新诗已经历了六十年的岁月，它和中国革命一同成长。这是从文学革命发展成为革命文学的一个部分。新诗的主流保持了革命现实主义的战斗传统。不少诗人牺牲了生命，有的死于敌人的监狱，有的死于战场。

新诗是和共和国一同进入胜利的拱门的。新诗是带着欢呼声和人民一同前进的。

但是并不是人人都能适应胜利的局面。在回忆与希望的交叉口上失误了时间。

接着来临的是林彪、"四人帮"的封建法西斯统治时期。知识分子普遍蒙受了灾难。不是被放逐，就是惩罚性的劳动。

政治上的堕落带来了艺术上的堕落。政治成了标签，艺术就成了卖淫妇脸上的脂粉。

文艺变成了篡党夺权者的吹鼓手，出现的不外是既空洞而又虚假的豪言壮语。

在文化艺术的荒原上举行的打道场，是典型的宗教迷信与格杀勿论的混合。

过度的愤怒和过度的悲哀都产生诗歌。爆炸是从高压中产生的。群众性的、光彩夺目的天安门诗歌是革命的最鲜艳的旗帜。

"四人帮"的覆灭是党的历史性的胜利。

在哲学上,"实践是检验真理的唯一标准",是摧毁唯心主义的锐利武器,是辩证唯物主义的伟大胜利。

一切都受到检验。一切文学艺术都受到检验。在历史面前受检验,在革命实践中受检验,在人民群众面前受检验。

我曾经写了"诗人必须说真话"一段话。面对着瞬息变幻的现实,诗人必须说出自己心里的话。写诗应该通过自己的心写,应该受自己良心的检查。所谓良心,就是人民的利益和愿望。人民的心是试金石。

诗人要对当代提出的尖锐问题和人民一同思考,和人民一同回答。

人民对于善恶、对于真伪、对于黑暗与光明都有鲜明的、毫不含糊的看法。

"你说了大家心里的话。"这就是人民对诗人的鼓励和赞扬。

"彻底的唯物主义者是无所畏惧的。"

为什么人们不说自己心里的话呢?

因为说真话太危险了。说真话容易触犯权势者,说真话会招来严重的后果。说真话得到的惩罚是家破人亡。

历来的文字狱都是可怕的,而且规模太大了,延续时间太长了,受株连的人数太多了。

连发表的刊物也受株连,连编者和读者也受株连。

好像发生了瘟疫,蔓延得很广。

而"幸福之门"是向说谎者敞开的。诬陷人的人走的是鲜花开放的道路。

说真话的人走的是烂泥路，而且是通向"地狱之门"的。

"打翻在地，再踩上一只脚，永世不得翻身。"耳边依然可以听见混在脚镣声一起的判词。

多年来的教训还不够深刻吗？

"四人帮"的覆灭已经三年了。这些年真是普天同庆的日子。人们爆发了难于压制的对魔鬼的咒骂声。含着眼泪诉说自己所受的折磨和苦难。

"四人帮"的罪恶是一百年也写不完的。写了这些经历，无非让后世的人得到教育：封建法西斯的统治再也不能重复了。

人们只要读到声泪俱下的作品都会引起恻隐之心，加深对"四人帮"的痛恨。

但是，有人不是那么舒服，皱着眉头说："这是伤痕文学""这是感伤文学""这是暴露文学""这是解冻文学"……又在动手裁剪纸头、准备制造各种类型的帽子，忙着寻找棍子，准备"文攻武卫"了！

而且抬出导师们的画框叫喊："你们这是什么感情？"来扼杀这几年的文艺新芽。

难道他们看不见每天在报纸上发表的为过去的错案、冤案平反昭雪的报道吗？

难道他们看不到络绎不断的上访的人群吗？

难道他们看了多少被迫害致死的人而感到高兴吗？

难道他们的感情是和"四人帮"的感情联系在一起的吗？

谁有德？谁缺德？他们都不知道吗？

不是的。他们知道得很清楚。

他们的哲学很简单：只要学会打人，就可以冒充"左派"。他们里面有过去就是打过人的,有的是捞到油水的,所谓"既得利益者"。

他们的哲学是市侩哲学:当上了假"左派"其乐无穷!

他们多么想借极"左"思潮的翻案风跳起"忠字舞"啊!

诗人首先要做一个诚实的人,做一个正直的人。如果连一点正义感也没有,连一点同情心也没有,倒真可以问一问:"要这些人干什么?"

一心只想踩着别人的肩背上去的人,怎么能写诗呢?又怎么能写出真正的诗呢?

歌颂也罢,暴露也罢,都应该和人民的思想感情一致。人民的眼睛注视着你在每个重大历史时期都写些什么。

人民多么希望你能为他们说话!

人民渴望着多少有一点民主、多少有一点法制!

真正代表人民的声音是无办法压制的。即使把泡沫塑料塞到嘴里——甚至割断喉管,也扑灭不了真理的呼声。

人民嫌恶那种想到温都尔汗招魂的行为!人民也讨厌那种为什么"纪要"作起死回生的手术!

人民的眼睛是被泪水擦亮的。人民的耳朵是被魔笛的声音震醒的。

现在的中国人民,不是十年前、二十年前、三十年前的中国人民了。

三十年前,毛泽东同志在天安门城楼上向全世界宣告:"中国人民站起来了!"

那么,现在的中国人民站得更高了!

经受了这么多年的狂风暴雨,破帽子也罢,烂棍子也罢,吓唬得了谁?问别人一百个"是什么感情",还不如问问他自己吧。

真正的诗人们,让我们摸一摸人民的脉搏吧!让我们更深刻地了解人民在渴望些什么?人民在要求些什么?让我们从人民的身上感受一点体温吧!

  只要我们和人民在一起就应该乐观。
  让我们和人民一起歌唱吧!
  中国人民是热爱诗歌的人民。
  随便愚弄人民、把人民当作牛马驱使的时代一去不复返了。

一九七九年九月十八日

中国新诗六十年

一

中国新诗是新时代的产物。

中国新诗是为了适应中国现代的社会变革而产生的,是从内容到形式都起了伟大变化的文学样式。

不用讳言,无论自由诗、格律诗、十四行之类,这些诗的形式都是从外国(主要是欧、美)移植来的品种。就像棉花和葡萄、西红柿是外来的一样。

正如已故的现代诗人朱自清所说:

"旧诗已成强弩之末,新诗终于起而代之。新文学大部分是外国的影响,新诗自然也如此。"

早在一个世纪以前,在我们国家,人们把写诗和读诗,都看作是少数人文化教养的标志。那些诗,采用普通人不易理解的古奥文字,有严格的音调规定。一般流行的是两种诗的形式:五言诗和七言诗。每首诗通常由四句或八句构成,既不分行也不断句;虽有叫作"词"的那样长短句构成的,也有各种固定的格式。以文言写的旧体诗,只能适应生产关系很单纯的、经济上长期停滞不前的封建社会。

那个时代——整个旧时代，千千万万人的诗歌活动，采用口头传诵或说唱的方式，很少有得到印刷出版的机会。

到了上个世纪四十年代，资本主义列强的炮火轰开了中国的大门。在来势汹汹的帝国主义联合进攻下，古老的封建王朝，彻底暴露了它的腐朽、衰败与软弱无能。

中国人民生活在屈辱中。一大批爱国的志士仁人，在各方面想着中国的革新。这种渴想也反映到文学艺术领域里。当时，曾受到资本主义国家文化影响的上层知识分子谭嗣同、夏曾佑和黄遵宪等，提出了"诗界革命"的主张，认为应该用通俗的话写诗，写新的事物。

但是，他们所写的诗，无论从内容到形式不可能做到真正的突破，就像旧中国缠过脚的女人想跑步，显得很不自然。

新诗的崛起是在我国本世纪最初的二十年的最后一年，伟大的五月四日的反帝反封建的运动中。

第一次世界大战——尤其是一九一七年的俄国十月革命，一阵阵强劲的飓风摇撼着古老的中国。一九一九年，由于巴黎和会激起我国公众的义愤，在五月四日爆发了一次空前规模的反帝反封建的革命运动。这个运动是我国近代思想启蒙运动史上的大事，是中国新旧文化、新旧思想的分水岭。在民主与科学的世界新思潮的冲击下，为了适应自由地表达争取独立解放的思想感情的要求，我们兴起了生气勃勃的文学革命。

而诗体解放成了这场文学革命的开路先锋。《新青年》杂志最先连续发表白话诗，《新潮》《少年中国》《每周评论》等著名刊物也相继大量刊载。初期的白话诗，多少有些像民谣与儿歌，但已经打破了传统的旧诗的桎梏，采用了人民日常的口语，字数和行数都不受限制，分行排列，并开始使用标点符号。不管保守分子怎样反对，报刊杂志上的新诗很快风行于全国各地。

如果从一九一九年五四新文化运动诞生了新诗算起，那么，我们国家的新诗已走过了整整六十年的路程。我们经历了太多的苦难和太长的坎坷，而我们的新诗却始终是在艰辛地发展、勇猛地前进着。

二

中国新诗的历史是光荣的六十年。

参加五四文学革命的成员是很复杂的。他们对文学、对诗歌的主张不可能一致。有的强调新诗的革命的社会功能；有的主张"为人生"；有的满足于形式的探讨；有的提出诗的"平民化"；有的坚持"诗只能是贵族的"偏见。

胡适（1891～1962）曾是新诗的积极鼓吹者，他把五四文学革命归结为"语言文字和文体的解放"。

事实上，形式上的冲破桎梏只能是为了适应内容的要求。在现实斗争的浪尖上，在革命的新思潮的感染下，众多的新诗人不能不面向社会，面向人生，触及现实生活中的大量问题，从各个方面去体现那个时代的反帝反封建的民主革命精神。在比较自由开放的政治思想和艺术的创造空气里，不拘一格、新鲜活泼的白话诗处于进攻的地位，用前进和创新打败了、并且取代了旧诗。

五四运动的最初几年，出现了我国现代诗歌史上第一次大繁荣的局面。

早期的共产党人李大钊的《欢迎独秀出狱》；周恩来的《生离死别》；蒋光慈的《中国劳动歌》；瞿秋白的《赤潮曲》；彭湃的《起义歌》；邓中夏的《游工人之窟》等等，都给人以强烈的鼓舞。

最初出现的新诗人,抱着"为人生而艺术"的宗旨,走的是现实主义的道路。一般都采用自由体。

诗人刘半农(1889～1934),早在五四运动之前的一九一七年即在《新青年》上发表《诗与小说精神上之革新》。他主张"增多诗体"。一九一七年十月他写的《相隔一层纸》,可说是最早的新诗:

屋子里拢着炉火,
老爷吩咐开窗买水果,
说"天气不冷火太热,
别任它烤坏了我。"

屋子外躺着一个叫花子,
咬紧了牙齿对着北风喊"要死"!
可怜屋外与屋里,
相隔只有一层薄纸!

他在《扬鞭集》里的许多诗,唱出了劳动者的血泪生活的哀歌。

和他同时的诗人刘大白(1880～1932),虽然中过"举人",却也竭力提倡写新诗。他的诗集《卖布谣》里,许多诗反映了农民生活的悲苦。

最初阶段的诗人有:周作人、俞平伯、朱自清、冰心、陆志韦、康白情、冯至、王统照、徐玉诺……

当时的"湖畔诗社"的四个诗人——应修人、潘漠华、汪静之、冯雪峰,以纯朴的爱情诗开始走上文坛。他们的作品流露了青年的坦率的感情,对自由婚姻与自由恋爱的向往。

然而在那个时期,所有的诗中,最能集中地、强烈地体现狂飙突进的时代精神的,是从日本留学归国的诗人郭沫若(1892~1978)。他是"创造社"的首脑。一九二一年八月出版的《女神》,接受了惠特曼的影响,大胆冲破形式的羁绊,歌颂大自然,歌颂地球、海洋、太阳,歌颂近代都市,歌颂祖国,歌颂力。

请看他写于一九二〇年一月间的《晨安》:

> 晨安!常动不息的大海呀!
> 晨安!明迷恍惚的旭光呀!
> 晨安!诗一样涌着的白云呀!
> 晨安!平匀明直的丝雨呀!诗语呀!
> 晨安!情热一样燃着的海山呀!
> 晨安!梳人灵魂的晨风呀!
> 晨安呀!你请把我的声音传到四方去罢!
> 晨安!我年轻的祖国呀!
> 晨安!我新生的同胞呀!
> 晨安!我浩荡荡的南方的扬子江呀!
> 晨安!我冻结着的北方的黄河呀!
> 黄河呀!我望你胸中的冰块早早融化呀!
> 晨安!万里长城呀!
> 啊啊!雪的旷野呀!
> 啊啊!我所畏敬的俄罗斯呀!
> 晨安!我们畏敬的Pioneer呀!
> ············
> 晨安!大西洋呀!
> 晨安!大西洋畔的新大陆呀!

> 晨安！华盛顿的墓呀！林肯的墓呀！惠特曼的墓呀！
>
> 啊啊！惠特曼呀！惠特曼呀！太平洋一样的惠特曼呀！
>
> 啊啊！太平洋呀！
>
> 晨安！太平洋呀！太平洋上的诸岛呀！太平洋上的扶桑呀！
>
> 扶桑呀！扶桑呀！还在梦里裹着的扶桑呀！
>
> 醒呀！Mesame 啊！
>
> 快来享受这千载一时的晨光呀！

郭沫若蔑视传统，勇于创新。他的诗洋溢着热情，一泻千里。他使新诗开阔了题材的领域，也为新诗提供了新的形式。他是那个时期最突出的革命新诗的代表。

三

一九二三年起，中国诗坛上先后出现了两个新的流派——"新月派"和"象征派"。

"新月派"最早出现于一九二三年，然而作为《新月》月刊却在一九二八年三月才创办。

"新月派"的主将闻一多（1899～1946），他开始写诗的时间是"五四"前后。他初期写的《秋色》《红豆》《烂果》《红烛》《收回》等都采用自由体；不久却成了格律诗的狂热的提倡者、艺术上的唯美主义者，写了《也许》《死水》《静夜》《一句话》《飞毛腿》等，这正如他所自嘲的，是"带着脚镣跳舞"了。他的代表作是一九二五年写的《死水》：

> 这是一沟绝望的死水，

清风吹不起半点漪沦。
不如多扔些破铜烂铁,
爽性泼你的剩菜残羹。
…………

那么一沟绝望的死水,
也就夸得上几分鲜明。
如果青蛙耐不住寂寞,
又算死水叫出了歌声。

这是一沟绝望的死水,
这里断不是美的所在。
不如让给丑恶来开垦,
看他造出个什么世界。

"新月派"的另一个主将是徐志摩(1896～1931),年岁比闻一多大,但出来却比闻一多晚,在诗坛上的影响比闻一多更大。他具有纨袴公子的气质。一句话可以概括了他的一生:

我不知道风是在哪一个方向吹

最初他也写过一些联系实际生活的诗,写过《大帅》《谁知道》《卡尔佛里》,尽管这种联系是多么稀薄。他所擅长的是爱情诗:《落叶小唱》《翡冷翠的一夜》《起造一座墙》《我等候你》……他在女性面前显得特别饶舌。

他的诗以圆熟的技巧表现空虚的内容,如《沙扬娜拉》:

最是那一低头的温柔,
　　像一朵水莲花不胜凉风的娇羞,
道一声珍重,道一声珍重,
　　那一声珍重里有蜜甜的忧愁——
　　　沙扬娜拉!

一九三一年十一月,他从南京到北京的路上因飞机失事而死亡。他的创作生涯只有十年。

"新月派"的另一个成员是朱湘(1904～1933)。他是充满凄苦与幽愤的诗人,对人生抱着深刻的悲观。例如《当铺》:

"美"开了一家当铺
　　　专收人的心,
到期人拿票去赎,
　　　它已经关门。

早在一九二五年二月二日,他已写了一首《葬我》的诗。到了一九三三年,终于投河自尽。

属于"新月派"的诗人很多,活动的时间也最长。

假如说,徐志摩是以——

悄悄的我走了
　　正如我悄悄的来;
我挥一挥衣袖,
　　不带走一片云彩。

那么，到了陈梦家写的《雁子》，则是——

从来不问他的歌
　　留在哪片云上？

"新月派"已经奄奄一息了。

一九三一年徐志摩逝世。同年闻一多写了最后一首《奇迹》之后，"新月派"已不可能出现什么奇迹了。

中国新诗的另一个支流的"象征派"。这一诗派的代表人物是李金发(1901～1976)。他的很多诗是在外国写的，也好像是外国人写的；但他却爱用文言写自由体的诗，甚至比中国古诗更难懂。例如《弃妇》：

或与山泉长泻在悬崖
然后随红叶而俱去。

又如《夜之歌》：

彼人已失其心，
在混杂在行商之背而远走。

这一类句子，完全离开了一般人的思考方式，把人引向不可理解的迷雾中去，最后只得发出哀叹：

噫吁！数千年如一日之月色
终于明白我的想象，

任我在世界之一角,

　　你必把我的影儿倒映在无味之沙石上。

在人世里是很难找到知音了。

属于"象征派"的诗人也不少,大都陷于悲观厌世之作。

像于赓虞,他的诗集索性以《骷髅上的蔷薇》为名,可见已经颓废到无以复加了。

诗人戴望舒(1905～1950),一九二三年间就开始写诗,先受旧诗词的影响,后受"象征派"影响。他的《雨巷》就其音韵讲,近似魏仑的《秋》,不断以重叠的声音唤起怅惘的感觉。他常以怀念逝去的岁月来逃避现实的烦忧。就其艺术——采用的口语,却比所有同一时期的诗人都明快。而这也是他的诗具备了比他们进步的因素。

还有一个诗人废名(1901～?)介乎"新月派"与"象征派"之间,或许加上"道家"思想,写的东西更难以捉摸。例如《寄之琳》：

　　…………

　　我想写一首诗

　　犹如日,犹如月,

　　犹如午阴

　　犹如无边落木萧萧下,

　　我的诗情没有两个叶子。

这样的一首诗,写于抗日战争爆发后的第三天,究竟要给谁看呢——中国人看不懂,日本人看了也不会懂,真是"我的诗情没有两个叶子"!

"新月派"与"象征派"演变成为"现代派"。

"现代派"并无艺术上特别显明的纲领，是以《现代》杂志为中心发表新诗的一群。他们里面包括各种不同的倾向，有些是原来的"新月派"或"象征派"的成员。

"现代派"影响最大的是戴望舒。

四

尽管出现上述的各种不同的流派，弥漫着不健康的思想感情，而作为主流的现实主义的诗歌，仍然在极艰难的环境中，十分顽强地、和它们相并行地发展着。

一九三〇年三月，中国左翼作家联盟成立。这是有统一的纲领、统一的战斗目标的组织。国民党立即采取各种残酷的手段进行迫害。

青年诗人殷夫带来了新时代的歌声，欢呼着进行斗争。他的《别了，哥哥》《血字》等诗篇，充满了胜利的信心。

《血字》毫不隐晦地宣称：

> 我是一个叛乱的开始，
> 我也是历史的长子，
> 我是海燕，
> 我是时代的尖刺。

他在《一九二九年的五月一日》里大声疾呼：

> 未来的世界是我们的，

没有刽子手断头台绞得死历史的演递。

一九三一年一月十七日,我们年轻的诗人第三次被捕。同时被捕的还有诗人胡也频、作家李伟森、柔石、冯铿;十天之后,在二月七日的晚上,五个人被秘密枪杀。殷夫死时才二十二岁。

鲁迅为殷夫的诗集《孩儿塔》写序说:

"这是东方的微光,是林中的响箭,是冬末的萌芽,是进军的第一步……"

国民党的白色恐怖,不但不能扑灭革命的新文学的火焰,反而起了火上加油的作用,使许多作家和诗人更坚决更勇敢地参加了革命。

一九三一年九月十八日,日本帝国主义侵占了我国的东北,民族危机更加深刻化了。

中国的新诗随着反对日本帝国主义的运动一同高涨。一九三二年在上海成立中国诗歌会,出版诗刊《新诗歌》,号召诗人们"捉住现实",歌唱"反帝反日",倡导诗歌的大众化。

诗的题材扩大了:农村破产、灾荒、饥饿、流亡、抗租抗捐、工厂斗争、失业、罢工、暴动、监狱生活,等等。现实主义的传统得到了继续与发展。左翼的文艺刊物像雨后春笋——《拓荒者》《奔流》《北斗》《萌芽》都不断地发表革命的新诗。

而敌人的迫害也更加紧了:

应修人于一九三三年遇害;潘漠华于一九三三年在天津被捕,第二年死于狱中;冯雪峰潜入红色根据地井冈山。

在三十年代前期(抗日战争前夕),成就较大的诗人,具有现实主义倾向的诗人有蒲风(1911~1942)。他以炽热的反帝情绪,以惊人的产量,和通俗易解的诗风拥有读者。在他的《第一颗子弹》里,他喊出了:

田野里早就诞生了火的洪流；

众多田野的火
汇合着，
响应着：
中国的农村，
到处射出了第一颗子弹，
中国早就在燃烧着了呵！

臧克家（1905～）是闻一多的学生。他以严肃的态度刻画了中国农村社会的一些侧面。例如《老马》：

总得叫大车装个够，
它横竖不说一句话，
背上的压力往肉里扣，
它把头沉重地垂下！

这刻不知道下刻的命，
它有泪只往心里咽，
眼里飘来一道鞭影，
它抬起头来望望前面。

田间（1916～1985）当时很年轻。二十岁就出了《未明集》《中国农村的故事》《中国牧歌》等诗集。他的诗具有很浓的生活气息与独特的风格，节调受马雅可夫斯基的影响。在《中国的春天在号召着全人类》里，有诗人昂奋的战叫：

> 人民底
> 肩膀
> 在倚着
> 壕沟，
> 人民底
> 手
> 在抚着
> 枪口，
> 向法西斯军阀
> 人民的公敌
> 坚决战斗。
> 中国底春天生长在战斗里，
> 在战斗里号召着全人类。

五

在日本帝国主义步步进逼下，一九三七年七月，中国人民久久渴望的抗日战争爆发了（实际上，这场战争早在一九三一年九月十八日夜晚就开始了）。

一百年来的民族郁愤，在一个巨大的决口上奔涌出来了。

炮弹可不会谈情说爱。硝烟里的风景也不可能明丽。许多诗人活跃在各个抗日根据地和各个游击区。甚至很多原来是属"新月派"和"象征派"行列里的诗人，也在民族危亡的关键时刻惊醒起来，唱起抗战之歌了。

他们在敌机轰炸下没有掩避的场所写诗；他们在冒着敌人炮火的进军途中写诗；他们在密密的丛林里和高高的山岗上写诗；他们在乡村宣传抗日的土墙上写诗……

他们的行李包里有诗集；他们的笔记本里抄着自己喜爱的诗；他们可以抛弃别的什么，却不愿意抛弃新诗。

他们可以背诵许多心爱的诗句。他们在一些集会上朗诵着诗。

这是继"五四"以后又一个中国新诗空前发展的时期。我国当代的许多著名诗人，大多是从伟大的民族解放战争时代涌现出来的。他们和人民一起思考，一起走上前线。他们的命运和整个民族的命运联系在一起。

抗战一开始，田间就从华东到华北，写了大量的鼓舞战斗的诗。他在《给战斗者》里发出战鼓般的声音：

> 在斗争里
> 胜利
> 或者死……
> 在诗篇上，
> 战士底坟场
> 会比奴隶底国家
> 要温暖
> 要明亮。

又如《假使我们不去打仗》：

> 假如我们不去打仗
> 敌人用刺刀

杀死了我们，
还要用手指着我们骨头说：
"看，
这是奴隶！"

田间的《给战斗者》等优秀作品，迅速地配合战斗的要求，在鼓动人民奋起抗战方面具有号角的作用。

"新月派"的老诗人闻一多，从三十年代就转向对古典文学的研究；抗战期间，终于从《死水》中发现新生的力量，以极大的热情推崇年轻人写的——尤其是田间的诗；日本投降后致力于民主运动，在一九四六年的一次集会之后，被国民党特务用无声手枪杀害于昆明。

臧克家在抗战开始后，以《血的春天》《反抗的手》《从军行》等诗篇投入了反侵略的行列：

明天，灰色的戎装
会把你打扮得更英爽。
你的铁肩上
将压上一支钢枪。
今后，
不用愁用武无地。
敌人到处
便是你的战场。

王亚平（1905～）写了不少诗，加入战地服务队，走遍了江、浙、鄂、湘、赣五省。

诗人卞之琳（1910～）原来在《断章》里写：

你站在桥上看风景，
看风景人在楼上看你。

别人装饰了你的窗子，
你装饰了别人的梦。

抗战开始，他到了西北战线，写了《给西北的青年开荒者》：

你们和朝阳约会：
十里外山顶上相见。
穿出残夜的锄头队
争光明一齐登先
…………
不怕锄头太原始，
一步步开出明天，
你们面向现实——
"希望"有这么多笑脸！

这些有关抗战的诗，后来结成了《慰劳信集》。

战争也摇醒了写过《画梦录》的何其芳（1912～1977）。他走向了广阔的生活的海洋，为新的战斗的现实歌唱：

……谁都忘记了个人的哀乐，

全国的人民连接成一条钢的链索。

不久,他就到延安去了。

当时许多的青年诗人,深入到战区,深入到敌人占领的地区打游击,在激烈的战斗间歇写下的诗,是绝非空想所能企及,也非整天看着云彩能写出来的。这些诗,带着早上的青草和含着露水的花的香味。

陈辉(1920～1944)从十九岁起就在晋察冀抗日根据地工作,领导青年抗战先锋队的斗争。这位牺牲在战场上的年轻烈士的诗作,映现着天真无邪的理想主义的光泽:

> 我的晋察冀呀,
> 也许吧,
> 我的歌声不幸停止,
> 我的生命
> 被敌人撕碎,
> 然而
> 我的血肉呵,
> 它将
> 化作芬芳的花朵,
> 开在你的路上。
> 那花儿呀——
> 红的是忠贞,
> 黄的是纯洁,
> 白的是爱情,
> 绿的是幸福,

紫的是顽强。

《献诗——为伊甸园而歌》）

魏巍（1920～）长期在河北、山西、内蒙古交界地区过着流动的战斗生活。他的感情纯粹是战士的感情。如在《蝈蝈，你喊起他们吧》一诗中，通过战地生活的描绘，刻画了革命战士美好的心灵：

…………
你可曾看见，在他们的梦里
手榴弹开花是多么美丽
战马奔回失去的故乡时怎样欢腾
烧焦的土地上有多少蝴蝶又飞上花丛

呵，蝈蝈，你喊起他们吧
在升起笔直的青烟那边
早饭已经熟了

鲁藜（1920～）写了《延河散歌》。他的《我们是这样走过来的》不乏战斗者的坚毅：

以血染战旗
以生命燃烧理想
…………
我们不容于黑暗
因为我们是火花……

在华北一带战斗的还有邵子南、曼晴、袁勃、方冰、史轮、蔡其矫……

力扬(1908～1964)是比较成熟的青年诗人。他本来学画,是中国左翼美术家联盟盟员,一九三二年七月被捕,一九三五年秋出狱。出过诗集《我的竖琴》。一九四二年五月完成的长诗《射虎者及其家属》,深刻地揭示了封建社会制度下的各种矛盾。

"现代派"的主角、著名的诗人戴望舒,走出了寂寞的"雨巷",卷入抗战的漩涡,写了新诗;香港沦陷,他被日军投入监狱,写了《狱中题壁》以及《我用残损的手掌》等感人至深的诗篇。在作于一九四四年的《等待》里写尽了敌人的残暴:

…………
屈辱的极度,沉痛的界限,
…………
做柔道的呆对手,剑术的靶子
从口鼻一齐喝水,然后给踩肚子,
膝头压在尖钉上,砖头垫在脚踵上,
听鞭子在皮骨上舞,坐飞机在梁上荡……
多少人从此就没有回来,
然而活着的却耐心地等待。

让我在这里等待,
耐心地等你们回来;
做你们的耳目,我曾经生活,
做你们的心,我永远不屈服。

整个抗日战争期间，是中国新诗最蓬勃发展的阶段，绝大多数诗人都为民族解放战争服务。在八年抗日战争中，创作上收获比较大的有：田间、蒲风、臧克家、光未然、徐迟、柯仲平、肖三、何其芳、卞之琳、严辰、邹荻帆、吕剑、公木、王亚平、胡风、柳倩、任钧、冀汸、曾卓、天兰、绿原、苏金伞、青勃、鲁煤、牛汉、杜谷、方殷……南方有：林林、胡危舟、韩北屏、黄宁婴、陈芦荻、陈残云……

一九四二年五月，毛泽东主席在延安发表了著名的关于文艺问题的讲话，号召我们的作家和诗人深入到群众的斗争和生活中去，进一步锻炼和改造自己，创作为中国老百姓喜闻乐见的作品。解放区的诗人努力学习民歌的优秀传统，出现了李季（1922～1980）的《王贵与李香香》，阮章竞（1914～）的《漳河水》，张志民（1926～）的《死不着》，王希坚的《佃户林》等新鲜活泼的民歌体的新诗，为我国诗歌的民族化、群众化开辟了新的道路。

毕革飞（1919～1962）的《毕革飞快板诗选》是战争年代枪杆诗的代表作。

日本投降后，在大后方出现了袁水拍的《马凡陀的山歌》这样一些取材于大众生活、具有政治讽刺意味的新品种。在上海，以《诗创造》与《中国新诗》为中心，集合了一批对人生苦于思索的诗人：王辛笛、杭约赫（曹辛之）、穆旦、杜运燮、唐祈、唐湜、袁可嘉以及女诗人陈敬容、郑敏……他们接受了新诗的现实主义的传统，采取欧美现代派的表现技巧，刻画了经过战争大动乱之后的社会现象。

六

经历了八年的浴血抗战，我们打败了日本帝国主义，紧接着又以四年的时间摧毁了蒋家王朝。一九四九年十月,人民共和国在隆隆的礼炮声中宣告成立。

我们各路诗人在北京会师了。

我们告别了苦难的岁月。我们走上了新的路程。新的时代需要新的歌声。

过去唱着悲愤与抗议的诗人们,迸发出新的热情,歌颂新的国家,新的生活,歌颂胜利了的人民。

石方禹(1925~)写的《和平最强音》给诗坛以震动。

在战争年代成长起来的一批诗人,从思想到艺术走向成熟。

郭小川(1919~1976)投入了火热的斗争,他的很有号召力的《向困难进军》《秋歌》等诗篇,鼓舞着人们积极参加建设新生活的行列。

贺敬之(1924~)很早开始写诗,歌剧《白毛女》的作者,他的诗吸取我国民歌、古典诗词和外国朗诵诗艺术上的精华,并且融会一起,出了诗集《放歌集》,在《雷锋之歌》中创造了全心全意为人民服务的中国士兵的光辉形象。

闻捷(1923~1971)从西北战场转业到了新疆,写出了《天山牧歌》等反映新时代的爱情生活和繁荣兴旺的草原的诗篇,笔调轻松,语言明丽。

大批新的诗人从各条战线成长起来,走上了我国诗坛。未央(1930~)的《祖国,我回来了》写出了参加抗美援朝的战士的心声,公刘(1927~)的《在北方》,表现出他重视现实的思想内容,又讲求精妙的抒情方式;李瑛(1926~)以勤奋的劳动写了大量的战士诗,他具有细致的抒情笔触,语言和形象比较清新;邵燕祥(1933~)在他的《到远方去》等诗中,表现了新一代建设者的豪情;白桦(1930~)在一批描画少数民族新生活的诗作中获得了成功。

五十年代涌现了大批诗人:周良沛、雁翼、孙静轩、傅仇、陆棨、高缨、顾工、严阵、梁上泉、胡昭、流沙河……

由于向民歌学习,产生了一些好的叙事长诗,如乔林的《白兰花》。

由于诗歌和人民群众的结合,一批直接来自工人、农民的诗人也不仅写诗,而且印刷和出版了他们的作品(如工人黄声孝、农民王老九等)。他们往往是一边劳动一边歌唱,始终生活在自己的人民中间。

在过去,我国五十多个少数民族的传统诗歌是进不了所谓诗的神圣殿堂的。建国以后,我们加强了发掘和整理民间史诗和长篇叙事诗的工作,像撒尼人的《阿诗玛》、蒙古族的《嘎达梅林》、藏族的《格萨尔王传》、壮族的《百鸟衣》等等,都先后出版发行了。

值得高兴的是,一批成长起来的少数民族诗人,以他们富有民族色彩的歌声,汇入了我国社会主义新诗的长江大河。蒙古族诗人纳·赛音朝克图的《幸福与友谊》,巴·布林贝赫的长诗《狂欢之歌》和《生命的礼花》,藏族诗人饶阶巴桑的诗集《草原集》,维吾尔族诗人尼米希依提的《祖国恋》和铁衣甫江的《柔巴依》,还有克里木·霍加(维吾尔族)、康朗甩(傣族)、康朗英(傣族)、包玉堂(仫佬族)、汪承栋(土家族)、韦其麟(壮族)、晓雪(白族)、金哲(朝鲜族)、吴琪拉达(彝族)等等众多诗人的新作,如同孔雀开屏,丰富了多民族新诗的宝库。

自然,在我国近三十年诗歌发展的道路上,也受到过严重的挫折。我们提倡"百花齐放",但在具体的实践中,没有达到理想的、有时甚至是完全相反的结果。特别是林彪和江青反革命集团,他们很早就插手我国诗歌界,发展到十年"文化大革命"时期对诗歌也实行封建法西斯式的专政。这是我国新诗史上时间最长的、也是最黑暗的冬夜!

七

我国是富有诗歌传统的国家。我们的人民是不会长久地沉默的。

一九七六年清明节前后,在天安门广场上爆发了"四五"诗歌运动。成千上万没有姓名的歌手们,以自己的血肉之躯和悲愤交加的战斗,用诗歌作武器,同"四人帮"进行了生死搏斗。

这场诗歌运动,成了同年十月的胜利的先声。这是我国新诗的光荣和骄傲。

同时出现了大量悼念周总理的诗篇:李瑛的《一月的哀思》,柯岩(1929~)的《周总理,你在哪里?》……继之而起的,是无数控诉"四人帮"罪恶的诗篇。

《诗刊》社、中央人民广播电台于一九七八年十一月联合举办的多次诗歌朗诵会,播送了:一、天安门诗抄;二、歌颂天安门事件、南京事件英雄们的诗;三、《为真理而斗争》诗歌专题朗诵会;四、《阳光,谁也不能垄断》等诗作,得到了空前的反响。

我国的新诗又复活了。我们的诗人又同形象思维携起手来了。面对着建设社会主义现代化的丰富多彩的生活,我们又可以自由地歌唱了。而且,诗在这几年里,也越来越成为广大人民群众自己抒发感情的很普通的工具了。

现在,我国的新诗人和评论家们,正在总结我国诗歌发展的历史经验,探索前进路上不断出现的新问题。我们决心坚持社会主义的方向,加强诗与现实的联系,和自己的人民一同思考,一同歌唱,一同前进。我们要发扬自己的好传统,又要吸取世界上一切进步诗歌的长处,使我们民族的诗歌从体裁、形式、风格都获得多样化的发展,为人民提供更美好的精神食粮。

中国革命的新诗，代替了旧诗而在文学的领域里取得了巩固地位之后，在这六十多年里，它一方面和各式各样的唯美主义、颓废主义进行了斗争；另一方面也和革命文学内部的概念化倾向、标语口号式的空洞叫喊进行了斗争。它十分曲折地发展起来了。

假如说，在开创时期的新诗只是一片小小的灌木林，那么，今天它已是一个葱郁参天的森林了。

一九八〇年八月　北京

关于叶赛宁

五十年前,一九三一年在巴黎,我对诗歌发生了兴趣,买了一些诗集,其中也有几本法文翻译的俄罗斯的诗:普希金诗选、勃洛克的《十二个》、马雅可夫斯基的《穿裤子的云》、叶赛宁的《无赖汉的忏悔》。这些诗,都是我作为学习法文用的。

一天,和我同房住的人有一个法文老师——波兰的女青年,看到我的桌子上的诗集,惊叫起来:"你喜欢诗!"然后拿起马雅可夫斯基的那本说:"马雅可夫斯基自杀了!"

我说:"自杀的是叶赛宁。"好像为了纠正她。

她说:"叶赛宁是五年前自杀的;马雅可夫斯基是最近自杀的。"

我听了之后,感到悯然。

马雅可夫斯基和叶赛宁两个诗人,在同一时代里,从不同程度上迎接了十月革命。马雅可夫斯基从未来主义的一群中走出来,大声疾呼地奔向革命,写了大量的歌颂无产阶级胜利的诗篇,他的诗是不朽的;而叶赛宁,从意象主义者们中间出来,以旧俄罗斯农民的眼光,看着暴风雪疾驰而至的心情迎接了革命。他的诗充满了哀怨,留给人们以难忘的纪念。

叶赛宁的诗,反映了对旧俄罗斯的依恋,他从土地出发,含情脉脉地，申述了他的思念。

叶赛宁最早出现的诗是一九一〇年，当时他只有十五岁。

> 在那白菜的畦垄上
> 流动着红色的水浪
> 那是小小的枫树苗儿
> 吸吮着母亲绿色的乳房。

他从十五岁开始，就写了大量的情诗。像他写的《拉起来》：

> 拉起来，拉起红色的手风琴
> 美丽的姑娘到牧场思念情人
>
> 燃烧在心中的莓果，闪出矢车菊的光
> 我拉起手风琴，歌唱那蓝色的眼睛。
>
> 闪动在湖中的缕缕波纹不是霞光
> 那是山坡后面你那绣花的围巾。
>
> 拉起来，拉起红色的手风琴
> 让美丽的姑娘能听出情人的喉音。

这样的诗，给当时充满神秘主义的诗坛一股十分强烈的田园的芬芳。人们怀着欣喜接受了他的访谒。他到了莫斯科，一边做店员、校对员，一边参加当时的文艺团体的活动。

他也写了现在题材的诗《铁匠》:"以新的力量,向太阳飞去吧,在它的光芒中,把希望之火燃烧起来。"

一九一五年,他在彼得堡和当时著名的诗人勃洛克交往,受到他象征主义的影响。勃洛克是非常赞赏他的。

他出版了第一个诗集《扫墓日》,给文坛以震动。像耕牛跑进了客厅,受到惊奇的欢迎。

一九一七年大革命来临。他把革命看作"尊贵的客人",要他母亲"明天早点把我叫醒……我要去迎接一位尊贵的客人……在我们的房子里点起一盏灯,人们都说,我将成为俄罗斯的著名诗人……你喂养的褐色奶牛的乳汁,滴进了笔尖,滋润着我的诗篇。"

他热情地歌颂革命,"太阳的光辉在天空永存";革命"预示着美好生活的来临":

> 金色的俄罗斯,高唱吧,高唱,
> 急切的风不停地把歌声送往四方!
> 欢乐的人正浓蘸着喜悦
> 书写你那牧人痛苦的篇章。
> 金色的俄罗斯,高唱吧,高唱。
>
> 我爱那水浪激荡的絮语声,
> 我爱那波涛中明亮的星星。
> 美好已经把灾难代替,
> 人民都生活在幸福中。
> 我爱那水浪激荡的絮语声。

"我低头看田地，仰头看上苍，青空和地上都会有天堂……我知道，我坚信——只要有一双勤劳能干的手就会有喷香的乳汁润解庄稼人绝望的愁肠。"

一九二一年他写了《诗人》，显然是自己的宣言：

> 诗人，他打击着敌人
> 把真理当作母亲，
> 像爱同胞兄弟热爱人们
> 时刻准备为他们茹苦含辛。
> 他随心所做的一切
> 其他的人无法完成。
> 这才是诗人，人民的诗人，
> 祖国土地的诗人！

但他好像始终在恋爱中，被人抛弃与抛弃别人，时而悲苦，时而欢欣；他生活得颓废、狂热……他和当时著名的舞蹈家邓肯结婚，她比他大十七岁。他到欧美旅行。

他的母亲反对他写诗，也反对他的生活方式。一九二四年，他接到母亲来信，劝他"不如劳动在田里，早些学会耕田扶犁""你父亲常空空地计算，你写的诗篇，究竟能值多少戈比""在这个世界里，你失去了孩子，妻也被别人娶去""我家没有车辆和马""根据你的才智，在乡委员会里，可以当主席"。

他给母亲的回信里说："我生活在这个世界上，应该做些什么""我最爱的是春天""我更爱，春天的急流泛滥""但是，我深爱的，那是春天的壮景，我称它伟大的革命！只有为了它，我才肯去自愿忍受一切苦痛。我的心唯把它等待，久久盼它早日来临""……我们已经武装起来了，它正在发挥着威严：有人坐在大炮旁边，有人拿起战斗的笔杆。"最后说："当时光到来，熊熊大火能把整个大地照亮……"

他怎么能回到家乡去过农民的生活呢？他已离不开城市的喧闹的环境。

他依然写着情诗，依然过着忽而悲哀、忽而兴奋的生活。他是为爱情所苦，而又摆脱不掉爱情的人。

他的爱情诗是和大自然联系起来的，是和土地、庄稼、树林、草地结合起来的。他的诗，和周围的景色联系得那么紧密，真切，动人，具有奇异的魅力，以致达到难于磨灭的境地。正因为如此，时间再久，也还保留着新鲜的活力。

他也毫不掩盖自己的思想感情：

> 我是谁？我不过是个爱幻想的人
> 蓝色的眼神丧失在烟雾之中
> 我跟世上某些人一样
> 随随便便地浪费自己的青春
>
> 跟你亲吻，我习以为常
> 因为我吻过很多人，很多人
> 我说那钟情、动听的话
> 像划火柴一样容易、轻松。

他也常常哀叹流逝去了的年华，哀叹一去不复返的岁月——

> 碧蓝的夜晚、月照的夜晚，
> 那时，我多么年轻又好看。
>
> 难以阻拦呵，再也不能相见，
> 一切都从身边飞走了，很远，很远……
>
> 心儿凉了，双眸也已发暗
> 幸福是碧蓝的，呵，月照的夜晚

　　他甚至采取自我嘲讽："我是个光棍、无赖，写写诗，我酗酒、变傻"；但是：

> 但我的心是热的，
> 趁它还未冷却生出霜花，
> 白桦林的俄罗斯呀
> 被抛弃的姑娘，我爱她。

　　眼看着他所爱的那个旧俄罗斯，那个生长着赤杨林的田野，那个急驰着雪橇的——那个他沉溺地爱着的俄罗斯将要消失了——

> 风雪正急速地旋转，旋转，
> 那是别人的马车奔驰在田间。
>
> 车上坐着一位陌生的青年
> 我的幸福在哪里？我的快乐又在哪边？

呵，就在这急旋的风雪下面
疾驰的马车把我的一切夺走了。

他为自己和他所生活的时代唱着挽歌。他看见死亡向他逼近。"穿孝的白桦林哭遍了整个树林"，他向世界告别了：

…………
再见，朋友，不相握，不交谈，
无须把愁和悲锁在眉尖——
在这样的生活中，死并不新鲜
但活着，当然，也不叫人稀罕。

他已患了精神抑郁症，这一年（一九二五年）的十二月，他自杀。那时，他才三十岁。

他死时，马雅可夫斯基曾说："死是容易的；活着却更难。"过了五年，一九三〇年，马雅可夫斯基自己也自杀了，死时留下一个纸条："生命的小船，触上爱情的暗礁。"他，也只有三十七岁。

伟大的十月革命，以无比强大的威力继续前进。这两个诗人，都曾经歌颂了革命，不管他们的死是由于政治的原因还是个人生活上的悲剧，都是革命大洪流中激起的浪花。

一九八一年十月三十日

和一个小朋友谈诗

《时间》
时间……
　　无限的生命。
你是
　　宇宙的母亲。
你的历史是
　　星球的诞生与毁灭
　　　　毁灭与诞生。
你默默地
　　无声响地
　　　　将宇宙带向老年，
但是
　　紧跟着你的
　　　　又是宇宙新的青春！

概念上的错误："宇宙"一词，联在一起即意味着无所不包。分开来说，"宇"指时间，"宙"指空间。

"宇宙"应该是时间和空间的母亲。

"宇宙"作为母亲,同时生了两个儿子:一个叫"宇",一个叫"宙"。你说"时间"是宇宙的"母亲",等于说"儿子"是"母亲"的"母亲"。所谓"时间"是无形的,它代表着运动的延续;它是抽象的,不可捉摸的,它只有通过运动才能使之具体化。

"星球的诞生与毁灭

　　毁灭与诞生。"

"星球"是物质的存在。物质的诞生与毁灭不能由"时间"来赋予。物质的诞生与毁灭只能由物质的变化才能发生。

"你默默地

　　无声响地

　　　　将宇宙带向老年。"

这就等于说,"时间"默默地,无声响地,将你自己和你的孪生兄弟带向老年。

"但是

　　紧跟着你的

　　　　又是宇宙新的青春!"

这就是说,紧跟着"时间"的又是"时间"与"空间"新的青春!诸如此类,既然从一开始在概念上就混乱了,就混乱到底了。

《冬》

"寒冷撕去了枣树的外衣",这句是对的。"枣树默默地孤独在那——像一个伸在空中的鹰爪。"

"孤独在那——"使语言含混不清了。

接着是"从哪能看出枣树的活力？风在使它凶恶的挥舞。"这两句似乎是矛盾的。

《梦》

"给人们的白脸蒙上厚厚的黑布，你睁开眼是没有距离的夜晚，闭上眼偶尔能来些光明。"这几句话都没有说明"梦"的含义。

《夜》

"太阳带走了喧闹，月亮带来了安静"这两句是好的。

但是，"人们，在各式各样的活棺材里——进入了虚假的地狱。"什么是"活棺材"？什么是"虚假的地狱"？人们很难理解。

"月光为棺材铺上了祈祷的白布，白布中颤抖着夜猫子的哭丧声。"看来，月亮并没有给夜带来安静。

《自由》

我站在浩茫的戈壁滩上，
胸怀感到无限的宽广，
我面前是荒凉、沉睡的地平线。
我脚下是土地的海洋。

这里既没有说出"自由"的活动和活动的目的是什么，"自由"就成了空洞的了。

《光热》
　　太阳在狂奔——
　　满头大汗。
　　热！热！热！
　　他醉汉似的高叫：
　　"光明是我的性格
　　热情是我的心肠。
　　我在宇宙的义务，
　　就是向人类发光。"

这是你所有习作中最明快的一首。只有"满头大汗"是指什么不清楚；"醉汉似的"是贬义词，它同下面的颂扬有矛盾。

《我》
　　像礁石那样
　　蔑视着污泥浊水的击冲！

这是好的。如果能把污泥浊水标上社会的性质——也就是阶级的性质就更好；不然会使人感到你的孤傲。"击冲"可改为"冲击"。

《黎明》
　　一切生物即将从地狱里爬出，
　　地球在准备着他的晨衣，

颜色就要复活了
它忠实地叫喊：
"我需要艺术的色彩！"
……
耐心等着吧，
缩回你们的脖子，
看见没有——
星星已经不很亮了
光明会很快地到来。

这里，"地狱"指的是什么？"颜色"指的是什么？"复活"指的是什么？"忠实的叫喊"为什么？"缩回你们脖子"里"你们"是什么？

《城市》
像一只巨大的野兽，
在不停的奔跑中，
全身散发着沸腾的蒸汽。
你在无情的输入
无限的排泄……
城市，
建筑的森林、人的海洋…

这里，你也没有标明这个"城市"的新与旧的区别，你只是写了城市的一些表面的外形，没有区别这个城市是什么社会的。

《精》

给你一堆红、黄、蓝、绿……
美术家挥动艺术的双手
把它们变成生活的美景。
给你一本孤单的文字
诗人用闪光的金笔
使它们成为语言的结晶。

《云》

深蓝色的丝绸上
滚动着乳白色的珍珠。

这是既出色又完整的比喻。像日本的俳句——短而精。

《临夜》

太阳缓慢地拉去了他的白布，
星星和月亮默默地呈现出来。
光明勤劳地奔走了，
黑暗贪婪地向大地压来，
"哼！"
无耻的星星月亮，
别看你们的贼眼也在闪光
那全是从太阳身上偷取来的。

"光明勤劳地奔走了，黑暗贪婪地向大地压来"，"勤奋地"和"贪婪地"两个形容词都不是贴切的。

《雪》

纯洁的使者,
你从遥远的远方来,
身披着白色的斗篷。
你怀着忠实热爱土地的心灵,
带着空间的异奇、新鲜,
手舞足蹈地向大地奔来……
雪——
你在我蒙蒙的酣睡中,
悄悄地走进了我的家园,
为了不打搅我的梦境,
你伏在门外静静地把我等候。
雪——
今天我没有最早地迎接你,
绝不是对客人的失信,
在你刚刚来到的时候,
我已被梦游神邀去赴宴
我们坐在温暖的客厅里,
客厅的花窗外,
白雪也在抚摸着大地……
雪——
现在
我已从丰盛的宴会中回来了

让我——

你陌生的朋友

以最深厚的感情

用最真诚的热爱

出门迎接你!

雪——

飞快地向我扑来了,

摇动着苗条、轻飘的身躯。

雪——

缓缓地……

渲染着城市,

铺盖着大地。

现在,

白色的世界——

闪着光彩

水晶般的洁净。

雪——

沉睡了……

木房里吐出了热腾的黑烟。

寒冷

这个雪的双胞胎

也紧跟着到来了

你们手拉着手。

大自然进入了衰亡……

看来你是以"最深厚的感情""最真诚的热爱"去迎接"纯洁的使者"的,你却没有说出你对雪的深厚的感情表现在什么地方,也没有说出"真诚的热爱"的具体表现。

更重要的是你没有说出雪为什么使你产生深厚的感情。而你所迎接的,却是"寒冷"——"这个雪的双胞胎",它使"大自然衰亡"。这就使人难于理解。

另外,有些语言不是不妥当就是显得累赘。例如"遥远的远方""忠实的热爱""空间的异奇""最真诚的热爱"等等。

《寒风》(原诗从略)

这首诗,你采用了一连串的比喻,说它是:

"长毛腿的疯子",

"失去了灵魂的泼妇",

"红眼睛长胡子的暴君",

"扯破了声带的歌唱家",

"醉了酒的舞蹈狂",

"全身沾满血浆的屠夫",

"没有血液、没有体温的恶魔"。

一共用了七个比喻,想象真够丰富的了。但是,说"寒风"是"长毛腿的疯子""失去了灵魂的泼妇""扯破了声带的歌唱家""醉了酒的舞蹈狂""没有血液、没有体温的恶魔"都有点像;但是说"寒风"是"红眼睛长胡子的暴君""全身沾满血浆的屠夫"就未免牵强,谁曾见过"红眼睛长胡子"的"寒风",又有谁曾见过"全身沾满血浆"的"寒风"呢?

《牧羊人》(原诗从略)

你一方面说:"牧羊人——乌黑的脸上布满了皱纹——像是深深的刀印。你在羊群的尘土中行进着,摇摆着雄狮般的身躯……";另一方面又说:"你手中握着镶有宝石的牛皮鞭,睁着呆板、暴出血丝的黄眼睛。"你赞扬牧羊人"忠厚、善良",又诅咒他"粗鲁、凶恶"。

不知道你是同情他还是嫌恶他。

《纤夫》(原诗从略)

这诗要是在旧社会写的倒是一首好诗。里面有许多是愤怒的叫喊和强烈的抗议:

"发出我们所有的能量
来换取我们仅有的生命。"

"那迷茫的江岸,
被我们辛勤的脚板所踏平。
那滔滔的江水,
是我们闪光的汗水在奔腾。"

"我们在拉着苦难的折磨
咬牙切齿地迈开疲腿,
向前多走一步,
我们就能在这肮脏的世界里,
多挣扎一分钟。"

"远方奔来的江水,

像心脏里的热血那样,
沸腾在土地的身体中。
大自然多么痛快啊,
而我们——
失去了一切的浪子、乞丐,
却要奋勇地逆流而行!"

死魂般的乌云封锁着江面,
不时还夹着闷雷的鸣闪,
冲进去!
纤紧绳!
用我们发光的眼睛,
去寻找光明的前程……"

  这是一片控诉声。但是,假如作为写新一代的纤夫就成了一株毒草。
  你既没有了解旧社会的纤夫,也没有了解新社会的纤夫,单凭从书本上看来的资料或是个人没有根据的想象,从而产生的"同情"是十分危险的。
  从这首诗和其他的诗,都可以看出你还非常需要学习,学习社会,学习政治,脑子里要有明显的阶级立场——歌颂什么、反对什么要十分清楚,才不至于使你的创作引入歧途。

一九七八年元月四日　北京

下篇

西 行

金华车站。早上八九点钟。

我追上一个车站里的办事员:"先生,几点钟有车到南昌?"

"十二点,"他并不停止走路,也不把头朝向我。

我们继续等。

在月台的旁边,还是停着那早已到站了的列车,里面挤满了伤兵,难民,行李。

据说,我们就要等这车开走了之后,另外的车来了才可以上车。

时间过去,我们等着。……

"先生,到南昌的车还不卖票吗?"我又追上了另一个办事员。

"不卖票,有车,挤上去就是了。"声音是很低的。

车站里,很多伤兵睡在铺了一层稻草的地上。

有几个用稻草燃起了火,伸手取暖。

墙上贴了一些路工团体的标语、漫画。在走进月台的门口那儿,贴了一份《浙闽赣边为共产党员来归告民众书》。

妹跑来,说在挤满了人的那排列车的那面,还有一排列车,很多人就从车厢下面的铁轮边屈着身子走过去。

我们也就从车厢下面的铁轮边走过去。

一排列车停着，从每个车窗看去里面都挤满了人。这也是到南昌的车。

我们挤上去。

在厨房车的过道间用铺盖和皮箱安排了我们的座位。

时间过去，我们等着。……

我旁边站的是一个伤兵，他是从前线归来的，我们谈上了——谈话的中心是后方的民众运动的欠缺。他时常摇着头，叹着气，阴郁的眼射出灰暗的光，凝视着车窗外面。

"昨天，我在这里（金华）看见一个伤兵在街上卖他的仅有的一条军用毯——他是已饿了两天了。后来，我给了他两毛钱。"

"到处的伤兵医院都说人满，拒绝收容。"

摇头，叹气，失望的眼。

夜了，车还是停着。

在黑暗中，只看见火车头在轨道上徐徐地，来回地驶行着。强烈的灯光扫射着车站附近的景物。汽笛尖锐的嘶叫冲破这黑夜的静寂——真的，我会极度地为这现代的生物所感动，而且爱上了它。

九点多钟时，车终于开了。

车厢里没有一点灯光，很静。间或有小孩的哭声，也很快就被母亲们的催眠声音带走了。

我看着车窗的外面。……

机头的灯火照耀着轨道两旁的原野。我这黑夜里的乘车者，很安然地让自己内心的波动随着这铁轮的转轧的有节律的声音展开我的思绪，我是如此的坚定：我披示给我的漫长的行程和广大的中国的土地，都使我有做一个中国人的强烈的欢喜与骄傲。

黑夜甚至带给我一宗教的情感，纯朴地愿望着祖国能早日从少数人的自私与顽固的棚锁里解脱，明日的自由的天国，不就在我们的前面了么。……

夜行的列车，愿你加速驰行吧。……

醒来时，感到寒冷，知道天快要亮了。

在晨光曦中，三四个六七岁的小孩唱着"打回老家去"。

歌声里，传出了中国的悲哀与对于解放的遥远的呼叫。这歌声，给我在我的眼前描出了一幅在冰天雪地中的东北义勇军行军的美丽的图画。

到玉山时，天已完全亮了。

当车离开玉山时，我就留心着要发现"碉堡"——昨日的，我们民族的不幸的疮痕。

看吧，那土红色的岩石砌成的"碉堡"，对它们除掉古旧的凭吊的感情之外，还能说什么呢？历史带给人们的常是对于已往的罪行的宽恕么？

有些"碉堡"上，依然还留有"剿匪安民"，"土匪不减，民众不安"等标语，倒是可哀的古迹呢！

车至南昌，已是夜间十时左右了。

出车站时，路警强索车票。

争执的结果，补半票（他得钱，我们不得票）。我们一共六人，我就眼见他把二十四块钱的纸币放进了裤袋里去。

一九三七年

忆杭州

九年前的这些日子——

每天，在吃稀饭以前，不论是晴天还是细雨罩住湖面的早晨，我常是一个人背了画具，彳亍在西湖的边上，或是孤山的树林间，或是附近西湖的田野里，用自己喜爱的灰暗的调子，诚挚的心，去描画自己所喜爱的景色。那时的我，当是一个勤苦的画学生，对于自然，有农人的固执的爱心；对于社会，取着羞涩的嫌避的态度；而对于贫苦的人群，则是人道主义的，怀着深切的同情——那些小贩，那些划子，那些车夫，以及那些乡间的茅屋与它们的贫穷的主人和污秽的儿女们，成了我作画的最惯用的对象。

因为自己处境的孤独，那种飘忽与迷蒙，清晨与黄昏的，浮动着水蒸气的野景，和那种为近海地带所常有的，随气候在幻变的天色，也常为我所爱。

除了绘画，少年时代的我，从人间得到的温热是什么呢？

我曾凝视过一个少女的侧影，但那侧影却不曾在我的画册上留下真实的笔触之前就消隐了。

我曾徘徊于桥头，曾在黑夜看过遥远的窗户上的灯光。

就在那时，我开始读了屠格涅夫，而且也爱上了屠格涅夫。

西湖，是我的艺术的摇篮，但它对于我是暧昧的、痛苦的。它所给我的，是最初我能意识的人生的寂寞与悲凉——我如今依然很清楚地记忆到，在一个细雨的冬天的早晨，寒风从那些残败了的荷叶丛中溜过，我在一个墙角，曾落下了冰冷的眼泪。

杭州是可咒诅的了。

第二年的春天，我离开了杭州。想起它时，只是充满了懊丧与埋怨。

大海的浪，冲去了我心中的那种结郁，旅行给我以对于世俗的忘怀。

我所住的不再是那中世纪式的城市。机械与人群的永不休止的呼嚷，使我忘去了孤独，生活影响了我的思想，也改变了我的审美的观念，我开始使自己了解人类文明的成果，我能用鲜明的对照的彩色来涂抹我的画册了。

几年后，我曾几度在旅行中经过杭州，每次经过时，也不知由于畏惧呢还是由于憎厌，心底里像有一种隐微的声音催促着我："不要停留呵，不要停留呵……"就像我是从它那里逃亡了似的。

今年九月，我又在杭州住下了。

它仍是使我感到沉闷、窒息，难于呼吸。

我仍是用逃避的脚步，在街上走着，在湖边走着。

西湖没有什么变化——迷蒙，飘忽，柔软。人们依然保持着中世纪的情感在过着日子。一种近似伪饰的安闲浮泛在各处。

战争并不曾惊动他们，他们——杭州的市民，有多少曾为民族的运命顾虑过呢？

我的画学生时代的教师们，多数仍在西湖，他们都买了地皮造了洋房，成了当地的名流，有的简直不再画画了。

十一月，敌人已从金山卫登陆，杭州在军事上已极重要，但除了单纯的军事的调防之外，负责当局仍不曾在民众运动上开放过——个人的地位与荣禄使他们忘却了整个民族的厄运。

最后，我教书的学校，没有学生来上课了，我也就借了盘费，离开杭州。

不久，听说杭州的居民已逃走，省政府与省党部都早已迁至金华，而那在临走前两天还劝人们"高枕而卧"的《东南日报》，也改在金华出版了。

有一天，我在一个村上遇见了一个背了包袱的警察，他说是从杭州逃出来的——他走时，城里已三四里路看不见一个人影了。

那时，敌军还不曾攻嘉兴。

今天，我在想念着杭州……

我不能违心地说我爱杭州，它像中国的许多城市一样，挤满了偏窄的、自私的市民，与自满的卑俗的小职员，以及惯于谄媚的小官僚和专事奉迎的文化人，他们常以为自己生活在无比的幸福里，就像母亲似的安谧。在他们，从不曾想到会有如此大的祸患，真实地落在自己的头上。他们恐怖着灾难，但他们不会反抗、而且也不想反抗，最后，他们逃跑了——却仍旧不曾放弃掉偏窄，自私，自满，谄媚与奉迎；所放弃的是农人们给他们耕植的土地和工人们给他们建筑在土地上的房屋。

今天，敌人已迫近了杭州，明天或后天，我们的英勇士兵，将以温热的血与肉，做着保卫杭州的防御战了。

杭州，从来迷漫着和平的烟雾的西湖，将要迷漫着战争的烟火了。

或许，敌人的残暴的脚步，很快就踏遍了整个的杭州；或许，敌人的兽性会把西湖的一切摧毁；或许，西湖的血会染成紫红的颜色……

但是，我们却应该为杭州欣喜，因它愈为怯懦的、无耻的人们所弃，却愈为英勇的、坚强的战士们所爱，它将在敌人与我们间的争夺战中惊醒过来……

今天，我想念着杭州，我想念着，眼前就浮起了它少时的凄凉，我是极度的悲痛着，但我却不再流泪了。

我以安慰自己的心情，默诵着这为我最近所爱的话："让没有能力的，腐败的一切在炮火中消灭吧；让坚强的，无畏的，新的，在炮火中生长而且存在下去。"

一九三七年十二月二十五日

给画家们

传统的中国绘画,是一贯地叛离了人群的福利,专事服役于权贵的娱情与努力着个人自欺为满足的。被称为"画家"的,最先所唤起的那印象,是寄生于各个生产部门之空隙里的,得大众的供养而又反过脸来向大众掷以轻蔑的微笑的人物。由此所发展的绘画艺术的倾向,是充满了市侩气的,充满了江湖气的,纯粹商品化的绘画艺术的倾向。

我们这时代,那种以殉道的精神立志去完成为人类呼吁,为向不合理的社会给以抨击的神圣的事业的画家是没有的。要是勉强说曾经出现过,那也是偶然激动了天良,一次所发出的哀求人道的呼声。抛向天空之后就飘然长逝了。试想一想,在我国竟没有一个画家,被当做战士而在民众的心中永念不忘。当我写着这些近似鞭挞的谴责之词的时候,痛苦的还是我自己的心。

中国是有着凄惨的命运的国家,它窒息在过深的外来的凌侮与自己本身的昏聩不醒里。灭亡的恐怖没有一天不恫吓地挡着它的前面。这命运已经有几十年了,以这样的客观现实,我们的绘画艺术,应该就活跃在文化的战壕里,蓬勃地产生有力的画幅了。

而我们的绘画,在在都饰了这现象,自安于涂抹虚假的彩色,嚣薄的与低级的趣味的追随充塞了整个的绘画界。几十年来,在我们的画家们所作的画面上，找不出一点广大民众的不安与惶恐，找不到广大民众的愁苦的面貌。我们的画家们，自矜地，久久沉溺在那种由直接或间接的掠夺所得的生活的安适状态里，这是艺术的堕落，这是艺术的耻辱。

我们的国家，比法兰西更十倍地需要有自己的古贝、米叶、陀米哀——这些近似絮聒地描写着繁杂的国民生活的画家；而当今日，表现高举抗争之旗在无边广大的烽火中迈进的民族解放之姿，则更百倍的需要有自己的德拉克罗瓦。但我们的画家们，却似乎只能在国家的高大的俸给上才能给予祖国以微薄的敬爱，是颇可惊骇的。

丰富的现实生活，永远是艺术创造的最丰富的源泉；对于民众的关心，也只会使艺术的根株放植得更深与更广。作为我们这时代的艺术的一切技巧，风格，主题，将不可避免地，而且也是应当地传达出我们民族的高贵的素质：坚苦，淳朴，深沉与勇毅。在我们文化的普遍的向上急速发展的进程当中，绘画——或者说一切的造型美术，是应该加速追赶上去。因为据我看，一切文化部门，再没有比造型美术更被抛撇在进步的现实之遥遥的后面了（这里，只有新兴的木刻是例外）！

和旧的传统搏斗，和市侩的艺术倾向搏斗，而献身于服役广大民众，服役觉醒人类的斗争意志之强化，这是画家们最应该奋励的时候了，创作的热情应该燃烧在胜利的坚强的信心里，无论技巧，无论思想，都需要走向博大与宽阔，惟最深爱民众者为民众所深爱。作为民族革命的战士，用你们的色彩，歌颂民主的胜利，歌颂中国的自由与解放吧。工作是艰巨而苦涩的，但是，明日的历史，将会交付给你们以荣誉。

一九三九年

文学上的取消主义

民族革命战争一爆发，一切的现象暂时是受不了要混乱的。

有的乘着烟火弥漫之际，露出他们原是在平常不敢露出的脸；有的乘枪炮的轰响，发出他们在平静时羞于发出的怪声。

这现象在文学上是最容易被发现了。

一些人在昆明说："文学没有用。"

一些人在重庆说："文学太血腥气了。"

而另一些诗人说："我不写抗战诗歌。"

于是，我们就有了以极其冲淡的文字所写的数十万言的游记，我们就有了莎士比亚的情诗十四行的翻译，我们就有人敢于说："我们应该写与抗战无关的东西。"我们更有人说："我们不需要艺术。"

不过这些现象，都只是暂时的，因为诸如此类的话，只不过是从那些把文学当作"敲门砖"而谋取自己的企求的，今天已经谋取到的人们所发出的话。换句话说，就是他们自己是不再需要文学了。

然而这些人却也就是早已被文学激进的巨流所冲荡到沙岸上的人们，所以他们的这般论调，只不过是希望那已经远去的巨流倒转来的一种幼稚的梦想所发出的哀鸣——这是没有常识的一种行为。

只有那种企图以暴力压倒正义的国家是用不着文学的，因为那些施行暴力者畏惧文学有甚于畏惧枪声——战斗的文学不就是最永久的，最沉着的，而且是最使敌人寒胆的枪声么？

任何要取消文学的企图都是枉然的：没有人有权力能叫人不看这凄惨的现实，没有人有权力能命令人受到杀戮而不叫喊，更没有人有权力能叫人停止生存和抗争的思想——和由这思想发出的永久的语言……

伟大的民族革命战争，不仅要解除全民族的悠久的痛苦，同时，也要提高我们民族生的意志，我们将在一切的精神生活上谋取和世界的最进步的国家同等的水准；我们将更需要伟大的文学和纪念碑的艺术。也只有这样，我们的抗战才是有意义的，才是夸耀于胜利的目的的。

一九三九年

送 别

我来到这小小山城不久,上海救亡演剧第二队也来了。我就在这机会里,交识了许多过去只知道他们的名字的朋友。这种交识是有意义的,使我由于它而加强了我对于知识分子的信任。强烈的正义感,深沉的祖国爱,使广大的知识分子摆脱了灰白的感伤,获得了战斗的勇气。

这是一种非常的转变:原是生活在全国最大的城市里,享受着无论如何总是比较好的物质生活,而在思维与行动也还是以个人为出发的成千成万的知识分子,今天却能如此毫无保留地贡献了自己的所有,为祖国争取自由,争取解放。

我们的生活不同了,却也更多采,更丰富,更有力了。我一直爱着这种经验:每当我们整着队伍,唱着歌,走在那些跟随着季节而转换着景色的田野上,朝向一个古老的城市或是一个衰落了的村庄,我们会如此感动着自己是一个中国人,走在中国的土地上!

我也爱着这种回忆:每当我们到达了某一城市和村庄,我们会被如此简朴而真诚地招待,几束稻草,几床破烂的被絮,而那些招待我们的人心呵——他们是如此深爱我们,是的,深爱我们,为的我们是为祖国而奔走,而辛劳。我如今只是厌恶自己困守这山城。

第二队的同志们留给我们的影子太深了。在这小小的山城,时常的,当我走在街上,会看见几个人,比别人都更沉着,都更使我觉得孤零零地走着,头也不向旁边看一下地,他们过去了——谁知道他们到哪儿去?为的是接洽事情还是买一件道具?

而当他们或她们在住所里,有的坐着,端正地,竟像来找谁的一位客人,有的在找一样东西,好像要赶火车似的,他们没有欢笑——为什么没有欢笑?

今天或明天,这些影子将离开这山城了。而他们将出现在那些满布华侨的海外的城市的街上了,将一样地,孤零零地,头也不向旁边看一下地走着,走着……

是的,他们将奔走在那些有千万颗心维系着祖国的城市里,他们带去了震颤房屋的呐喊:"祖国在战争!"他们将伸出抖动的手臂,向世界发出叫声:"救助中国!"

我们将以第二队同志留给我们的影子,永远怀念,同时也以这些影子,期待着——在祖国胜利的日子再会!

一九三九年二月十一日

谈批评

一个作家，当他完成了他的作品时，他的努力已完成了。留下的，对于作品的评价之类，是应该让给批评家们去做的。因此，作为一个批评家，他就负有把作品由作家介绍到社会的这非常重大的任务。

但是，一般地说，人们却把"批评"曲解了。这曲解，首先由于作家对于自己的作品所取的态度不敢严肃，当他完成了他的作品之后，他过于向往人家对于他的赞美，似乎所有的工作，只有在这种赞美里才能得到安慰。

而另一半的责任却也由于批评作品的人态度的不敢严肃。至于那种含有其他不纯的动机的批评，则更是不必说。

作家的对于自己作品的不敢严肃，就是他自己的文学工作的最初的失败；批评者的对于作品的不敢严肃，也就是他自己的批评工作的最初的失败。

从正面说来，无论是作家，或是批评家，不管他的作品如何幼稚，态度严肃，却是成功的第一个要素。

但是一般的作家们，好像永远在期待着盲目的喝彩，和那种不负责任的赞词。同时也有一种批评者，却正在向那些太渴望赞誉的艺术家，给以闭着眼睛的喝彩，和自己想起来也要难为情的赞词。

而且,这样的作家和这样的批评者正在自己满足着这样的自欺的工作。

一件作品的评价,永远应该以它本身对于现实生活所表现的深浅为尺度,而批评工作的有无意义,也永远是在那批评者之能否依照这尺度去衡量作品。

如果写一篇文章只是为了稿费和为了讨人欢喜,这终究是太悲惨了,如果不是这样,却就应该顾全到自己工作的对于社会所能引起的作用。

我希望:作家能把那些嬉皮笑脸的一味只知阿谀的批评者当作自己文学的发展上的敌人。我也希望:批评者能把那些只在祈祷自己去阿谀他的作者当作自己批评工作发展上的敌人。

因为,如果把"批评"曲解为"捧场",艺术是永远不会有什么进步的。

一九三九年三月

夏日书简

我们来到这里已一个星期了。我们住的是一个已经古旧了的大院子，这院子的原来的主人，我想，该是一个起码要有一百个佃户才供养得起的大地主；但这家庭早已衰落了，老主人已在去年死去，他的儿子死得更早，留下他的孙子——一个三十几岁的游手好闲的鸦片烟鬼，和三个孙女，和老的小的一起六七个人。

这院子在一个小山的脚边，它的四周差不多有一里宽，在这么大的地面上，砌了一层五尺高的基石，这基石，如我刚才所说，就至少该有一百个佃户被沉重地压在下面。

育才学校把这院子的大部分租下来，每年二百八十块钱，用以作为一部分教员的宿舍，于是这院子，这原是在衰落中荒废了的大院子，住满了一些文学的，戏剧的，音乐的，以及绘画的青年。

院子的前面，是顺着山的斜度向下凹进的一条窄长的低地，这低地被一片非常茂密的杂木林所遮覆，里面有一条因久旱而干涸了的小溪，现在只剩下几片不连续的积水，流水的声音早已哑默了。

这里育才学校的文学组的小朋友把它命名为"普希金林"，用来纪念诗人逝世的一百零三年。而林子里，还有一条由稚小的手所开辟的道路，这道路，也由小朋友给了一个魅人的名字——"奥涅金路"。

假如走路的人从这山地经过，走近这小林，当会看见一块画了一个有着丰密的美髯和环住了厚厚的鬈曲的长发的清秀的脸的木牌，在那木牌上，画像的旁边，就用方头字写了"普希金林"。而"奥涅金路"的牌子，则是隐没在那柏树和女贞和桦子树之间。

沿着钢琴的声音所传来的方向，朝着另一个小山的松林间寻觅，一个壮丽的寺院就隐现在里面，这就是育才学校。

那寺院离我住的院子不到一里路，但这一段短短的路程，所走的却完全是上坡或下坡。

我所担任的功课是文学讲话，同时他们要我负责文学组，现在还没有开始。

我是欢喜这山地的。站在稍稍高一点的山坡向远方看：何等的旷野的壮观！无数的山互相牵连着又各自耸立着，褐色的，紫色的，暗黛色的，浅蓝色的山！温和的，险峻的，宽大的山！起伏不平的多变化的山！映在阳光里的数不清的山！

岩石，茂林，夹谷，峰峦，山与山之间的窄小的平野，沿着山向上延展的梯田，村舍，零散在各处的村舍……构成了这旷野的粗壮而富丽的画幅。

我就生活在这环境里。每天我起来很早。我起来时月亮还在我的房子里留下最后的光辉。因为白天太热，我常趁这时候写一点东西。但我写的并不多，一到天大亮了就被一些谁都不容易逃避的日常琐事所打断。

上午看一点书。躲在床上看，这是最近才有的坏习惯。到午后一时左右照例是听见了敌机马达的震响声，等这声音将临近我们的上空了，我们就出去……于是一架、两架、三架，而一连几天了都是二十七架。于是眼见它们向北碚与重庆方面消失……不久，就紧缩着心听着远方的轰炸声……

但我却在一种始终如一的信念里，一种只能出于最高的理智和最强的情感的信念里，非常宁静地过着日子，我非常安宁地信任自己的工作，像一个天文学者信任他由于数字证明某颗行星在某个时间内一定要殒落的工作一样。

于是，我在这种信念里，显得有些庸俗地自满了。

当我戴着麦秆编的宽边的草帽，穿着草绿色的布质的褪色的军裤，和缝补了好多次的白衬衫，脚上是麻制的草鞋，手上拿了一根爬山用的木杖，我常常发现自己有些可笑——这些不像那由于狂热而割伤了耳朵，又用狂热画了包扎了绷纱布的脸的自画像的，忘戴着草帽的凡·高（Van.Gogh）么？那老是用极强烈的黄色去歌赞太阳的庄稼汉？而当我走过了一片玉蜀黍的林子，又走进了一片玉蜀黍的林子，闻着被太强烈的阳光所蒸晒的干土的气息，我岂不像那可怜的彭斯（Burns）或是那些欢喜向家畜致礼的可怜的田园诗人么？

我将在这里住下去。一天，人们把我最初介绍给小朋友们，我曾说："我将要向你们学习，我要向比我年轻的一代学习，因为中国假如不向年轻的一代学习是没有希望的。"这些孩子最大的不过十六七岁，但他们经历了多少的患难了啊！他们从沦陷了的家乡跑出来，尝尽了饥饿与流亡之苦……于是他们都变得很坚强，知识与能力都超过了他们的年龄所能具有的程度。

在我没有到这里来之前，我已经看过他们里面的一个孩子的诗作，那诗作，比我们每日所看到的报章杂志上的作品还要显得新鲜一点；同时，我还听说，他们里面有立志要做鲁迅和高尔基的。而我的那可怜的小诗集《北方》，他们竟每人都手抄了一本。

而更可贵的是他们对于真理的拥护的热情。他们最富有热烈的探讨的兴趣。他们常常一群一群地散坐在树木或是岩石上,在谈论着他们所接触到的新的问题。我常常担忧:我的气质和我的习惯会不会妨害他们对于我的接近?但我必须努力使自己和他们生活得和洽,至少使我成为他们的可以坦白相处的朋友。

每天黄昏时,我们散步。普希金林我们将会多去走走,因为它离我们住的院子太近了——不,它是横列在我们住的院子前面的低地上。改天,我还想找几个小朋友帮忙搬几块石块做凳子,这样,我们岂不是可以在林子里朗诵诗人的"奥涅金"和其他的诗作么?……但是,我们不久恐要举行夏令营了,或许我们会在一个小镇的街上出壁报,贴街头诗……即使要朗诵,恐怕也将在茶馆里举行呢……

啊,我所说的太芜乱了。

一九四〇年六月二十九日　北碚乡间

第一日

——评《边区美协一九四一年展览会》中的木刻

敌人轰炸延安后不久，炸弹的窟窿依然存留着，燃烧弹的多量的硫黄依然散满在地面的军人俱乐部里。边区美协所举行的展览会，好像是新的人类和新的文化向它的无情的推毁者所发出的一次抗议。

在三个相连的新建的石窑洞里，百多幅木刻，以作家为单位，分别陈列着。第一个窑洞是力群同志的作品，第二个窑洞是刘岘同志的作品，第三个窑洞是焦心河、古元两个同志的作品。

力群同志，最初是以"HO"这签署发表他的作品的，他的作品留给人以一种富于装饰的印象。

这次他的作品很多，而且大部分都是新作。这许多新作很显明地是作者在探求新的道路的一些可贵的努力。它们截然地表明了和他的旧作之间的一些差异，这些差异不尽是表现上的手法上的差异，却也是创作意欲上的差异，这些差异使他的新作成了艺术创作路程上的一个主要的迈进。

《昨日的教堂》是这些作品里面最值得赞许的一幅。这作品的表现手法是最生动的，而这种生动恰好和在这作品里所流露的高原的树木与天空之间的清朗的空气相调协，以致使我们不得不为这艺术家所再现了的景色魅惑。

《打窑工人像》和《饮》是比较相接近的两幅，它们的刀法，它们的画面上所呈显的作者对于素描画的那种努力，都有共同的地方，虽然《饮》在技巧上是比《打窑工人像》要纯熟些，但在构图上我还是较喜欢后者的。

《女像》和《女孩像》都有不同的长处，前者的刀法对于作者是非常突然的变换，这或许是作者的新的尝试，这作品的画面有一种像石刻似的均整与单纯的美；而《女孩像》的手法及它所流露的素描的成功是可贵的，那北方女孩的正面的脸颊，鼻子与眼睛，嘴，都得到了最经济而又恰当的表现。只是衣服的部分好像有些不很调和的感觉。

其他像《毛泽东同志像》也是属于严正的作品，它较许多粗制滥造的关于这人物的造像都更能引起观者的尊敬。

刘岘同志的木刻陈列在第二个窑洞里，这作者最初被人注意大概是在出版了关于茅盾的《子夜》的木刻插图集的时候，那是距今已有四五年之久的事了。但从这作者的创作历程上看，好像并没有什么大的发展。

作者的主要失败之一，是他的对于物体的立体地去观察的能力之缺乏。被他所摄取来的景物好像始终是平面的，破碎的。不知由于他的刀法阻碍了他的表现呢，还是由于他的对于体质的面的把握不够呢，他的作品的画面好像始终是木花似地，铺陈着的碎片。

同时，这作者所向往的创作的世界，是被自己的崇敬精神所美化了的境界。他给了大量的篇幅赞美外国的作家但丁，巴尔扎克，贝多芬，拜伦，普希金，巴比塞，等等。但他的赞美却是多么的粗率呵。正因为他所向往的世界是距离我们如此之远的缘故，他就不能习惯于在我们这生身之地上去发现一些美的东西来了，他表现的属于现实题材的作品也就被蒙造上一层太理想化了的薄雾，令人引不起真切之感了。

以出品的数量说，作者对于工作是努力的，这是终于会取得成功的胜利的最可靠的基础。而我之所以提出比较苛刻的批评的目的，也正是为了使作者的努力能够较快地得到他应有的报偿的缘故。

第三个窑洞里陈列的是焦心河和古元同志的作品。

这两个作者似乎都是被现在还在继续着的抗日战争所培养成的。

焦心河同志的作品里，常常充满了神秘的空气，他的关于蒙古人民生活的描写是神秘的。

《最后的医治》和几幅相关联的作品，是显然的受了珂勒惠支的一些作品的影响的。

《蒙古女人和羊》是一首牧歌。一个少女坐着用手搂住一只羊，另一个少女站在羊群中间两手高高地举起一只羊羔，天际有成群的飞鸟，空间是广漠的。这是诗的意境。

存在于焦心河同志的作品里的缺点是由于作者极力想捕捉那些飘忽的景色所采用的那些轻松的刀法，和把物体的轮廓故意画成飘逸的那种夸张，以至于使他的作品常常有漫画的气息——这种气息在《蒙古人民的生活》的几幅连环作品里可以嗅到，也在《蒙古的夜》里可以嗅到。

而且，在焦心河同志的作品里的那种飘逸，常常成了非常单薄的浮动，例如他的《蒙古女人和羊》里的羊群就由于这缘故成了一些平面的和难于捕捉的东西了。

古元同志的艺术是在边区成长起来的，他是边区生活的歌手。

他是如此融洽地沉浸在生活里，从生活里去吸取无尽的美。他是如此亲切的理解了现实，甚至使他被称为现实的肖子也可受之无愧。

《牛群》《羊群》《家畜》，都是农村生活的赞美诗，这些赞美诗里充分地表现了作者对于农村生活的爱。这些农村的美并不是士大夫们的田园诗里的美,却是土地之子的真挚的眼睛所看见的日常的美。

在《准备春耕》《收洋芋者》《粮》里,作者都是最逼切地描写了农民生活,不曾粗忽,也不曾夸张,达到了令人感动的真实。

《逃亡地主之归来》是边区的史画。这作品很庄严地刻画了边区生活的主要的历史,即:被土地政策所驱赶了的地主,由于统一战线的形成,他们是携带了家眷回到边区来了。这题材由于作者的严肃的处理,不再是一种政治的概念——而事实上这题材是最容易被艺术家们处理成一种概念的。

《选民登记》《离婚诉》《初小学校》《新文字报》《冬学》等也都是边区生活的最真切而又可贵的纪录,连最微妙的地方也都流注了作者对于这些新的生活和那里面的人物的深沉的爱。由于这深沉的爱,使他的每一作品达到了应有的完整。

《车站》是技巧上最成功的作品,那里,正确的轮廓,以熟练的刀法与缜密的构图,使整个画面统一在最和谐的呼应里。而尤其可贵的是这作品里所流溢的荒漠的北国的情调。其他像《挑水》也是很可喜的。它在明亮的水的漪波与阴暗的彼岸的斜坡都找到了最恰当的表现。

古元同志具有高度的获取物体真实形象的能力,又已完成了为表现这能力所必须的技巧,他的艺术将在他的无限长的时间里得到难于限量的发展是无疑义的,何况他又是一个最能自己决定创作方向,最能把握现实的无穷的美的年轻艺术家呢?

这里,我们已可以骄傲我们的成果了,这些成果不比国内任何对于木刻具有较长历史的地域的成果差些。不,它们已迅速地发展在中国木刻艺术的最前面,而且不久它们将可以和世界各前进国的艺术并驾齐驱了。

最后，让我在这里祝我们的艺术家们努力而且健康！

一九四一年八月十六日

了解作家　尊重作家

——为《文艺》百期纪念而写

作家是一个民族或一个阶级的感觉器官、思想神经或是智慧的瞳孔。作家是从精神上——即情感、感觉、思想、心理的活动上——守卫他所属的民族或阶级的忠实的兵士。

作家的工作就是把自己的或他所选择的人物的感觉、情感、思想，凝结成形象的语言，通过这语言，去团结和组织他的民族或阶级的全体。

一首诗，一篇小说，或一个剧本，它们的目的，或是使自己的民族或阶级给自己以省察，或是提高民族或阶级的自尊，或是从心理上增加战胜敌人的力量。

有人问："文艺有什么用处呢？"

文艺的确是没有什么看得见的用处的。它不能当板凳坐，当床睡，当灯点，当脸盆洗脸……它也不能当饭吃，当衣服穿，当药医病，当六〇六治梅毒。

所以反功利主义的唯美论者，戈谛也会满怀愤慨地说："……我们不能从物喻得到一只帽子，或者像穿拖鞋般穿比喻；我们不能把对偶法当雨伞用，我们不能，不幸，把音韵当背心穿。"

但是人类还会思索，还有感觉，还知道耻辱和光荣，还能嫉妒和同情，还懂得爱和恨，还常常心里感到空漠因而悲哀，还要在最孤独的时候很深沉地发问：“活着究竟为什么？”

这些事，都并不是凳子、床、灯、脸盆、饭、衣服、药六〇六这些东西完全可以解决的。因为这些事，同样会发生在没有物质忧虑的人们之间。

就连最原始的人类，也有他们的心理活动；就连最不开化的民族，也有他们自己的诗歌。

当法国资产阶级的大诗人瓦莱里的《水仙辞》出版的时候，一个同阶级的批评家曾以这样的话颂扬他的作品：“近年来我国发生了一件比欧战更重大的事件，即瓦莱里出版了他的《水仙辞》。"

这原因就在于《水仙辞》为烂熟了的法国资产阶级——也可以说全世界的资产阶级提出了许多使内心战栗不安的问题，他的诗，通过他自己深沉的审视，从哲学上引起了对生命实体怀疑的问题。

好像有一个英国人曾说：“宁可失去一个印度，却不愿失去一个莎士比亚。”

这原因就在于莎士比亚是英国商业资本主义抬头时代的代言人，是英帝国主义向世界扩展其势的鼓吹者，是大英帝国直到现在还用以骄傲于世界的伟大诗人。他的作品可以支持一个民族的自尊心理，从而换到不止一个的印度。

我常常听人说：“某些人看了某篇作品不高兴了。”我的心就非常高兴。因为，由此我们可以知道那作品的确起了作用了。

作家并不是百灵鸟，也不是专门唱歌娱乐人的歌妓。他的竭尽心血的作品，是通过他的心的搏动而完成的。他不能欺瞒他的感情去写一篇东西,他只知道根据自己的世界观去看事物,去描写事物,去批判事物。在他创作的时候就只求忠实于他的情感,因为不这样,他的作品就成了虚伪的,没有生命的。

希望作家能把癣疥写成花朵,把脓包写成蓓蕾的人,是最没有出息的人——因为他连看见自己丑陋的勇气都没有,更何况要他改呢?

愈是身上脏的人,愈喜欢人家给他搔痒。而作家却并不是欢喜给人搔痒的人。

等人搔痒的还是洗一个澡吧。有盲肠炎的就用刀割吧。有沙眼的就用硫酸铜刮吧。

生了要开刀的病而怕开刀是不行的。患伤寒症而又贪吃是不行的。鼻子被梅毒菌吃空了而要人赞美是不行的。

假如医生的工作是保卫人类肉体的健康,那么,作家的工作是保卫人类精神的健康——而后者的作用则更普遍、持久、深刻。

作家除了自由写作之外,不要求其他的特权。他们用生命去拥护民主政治的理由之一,就因为民主政治能保障他们的艺术创作的独立的精神。因为只有给艺术创作以自由独立的精神,艺术才能对社会改革的事业起推进的作用。

尊重作家先要了解他的作品。作家在他作为作家的时候,不希求在他作品以外的什么尊重。适如其分地去批评他。不恰当的赞美等于讽刺,对他稍有损抑的评价则更是一种侮辱。

让我们从最高的情操学习古代人爱作家的精神吧——

"生不用封万户侯,

但愿一识韩荆州。"

一九四二年

坪上散步

把一篇作品看作一个引擎,一个轮子,或是一把镰刀都好。

却不要把它当作装饰,一块会议桌上的桌布,或是办公厅的窗子上的窗帘。

没有比一篇作品完成时所给我们的愉快和安慰更真实的了。这种愉快和安慰,不是任何怀着甚深的偏见的批评家所能夺去的;也不是任何怀着执拗的成见的敌人所能减少一分的。

与其穿了不合身材的衣服,还不如赤裸。
越是对艺术有勇猛的情热的作者,越是欢喜赤裸。

为什么我们要摈弃说教呢?因为说教常常是装腔作态的,不自然的,虚伪的。

当你的情感不曾达到完全纯真的时候,是很难产生好的作品的。

作家和编者之间的互相帮助是:作家能把"好的"稿子给编者,编者能退还"不好的"稿子给作家。

作家和编者之间的崇高的友谊应该是：作家拿"好的"稿子，提高编者的声誉；编者退还"坏的"稿子，提高作家的声誉。

当我听一个人发表他对于另外一个人的意见时，我常常注意他心里的活动——即透过他的显得客观的语言，去看他躲藏在背后的真的意见，这样的结果，使我发现：能公正地批评人的是不很多的，大多数是狡猾的。

有些人内心充满嫉妒，外表却假装冷漠。当你问他对于某个作家或作品的意见时，他从鼻孔里哼出冷笑，装出不屑谈的样子，沉默着；另一种人则含糊其词，企图抹煞。

伟大的艺术品必须蕴蓄一种东西，这就是一个时代为了选择自己的代言人，而托付给作家的东西。

不朽的作品，常包含一种一切时代所共同具有的人类向上的美的精神——引导人类从琐屑、偏狭、卑污走向善良、宽大、高贵的精神。

小市民式的自满，是艺术家走向成功路上最可怕的敌人。

纯正的艺术品和虚伪的制造物之间的距离，凡是有良心的作家自己是很清楚的。

那些装腔作态的东西，我们常常是要用很大的努力才能读完它。当读完它的时候，我们就感到悲哀——这种悲哀，与其说是为了那作品，倒不如说是为了那作者，为了他的那个发表作品的可怜的动机。

摹仿、抄袭、剽窃，都是缺乏创造力的结果。

我真讨厌抄袭,当你刚刚用心血创造了一些语言或形象,第二天就看到那些抄袭家们的复写了——那些复写常常显得那样拙劣,他们往往把你原来用苦辛所创造的东西,弄得卑俗化了。

对于一个作家的要求,不只是文章简洁通顺,这是一种起码的要求——但我们的很多作家,却连这起码的要求都成了最高的要求了。

老练的文体,不是困苦的雕琢,和艰难修饰的结果。
老练的文体,是作者对他所接触的思想情感透彻了解的结果。

批评家的工作是:发现作家,发现作家对现实的接近和距离,发现作品和现实之间的接近和距离。
却不是在司令台上喝叱着,发号施令。
我们的文坛产生了一些文坛掌故家,却很少文学史家,因为我们很多所谓文学史家是以掌故当作史料的,不是以作品当作史料的。
因此,我们的文坛以谁知道掌故更多就是最好的文学史家;因此,我们的很多批评家,就成天在收集掌故——却很少愿意花精力在研究作品的工作上。

大多数的批评家不知怎么的,很少能把一个作家正确地反映给读者,好像他们的能力永远限制在运用空洞的术语上,不会用正确的美学观点,有耐心地,具体地去了解一个作家。

一个作家,除了文章写得简洁通顺之外,必须在他的作品里包含一种思想。

所写的人物，必须有社会的根源，人物而没有社会的根源，不能成为典型。

个人是依附在阶级一起的，批评他应该和他的阶级一起批评。
他的成功和失败，是联系在他所属的阶级的成功和失败上的。

为什么写人物呢？写人物无非是通过人物写社会。假使不是这样，那么写的人物是没有生命的，是一种剪影。

我们的大多数读者，现在还只是停留在理解名词和动词的可悲的阶段，对于形容词、副词、接读词之类的苦心，他们是不很尊重的。

一般地说，文章写坏了，或是写得不通了，作者是不知道的；假如他知道，那一定羞于拿出来发表的；同时编者也是不知道的，要是知道，他也不愿意刊登的。
这样才显出批评的重要。

好的批评家不应该先注意作者写什么东西就算完了，更重要的是注意他怎样写——用怎样的态度处理题材，从什么角度看世界，采取怎样的手段，等等。

高明的理论家不从作品所采用的题材的阶级的区别去衡量作品；而是从作品中所反映的各个阶级的真实，与他们之间的矛盾程度去衡量作品。

一九四二年立春

赎罪的话

——为儿童节写

我曾听说,我的保姆为了穷得不能生活的缘故,把自己刚生下的一个女孩,投到尿桶里溺死,再拿乳液来喂养一个"地主的儿子"——我。

自从听了这件事之后,我的内心里常常引起一种深沉的愧疚:我觉得我的生命,是从另外的一个生命那里抢夺来的。这种愧疚,促使我长久地成了一个人道主义者。

我是爱小孩的,而且我也相信,每个人都具有爱小孩的本能,假如没有这种本能,人类就没有前途了。

但是,社会制度却每天在削减着人类这种本能,贫穷、迷信、礼教、战争,迫使人类一天比一天更甚地消失这种本能。

我记得:在故乡的污浊的池塘里,我曾看见一个腐烂了的婴尸,不知是哪个母亲偶然犯罪的结果,把它遗弃了的。乌鸦和青蛙站在那模糊了的小小的身体上。

在城市的郊外,常常有用砖石砌成的"千人池",里面堆积着无数的死婴的腐肉和骸骨。他们里面大多数是私生子。

我记得:一天,我从市集回家,在村边遇见了一个老人,用锄头背了一只平常捡狗屎用的篾箩,那里面,在稻草的掩盖下,露出了一个死的孩子——他的头被菜刀砍了一下，却还没有完全断，无力地垂挂在箩筐的边沿上，从那微微连续着的颈口，鲜红的血，一滴滴地落在冬天的冻结的道路上。这孩子，因长期地生病，吃了很多药，他的父亲以为是"讨债鬼"，把自己用酒灌醉，把他用菜刀砍死了。现在，他的祖父背了他去埋葬。

我记得：一次敌机轰炸之后，在一个低洼地上，狼藉着的死难的人们当中，躺着一个被炸死了的孕妇，她的头歪在一边。人们把她的衣服一件一件地解开，最后看见了她的极度地隆起的肚子，灰黄色膨胀着，已经快要临盆了，但敌人的炸弹的碎片穿进了她的后脑。

我也记得：也在一次轰炸中牺牲了的一个小孩，大概有四五岁了，他的稚小的身体被搁弃在马路旁边，眼睛是合上了，但小小的嘴还开着。他的一双手被炸断了——那只小小的应该拿着糖果的手，那只柔嫩的手，已离开他的身体，被抛在一丈多远的石堆边。

人类是罪孽深重的：每天在互相杀戮着，死亡的数目，百倍超过诞生的数目，好像非到完全消灭不得甘心似的。

这样还不够，还要把祸害加在无罪的孩子们的身上，好像就连这些除了笑、哭、叫，要东西吃东西之外，简直不知道更多的事的天真的动物都是仇敌似的，以看见他们的流血为光荣。

人类是耻辱的：他们竟堕落到不能保护自己的苗芽，他们欢喜采摘生命的蓓蕾。

贫穷，迷信，礼教，战争，长期地支配了世界之后，人类就变成了杀人犯了，这种动物，比任何动物都更狂热地残害生命，而且互相残害，而且残害自己的未来！

我们的战争，必须同时是赎罪的战争。我们必须从旧社会最后的守卫者——法西斯手中，夺回人类的命运，夺回人类的希望。

为了使人类和他的借以延续生存历史的后代，永远地浸沐在和平与幸福的空气中，我们必须坚持着消灭贫穷，消灭迷信，消灭礼教，消灭战争的光荣斗争。

一九四二年四月二日

俘 虏

一

团长刚放下晚饭的碗筷,作战参谋交给他今天上午的作战报告——

"……我军火力将敌人压在一个泥坑里,敌人想占领坑西的土墩子,我×营即先后占领高地,集中火力射击,使敌人不能抬头。当地老百姓都拿了切菜刀赶来,惟怕敌人发现要报复,临时借军装军帽混在战士们中一起冲上去杀。敌×中队一百余人,已全部被我歼灭……"

团长把报告按在桌子上,拿自来水笔在"已全部被我歼灭"七个字上面,加上了"除有一人脱逃外"七个字。写完了向作战参谋说:"这样才正确……那个鬼子可能打伤躲起来了。"作战参谋接过了报告,跑进里面交给了译电员。这时候,守岗的进来,说外面有一个农夫要见他。

团长说:"你陪他进来吧。"

团长倒了一杯开水,端在手里。时候已黄昏了,村子里很静,团长朝着门口站着。

守岗的来了,他的后面跟着一个农夫,看去有三十多岁的样子,很瘦小,推着一架独轮车——车上并排地横摆着两只装得很饱满的麻袋。

"老乡，什么事，进屋里谈吧。"

农夫把车歇在门口，解下头上扎的毛巾，拍去尘土，跨进了房子。

二

今天吃过中饭之后，有一个日本兵，满身污泥，从高新庄那边通过高粱地，逃到××村一个穷苦农夫家里。农夫有事出去了，只留下母亲一个人在家。

当日本兵轻轻地把门推开的时候，里面的那个老太婆，突然看见了这么一个满身污泥的人，她被吓得全身都震动了。

"谁？跑进来干什么？"老太婆几乎要嚷起来了。

日本兵慌张地说："给我水，我渴了的……"他怕老太婆听不清，用手指指着自己的嘴。

老太婆睁着害怕的眼睛，脸皮皱得很厉害，由经验所唤起的恐怖窒息着她，她退缩到墙角，没有说话。

日本兵移动脚步，显得很笨重，走到灶边，捧起了一个罐子，向嘴里倒水。在喝够了水之后，他就用胆怯而尖锐的目光，在房子里找什么东西。

他的目光停落在一只装着粮的篓子上。

他走到篓子旁边，两手扶着篓口，伸了一只腿到篓子里去，脚站在篓底上，再把另一只腿也放进去，他的身体往下蜷曲，两手拿着一个高粱秆编做的盖子往自己的头上盖。篓子太小，他的半个头暴露在篓口上，为着这个缘故，他哀求老太婆坐在那个盖子上。

老太婆仍旧站在墙角不动，她的一只手像在抽筋似的痉挛着。

日本兵失望地从篓子里爬出来，就往老太婆的床上一躺，拉着那床破烂了的被絮,来蒙裹自己的全个身子。

老太婆很快地跑出门去。

在房屋转弯的地方,她碰上了他的儿子。他正从村里回来,脸上带着不可抑制的笑,当他看见他母亲的苍白而紧张的脸色,他问:

"出了什么事?"

"一个鬼子闯进家里来了!"

"快别嚷,想办法,怕要惹下祸事。"

农夫走进家里的时候,那日本兵仍缩在破被絮里。农夫把那破被絮很谨慎地揭开。日本兵转过脸来,张着两只很大的眼睛。

农夫马上露出了伪饰的笑,这是一种悬挂在一切不测的灾难的边沿上的笑。他说:

"啊,皇军……"

老太婆把门掩上,而且靠在门上听他儿子和日本兵的对话。

日本兵坐起来,两只脚挂在床前,他的两眼直看着农夫说:

"救救皇军,送到××村,我会给你钱的。"

农夫说:"对,你放心,我送你回岗楼子去。"他的脸上显得有些忧愁,他接着说:"听村上人说八路军刚过去不久,路很不好走……"

房子里是静寂。

忽然间,农夫咧开嘴笑了,他说:

"我想个办法,皇军你看好不好,我装作送粮的,推两只麻袋:一只装包壳,一只——把皇军藏在里面,碰上八路,我就让他摸着包壳的一只……"说完了,脸上装出了谄媚的样子。

日本兵低着头。他的眼睛透过睫毛很锐利地看着农夫的脸。他想了一下,接着抬起头说:"大大的好!大大的好!你的聪明的,就这样办。"

一刻钟之后,农夫就推着独轮车,往村外去。他的母亲很担心地看着他离开了村子。

从这个村往东走十五里,是敌人的据点。那里有很庞大、很坚固的一个岗楼,岗楼上飘着刺眼的太阳旗。从岗楼里每天有酗酒的日本人出来,蹒跚到附近的村庄去寻找财物和妇女。老百姓把岗楼子看作眼中钉。

但是,从这个村子往西走十五里,却是另外的一个地方,这地方今天住着打了胜仗的八路军。那里揭起了人民的欢笑,四周的老百姓赶送慰劳品到那里去。

农夫是熟悉本乡的道路的,无数的灾难已教育了他该如何选择自己的道路。他抓着独轮车走到分岔口的时候,向东边望望,也向西边望望,他很快地挺了一下身子,握紧了车柄,把车向西边一转,车轮发生了细微的吱嘎吱嘎的声音,在两边都长满高粱的路上,迎着偏西的阳光,他迈着很快的步子,向××村走去……

三

团长知道了这件事之后,向农夫说:"你真是个好老乡!"

农夫愉快地笑着说:"只要你们来了,咱村里大家都高兴了。你知道,咱这一带给鬼子糟蹋得不成样子了!"

农夫和团长走出了房子。农夫把一只麻袋从车上拖下来,俯下身去解绳子,而且向麻袋说:"'皇军'快出来吧!"

那日本兵从麻袋口伸出了头,向站在他面前的团长和农夫看了一下,马上知道自己是被俘虏了,他的脸色显得很阴郁,眼睛发着红光盯住农夫。他十分颓丧地从麻袋里出来,衣服皱得不成样子,满身是干泥土。

团长说:"来人!"

日本兵惊吓得打战了。两个膝盖骨互相碰击着站在那里。团长向那走拢来的勤务员说:"你把他送到敌工股去。"接着,他走近日本兵,很温和地对他说:"你不要怕,我们八路军是优待俘虏的。这里有你们十几个弟兄,说不定你还有认识的。"说到这里,他很关切地看着他在抖索的身体,他问:"你受伤了么?受伤了,叫医生给你看一下。"

日本兵不回答,只很轻微地摇了一下头。

团长说:"好,到那里洗过澡,换换衣服再吃饭吧。"

团长目送着日本兵移动着笨重的脚步,跟着那个勤务员走到院子右边的房子里去。

农夫已经把麻袋折好,正在推动独轮车准备走了。

团长说:"老乡,天要黑了,今天在这里歇一夜吧。"

"同志,天黑了不要紧,夜黑里走路方便些。"

"那也好。"他朝向那个刚从左面房子出来的勤务员说:"快陪老乡去吃饭,他吃了饭还要赶路呢。"

这时候,有几颗很亮的星子,浮在院子的上空。

一九四四年

窗花剪纸

一

在西北许多老百姓家的窗纸上,常常可以看见贴着红红绿绿的剪纸,每张约四五寸见方大小,有的一张占一格窗格子,有的几张相连占几格窗格子,剪的是老百姓所熟悉的东西:家畜、家禽、花、鸟、虫、鱼、水果、蔬菜、盆、篮、茶壶、酒壶、武器、人物以及故事。这种剪纸也叫作"窗花",是中国各处都有的民间艺术,是老百姓自己的图案画。这种窗花,在西北特别流行,而且比较别处所见的更富有艺术趣味。

一九四一年间,曾看见延安鲁迅文艺学院美术系图案教员吾石同志收藏的许多剪纸。吾石同志很珍爱它们,每张都贴在同等大小的裱过的厚纸上,下面边沿上印了UshShouchang(吾石收藏)几个字。他所收藏的有蒲城的"八仙"(共八张)、"秦琼卖马""击鼓骂曹""刘秀喝麦仁""三娘教子""吕布""骏马"和"女像";绥米的"鹰抓兔""小兔""小鸭""大公鸡""飞鸟";陇东的"金鱼""轿车""小鸟""老鼠偷葡萄""关公骑马";内蒙古的"骏马""果盆""飞鸟";延安的"大兔""牧童出牛图""喜雀弹梅""石榴花""鹁鸪";另外几幅没有印上收藏者的名字的,计有绥米的"旱船""小鸡""羊羔"。

一九四三年春，我和木刻家古元同志、合作社英雄刘建章同志到三边，沿途看见许多老百姓家的窗户上贴着窗花。各地有自己的风格，有的地方比较纤细琐碎（如志丹、安塞一带），有的地方比较粗犷，单纯。以艺术的眼光看，粗犷单纯的一种，常常比较纤细琐碎的更显得纯朴可爱。

我们在盐池县火山坡大牧户张芝家的窗户上，看见许多极鲜美、极纯朴的窗花。那天张芝不在家，他的老母亲很好客，请我们吃了一顿饭。听见我们连声称赞她家的窗花，她很高兴，说是她新迎过来的媳妇（张芝的弟媳妇）剪的，媳妇回娘家去了。她东找西找终于找到了媳妇的夹花线和花样的本子，就送给我"大山羊""大肥猪""荷花鲤鱼""鲤鱼跳龙门""鸭嘴衔鱼""老鼠偷西瓜""大白菜""纺纱"，这八张剪纸。这些剪纸，在别处我们没有见过，手法很熟练，每样东西的形态都很相似，构图也好，其中最好的是"大山羊"和"纺纱"这两张。

在定边，刘建章同志给我找一个老百姓妇女剪了一张"大母猪"，和一张"母羊与羊羔"——母羊的嘴衔着苜蓿，羊羔在母羊肚子下面吃奶。

从定边回来，我们路过绥远糜地梁，宿在一个蒙古人家里，我用纸换了一张"老虎"、一张"麒麟"、一张"猴子"和一张"走马"。"麒麟"和"走马"最好，走马的鬃毛飘向后面，下面的四条腿像翅膀。

到靖边张家畔，我们发现了边区住户环境好的一个地方，那里有一大森林，无数的几围粗的杨树和许多几丈高的白杨树，长得很整齐，简直像一座大公园。在林间离几十步远有一院子，外面用柴木密密地排成墙，里面是房子，清静幽美，远远看去，真像许多小别墅。这里的住户，几乎家家都有窗花。我和古元同志挨家挨户地进去看窗花，见到好的就拿纸和他们换，收到了很多，比较好的有"黄金万两""老鼠偷葡萄""兔子吃麦穗""凤""飞鸟衔草""荷池浮鸭""小猫""跨马的人"……

靖边城里姚一庄家，想是比较富裕的住户，屋子里收拾得很干净，全家人穿得都很好，窗子很大，上面贴满了窗花，窗户四角上面是两幅"凤凰牡丹"，下面是两幅"狮子戏球"，每幅占四个窗格子。主妇是一个中年妇人，很会剪，听说许多样子都是由她自己创造的，她的剪纸在张家畔和靖边一带出了名，许多妇女向她讨样子。她剪的窗花比较工整，物体的形状轮廓都很准确。由那构图的完整上看，好像是出于一个有素描基础的画家之手。她送给我很多样子，比较好的有"鹿衔灵芝""华封三祝""猴子吃仙桃""石榴和佛手"和"狗"。"石榴和佛手"是一幅静物图案，把两个水果安排得很好；"猴子吃仙桃"和"狗"都像是动物写生，前一幅的猴子坐在一块栽绒毯上——这已经不是光剪一个主物，而且在主物以外有了背景；她剪的狗很生动，姿势好像要突然跳跃起来的样子。另外还剪了一幅"骑马士兵"，背上背了长枪，手上拿了手枪；一幅是一个西式装束的小女孩，一只脚踩着小雪车前进，一只小狗在车边追。这是最初看见老百姓用新的题材，新的形式所剪的新的窗花。

二

这些剪纸，像刺绣一样，大都出于家庭妇女之手。每年秋收之后，家里比较闲空了，她们在针线之余，抽暇剪出各种窗花，准备在新年时使自己的窗户上闪耀着快乐。比较聪明的，照着什物摹拟，创造画成花样，叠在纸上剪下就成。有的妇女不会创造，就拿一块小木板，上面放了一张薄纸（油光纸），四角用针钉住，把人家剪好的花样按在纸上，用清水喷在花样和纸上，湿度以花样能沾在纸上为止，再拿这沾有花样的板放在油灯上熏，使纸面完全被灯烟熏黑了，把花样揭去，纸面上就留着白底的花样；拿这花样放在几张捆好的红绿纸上，用线钉住四角和花样中间的空隙处，拿小剪刀沿着花样剪下来，就成了许多张同样的窗花了。听说河北有用雕花刀像雕皮影子一样雕下来的。

剪纸的花样必须使线条互相连接，没有断笔，所以构图和造型都需要单纯，切忌过于纤细琐碎，不然剪下来的花样，即使没有破烂，也很难把它贴在窗纸上。

剪纸可以说是农村家庭的产物，是没有印刷条件的处所的艺术品。它不像绘画需要多种的色彩，它的工具和材料只要一把小剪子和几张彩色的纸，正因为这些剪纸出于老百姓的手，所以它比其他的美术品，都显得纯朴可爱，就像是一曲一曲的民谣，很生动地写出了人民的感情、趣味和希望。例如大牧户张芝家的"大山羊""大肥猪""纺纱""大白菜"，这几幅窗花特别剪得好，正是他家爱劳动，生活富裕的表现。而靖边姚家，住在城市里（听说原来和西北各大城市有商业来往）缺乏农家风味，生活比较闲空，所剪的就难免是"鹿衔灵芝""华封三祝""猴子吃仙桃"以及凤凰狮子，甚至于西式装束的小女孩踩小雪车之类，和实际生活没有什么关系的题材。从蒙古得来的剪纸，以两幅马剪得最好，这就是由于蒙古人民熟识马、爱马的缘故。靖边的"黄金万两"，剪的是一匹大骆驼，背上驮着三个金元宝，那骆驼剪得很像，身体庞大，显得徐缓、肃穆，能负重载，这也正是由于三边人民熟识骆驼爱骆驼的缘故。至于"老鼠偷西瓜"和三幅各不相同的"老鼠偷葡萄"，真像几个小牧歌，表现了农民对于丰收的喜悦。

当然，在剪纸里也和其他的中国艺术里一样，残留着许多含有封建迷信气味的作品,如龙、凤凰、麒麟、八仙、蚌壳精、鹿(禄)、"鹿衔灵芝"、"鲤鱼跳龙门"、"华封三祝"、"水漫金山"等。但比起中国其他的民族艺术来,剪纸要算是最健康、最纯朴的艺术了。这些作品,画出了中国农民对于物体的直觉的印象,在单纯化了的形体里保留了各个物体的特点——这正是纯真的艺术品的必要条件。在剪纸里,很少表现那种出于士大夫阶级的作品的颓废格调。它流露了中国农民的善良的健康与愉快的情感。我们的新艺术必须发扬这种情感。

三

一九四四年陕甘宁边区文教大会的陈列室里,陈列了一些从民间搜集来的剪纸,其中一部分,我已在上面介绍了。在陈列室里有三幅用黑纸剪的剪纸,比普通的窗花大一倍,很像三幅木刻画,听说是晋西北的一个十三岁的女孩子的创作。一幅"老鼠偷葡萄",一幅"马车",一幅"山鸡",这三幅剪纸,线条比较粗,构图很好,每幅都很富有装饰味儿。

在陈列室的窑底的壁面上,挂着一幅四五尺见方的"顶棚剪纸",当中是一朵正面的牡丹花,旁边用葡萄连缀成一个圆圈,圆形的图案外面,是六个蝴蝶,四角是四个大蝴蝶,把整个画面装饰得很华丽,这是陇东梁月亭的母亲剪的,为陕甘宁边区政府李景林同志所收藏。这是一件很出色的艺术品,完成这样的一件艺术品,是需要很高的才能和魄力的。

在文教陈列室里,也陈列了古元、陈叔亮、孟化凤、夏凤、罗工柳等同志描写边区人民新的生活的窗花。

古元同志木刻的"窗花"共二十四幅,刻的有"自卫军"(两幅)、

"开荒""送饭""耕地"、"播种"（两幅）、"植树""捡粪""锄草""运盐""养羊""喂猪""卫生""上学""识字""读报""秋收""扬谷""送公粮""拾柴""纺纱""生产计划"等农家一年的生活。另外有一幅较大的窗花刻的是"合作社"，画面是一座中国式的房子的画面，柜台里面站着一个小店员，手里拿着秤，秤杆横得很平；社门外是一男一女，相背而走，女的从社里买了花布，又领了棉花；男的从社里买了一些日用品和一把镢头。

和古元同志的"合作社"同样大小的，还有夏风同志的"新婚""拥军花鼓""洗衣"，和罗工柳同志的"祝寿"等木刻的窗花。这些窗花和剪纸的趣味不同，他们很像是版画。

陈叔亮同志也剪了六张窗花："放哨""念书""驮盐""揭地""纺纱""织布"。他的作风比较纤细。

听陈列室里的招待员说，老百姓非常喜欢这些新的窗花，其中尤以古元同志的"卫生""装粮""喂猪""送饭"这四幅最受欢迎。有的老百姓来看了好多次。

这些新的窗花，将逐渐地代替了旧的剪纸为老百姓所欢迎。老百姓的生活改变了，新的生活渴望着新的艺术去表现它。人民的物质生活逐渐富裕起来之后，对于文化和艺术的要求将逐渐增加起来。剪纸将更普遍地发达起来。谁也不愿意自己的窗户上只是一片单调的白色。剪纸窗花将装饰了每个老百姓的窗户。不但如此，它们除了装饰之外，同样的是一种教育人民、组织人民感情的东西。

四

本集所收窗花共一百幅，其中八十幅是从民间窗花中选出来的，二十幅是新的窗花。第八十一与第八十二两幅是木刻家力群同志打了稿子，由晋西北一个农家少女牛桂英剪成的，据力群同志说，他画的只是外面的轮廓，里面的线条和变化都是牛桂英创造的。这可以说是专家和老百姓的艺术合作。

第八十三到第九十四共十二幅，为古元同志所作，是从上面所提到的有连续性的二十四幅窗花中选出的；第九十五到第一百共六幅，为夏风同志所作。这十八幅窗花是画稿，工具的限制比较少，所以显得比民间的剪纸复杂。我们希望画家们能多多创作具有民间风味的窗花。

这些年，有许多绘画工作者搜集民间剪纸，其中尤以陈叔亮、张仃、力群等同志所藏的较多。关于窗花剪纸的编印，我和江丰同志曾于一九四六年在张家口印了一册"民间剪纸"，印数不多，只作为赠品，未曾发售；陈叔亮同志曾于一九四七年在上海印了一册"窗花"。这次我们根据"民间剪纸"重新加以剔选，补进了一部分新的窗花。编成这个集子，为的是介绍并推广西北民间剪纸艺术，另外的一个意思则是想以此表示怀念西北解放区——在那里，我们生活了许多年月，经历了抗日战争，看见了新中国的成长，而对于我们来说，尤其是看见了新文学、新艺术的成长。新文学、新艺术的成长是和我们向民间文学艺术的学习分不开的。我们的确爱这些窗花剪纸。

我们的美术家们应该更细心地研究民间窗纸，研究它的由工具和材料所决定的特点，捉摸老百姓对待物体的纯朴的态度，从那些很诚实的线条和形体里，去了解老百姓的趣味。根据这些再加以改造，用来描写新的生活，其结果，将不只产生了更生动的新的剪纸、新的窗花，并且将会给新的绘画，新的木刻、新的装饰美术很大的影响。

剪纸图案除了用作窗花之外，还有许多方面都可以采用它。例如李景林同志所搜集的那幅陇东的"顶棚剪纸",既可以做印花布(被面)的底样,也可以做绒毯(炕垫)的底样。如果把无数单独的剪花图案排起来,就可以成了很好的带状图案(古元同志设计的"新秧歌集"封面画上的图案,就是采用民间剪纸制成的)。许多的民间剪纸,可以用来做书本封面的装饰,会使得书本增加朴素的美。留心陶瓷业改造的同志们假如能采用这些民间的图案,我们的陶瓷出品一定会比现在好看一些。其他如机关、学校俱乐部的灯罩上,会客室的坐垫上,以及私人睡床的被单上、枕头上都可以采用这些图案。民间剪纸中最好的那些作品,可以和外国现代最好的图案媲美,希望我们的各级学校的美术课,能注意并且提倡剪纸艺术。

一九四四年

谈中国画

有人说："我们既然尊重古代文物，为什么又要改造国画？"

首先我们谈谈对待民族的文化遗产的态度这个问题。我们民族的历史很悠久，有非常丰富的遗产——其中包括文化遗产。这些民族遗产是我们国家的财富，因为它是我们历代祖先的才能与智慧的表现，反映了我们祖先的生活和斗争，以及历代人民的风俗习惯，等等。为了保护古代文物，我们的政府曾花了很大的力，做了许多搜集和研究的工作。我们从博物馆里所陈列的历代文物中，可以很清楚地看见我们民族发展的过程。同时，我们也可以从这些遗物中得到启发，从而创造出更多更好的东西。

保护文物，和如何去看这些文物是两件事。古代文物，是古代人民所创造的，破坏了一件就少了一件，不可能叫古人从坟墓里起来再造一件。所以我们要保护它。至于古代留下的东西，我们怎样去评价，这是另外一件事。这种评价，是从我们的需要出发的，是从我们的见解出发的。这就是说我们是根据今天的需要，来决定哪些东西应该学习，哪些东西可以不必学习。

有人以为我们尊重民族遗产，凡是中国古代的东西，无论什么都是好的。"中国的，就是好的。"这正是"国粹"派，以狭隘民族主义的精神对待古代文物的，是我们在很久以前就反对了的。这种人不知道，我们的许多文物，在当时是适合生活和斗争的需要的，但是现在再硬搬来，已经是落后了。

国画要不要改造呢？这里也必须弄清楚几个问题。所谓"国画"，大概是指用中国的毛笔，中国的墨，中国的颜料，在中国的纸或绢上画的画。比较合适的说法，是民族绘画，是用我们自己的工具和方法，采取我们民族长期所发展的形式来制作的绘画。

当然，这里不会有人误解，以为改造"国画"就像"旧剧改革"那样，把古代人所留下的作品加以修改，那样做，不必说是犯罪。所以"改造国画"这种提法，本身就有毛病。

我们所应该谈的是这样的两个问题：一、我们的绘画如何接受民族绘画的遗产？二、我们如何利用自己原有的工具（中国的笔、墨、颜料、纸、绢）来画新的事物？也就是现在活着的人如何制作所谓"国画"的问题。

古代人的画，是他们按照自己当时的要求画的，他们也或多或少满足了自己的时代的要求，所以他们的作品被看重，而且被保存下来了。我们现在是为活着的人做事，展览会是开给活着的人看的，不是开给死人看的，印刷品也一样，我们的工作，必须满足活人的要求。古代人对我们不会提出什么要求了。但是许多人作画，好像是在努力满足古代人的要求，至于活着的人的意见，他们是不考虑的。

我们的艺术家，总希望人们说我们的画好，即使希望人家指出某些地方不够好，目的也还是希望第二次能画得更好。决不会有人把作品发表了希望人家骂的。假如我们不能创造适合这个时代的艺术，那么我们这个时代就没有艺术。由于临摹，现在的所谓"国画"，和明朝、清朝的画就没有多大区别。许多画都是叫人看了不知道是今天的人画的还是明朝、清朝的人画的。时代变了，人民的生活变了，但所谓"国画"却没有变，"国画"好像是一种说谎的艺术。因此，人家就不相信"国画"了。艺术家一说谎，人民有权利不相信，人民相信艺术家，是因为他说话真实。假如在我们的画上既看不出在题材方面和古画有什么区别，也看不出在表现方法方面和古画有什么区别，那么我们只要把古画印刷就行了，何必要叫许多人去画画呢？他画梅花，你也画梅花，他画兰花，你也画兰花，你画的和他画的除了签名不同之外，就看不出究竟是谁画的。文学艺术最怕是重复，再好的东西，一重复就没有多大意义了。

画是人画的，画不好，要由人负责，假如说"国画"要改造，首先是要改造人。人有什么不好呢？不好就在于不知道人民的要求，看不见时代的变化，就是不适合这个时代。不适合，就要改，改到适合了为止。衣服太大或太小，不适合，要改，改到穿起来适合身材为止。马路太窄，要改，改到便利交通为止。改是好事情，不适合又不改，那只有抛弃。改还是要的意思，抛弃才是不要。现在全中国都在进行改造，改造到适合发展社会主义的要求。听说，有些人不喜欢"改造"这两个字，他们倒喜欢永远被囚禁在抄袭和摹仿的小牢笼里，不愿意把自己解放出来，到无限宽阔的创造的大天地里。也就是说，他们不愿意社会对他们有什么要求。

也有人以为："我们的画，工农兵不爱，怪谁呢？怪工农兵，怪他们文化低，不懂，过了十年八年，他们文化高了，自己会懂的。"

这是一种推卸责任的想法。时代变了，看画的人也变了。过去是官僚地主看画，现在是劳动人民看画。对画的要求当然也不会一样。在画中国画的人们面前的确摆着这样的一个问题：究竟怎么办？

可能会有人发生感慨，觉得他的艺术失去了知音，从此，他只能"孤芳自赏"了。这样，他就不必"改造"了。但是，一个画家假如还有一点活人的气息，他就会知道，现在才是他的艺术真正得到解放的时候，过去他是为极少数的游手好闲的人服务，而现在却是为千百万创造新世界的人服务。过去因为要满足那些半死不活的人的趣味，我们的绘画也成了半死不活的了，现在要满足千百万生龙活虎的人的要求，我们的绘画必须是充满朝气、生命力非常旺盛，看了令人兴奋的东西。

有人说："政府给齐白石做寿，那么，他画的螃蟹和虾米是进步的了。"

这些人的意思是齐白石既然被重视，他们的画也应该被重视；齐白石既然不必改造，他们为什么要改造？

政府给齐白石做寿，奖励齐白石，我以为主要是因为他不但出色地继承了我们民族绘画的传统，而且也出色地表现了他所要表现的东西，他创造了许多好画。他不是一个普通的墨守成规的画家，他是非常勇于创造的画家。他作画的题材很宽，他运用的方法也很多变化。他是一个富有想象力的画家。当然，他也受到时代的一些限制，他没有反映人民的生活。但他还是不愧为我们今天杰出的中国画家。他能深刻地观察对象，再把对象通过自己所创造的方法表现出来。他不画他所没有看见过的东西。有一次，一个人请他画山水。他说："我很久没有看见山水了，我不能画。"他拒绝了。而他的画又常常别出心裁，今年三月间他画了一只青蛙，一只后脚被水草缠住了，它在水里浮着，在它的前面有三个自由地游着的小蝌蚪。画完了，他很高兴，他说这是从来没有人画过的。最近他画了一张荷花，在水里有影子，他说这是他过去所没有画过的。政府奖励齐白石，就是奖励他这种创造性的劳动。他在艺术上所获得的成就，今后还需要有人做一些认真的、比较有系统的研究。我们希望有许多像齐白石一样富有创造性的艺术家，反对一味地临摹与抄袭。奖励齐白石，并不是希望大家都画齐白石一样的画。齐白石只容许有一个，假如大家都摹仿齐白石，也来画螃蟹，画虾米，就是画得和齐白石完全一样了，又有什么意义呢？

有人问："什么叫新国画？"

我们暂且不谈"新国画"这个名词是否恰切。所谓"新国画"，我想大概是指新的中国画，也就是有些画家想在中国画这一门艺术上打开一个新局面，有些新的创造。

原来的中国画，除了极少数的人的作品，大都是老调重弹、千篇一律。这种情况不能再继续下去了，有些人想画一些新的东西。这自然是好的事情。

"新国画"新在什么地方呢？我以为：一、要内容新，二、要形式新。内容新，形式不新，只新了一半；形式新，内容不新，也只新了一半。要内容和形式都新，是不是会变成西洋画？这里就产生了一个如何继承遗产的问题。只有把我们民族绘画的遗产中最可宝贵的部分继承下来，再创造出内容和形式都是新的东西，才能叫做完全新的中国画。

在中国画里，最严重的问题，是人物画。在我们过去，也有人物画的好的传统，但是现在的人物画，却是可怕的衰落了。现在许多人画的人物，没有一丝现实的人的感觉。许多人物，在衣服里面是没有肉体的。看了一些人物画，你就无从了解画的是哪个朝代的人。无论从服装、从姿态、从脸型、从背景，都没有一点真实社会里的人的模样。有些人画美人，画得很多，他们画的那种所谓美人，在公园里，在街上都是看不见的。他们家里的人也不是那个样子。可见他们是在说谎。

其次是山水画的问题。山水可不可以画呢？我以为也可以画。中国这么大，好山好水到处都有，假如画得好，也会叫人产生对自己国土的一种强烈的爱。但是我们所看见的山水画是怎样的呢？这些山水画，大都是从古人的画本中，经过了长期的临摹所凭空臆造出来的。勉强的拼凑和堆砌成了风气。甲画了五个山峰，乙就画六个，丙画七个，甚至画了几十个山峰，画得要塌下来了也不管，还要在那最高的山峰上，用火柴杆子搭了一个小亭，画家的意思叫看画的人能爬上去玩，至于他自己却是在上海的柏油马路上散步的。这也是说谎。

还有一些人，一辈子只画一样东西。有的专门画竹，有的专门画梅花，有的专门画兰花，好像他们一辈子只看见一样东西。要不然就是他们活着只爱一样东西。而他们画的也只是从那些古本里抄袭来的。这样的人无论如何都是很可怜的。

国画，国画，没有变化。变化是有些的，但变化不大。今天的画中国画的人们，应该有点革命精神。这种革命精神不是凭空可以产生的，一要有功夫，二要有胆量。光有功夫和光有胆量都不成。功夫就是对于你所要画的事物的观察和表现的能力，胆量就是你要从因袭的小圈子里突破出来，自己创造的勇气。

画人必须画活人，画山水必须画真的山河。画你自己所看见过的，不画人家已画过很多次的，画人家还不曾画过的。总的一句话，你必须画你自己的画。中国这么大，人这么多，风景这么美丽，生活这么丰富，难道会没有可画的东西么，何必一定要去抄袭人家的东西呢？何必一定要画死掉了的人呢？我从北京到上海，在鲁南、苏北一带看见许多农民把长袍子扎起来，拿了一条鞭子，赶车的赶车，耕田的耕田，那种姿态我认为很美，为什么没有人画呢？为什么非画一个老头子挂了一根拐杖、后面跟了一个琴童不可呢？难道说，他们那种样子也真是很美么？难道说我们国家就没有一所房子是盖得比较结实的？为什么在我们的画里却都是一些用火柴杆拼起来的房子呢？

画新画要有新的感情，要对活着的、劳动着的、战斗着的人有感情。

即使画风景，也要对与人和社会发生密切的关系的自然有感情。作为一个大画家，也必须有思想，他至少对自己的工作有明确的意识：我给人民什么东西？我想向人民说些什么？现在的情况是，有思想的画家太少了。中国画假如不能从士大夫阶级的所谓"怡情养性"的趣味里解放出来，是永远也不会有什么前途的。

我以为必须以对实物的描写来代替临摹，作为中国画学习的基本课程。画人物的必须学习画人体，画速写。画风景的必须到野外写生；画花鸟虫鱼的也必须写生。对人，对自然，都必须有比较深刻的观察。对古画的研究，也必须以新的眼光来进行。我们要以科学的现实主义作为我们批评与衡量我们的艺术的标尺。一幅画的好坏，必须首先看它是否符合社会的真实和自然的真实。

中国画是我们民族的绘画，有着长久的光荣的传统，遗产也无限丰富。我们人民喜爱自己民族的艺术。我们是一个伟大的民族的后裔，我们的画家必须很聪明地继承自己宝贵的遗产，热心地创造描写新的生活的绘画，中国画的前途是很光明的。

一九五三年

画鸟的猎人

一个人想学打猎,找到一个打猎的人,拜他做老师。他向那打猎的人说:"人必须有一技之长,在许多职业里面,我所选中的是打猎,我很想持枪到树林里去,打到那我想打的鸟。"

于是打猎的人检查了那个徒弟的枪,枪是一支好枪,徒弟也是一个有决心的徒弟,就告诉他各种鸟的性格,和有关瞄准与射击的一些知识,并且嘱咐他必须寻找各种鸟去练习。

那个人听了猎人的话,以为只要知道如何打猎就已经能打猎了,于是他持枪到树林。但当他一进入树林,走到那里,还没有举起枪,鸟就飞走了。

于是他又来找猎人,他说:"鸟是机灵的,我没有看见它们,它们先看见我,等我一举起枪,鸟早已飞走了。"

猎人说:"你是想打那不会飞的鸟么?"

他说:"说实在的,在我想打鸟的时候,要是鸟能不飞该多好呀!"

猎人说:"你回去,找一张硬纸,在上面画一只鸟,把硬纸挂在树上,朝那鸟打——你一定会成功。"

那个人回家,照猎人所说的做了,试验着打了几枪,却没有一枪能打中。他只好再去找猎人。他说:"我照你说的做了,但我还是打不中画中的鸟。"猎人问他是什么原因,他说:"可能是鸟画得太小,也可能是距离太远。"

那猎人沉思了一阵向他说:"对你的决心,我很感动,你回去,把一张大一些的纸挂在树上,朝那纸打——这一次你一定会成功。"

那人很担忧地问:"还是那个距离么?"

猎人说:"由你自己去决定。"

那人又问:"那纸上还是画着鸟么?"

猎人说:"不。"

那人苦笑了,说:"那不是打纸么?"

猎人很严肃地告诉他说:"我的意思是,你先朝着纸只管打,打完了,就在有孔的地方画上鸟,打了几个孔,就画几只鸟——这对你来说,是最有把握的了。"

一九七九年

偶像的话

在那著名的古庙里，站立着一尊高大的塑像，人在他的旁边，伸直了手还摸不到他的膝盖。很多年以来，他都使看见的人不由自主地肃然起敬，感到自己的渺小、卑微，因而渴望着能得到他的拯救。

这尊塑像站了几百年了，他觉得这是一种苦役，对于热望从他得到援助的芸芸众生，明知是无能为力的，因此他由于羞愧而厌烦，最后终于向那些膜拜者说话了：

"众生啊，你们做的是多么可笑的事！你们以自己为模型创造了我，把我加以扩大，想从我身上发生一种威力，借以镇压你们不安定的精神。而我却害怕你们。

"我敢相信：你们之所以要创造我，完全是因为你们缺乏自信——请看吧，我比之你们能多些什么呢？而我却没有你们自己所具备的。

"你们假如更大胆些，把我捣碎了，从我的胸廓里是流不出一滴血来的。

"当然，我也知道，你们之创造我也是一种大胆的行为，因为你们尝试着要我成为一个同谋者，让我和你们一起，能欺骗更软弱的那些人。

"我已受够惩罚了，我站在这儿已几百年，你们的祖先把我塑造起来，以后你们一代一代为我的周身贴上金叶，使我能通体发亮，但我却嫌恶我的地位,正如我嫌恶虚伪一样。

"请把我捣碎吧,要么能将我缩小到和你们一样大小,并且在我的身上赋予生命所必需的血液,假如真能做到,我是多么感激你们——但是这是做不到的呀。

"因此,我认为:真正能拯救你们的还是你们自己。而我的存在,只能说明你们的不幸。"说完了最后的话,那尊塑像忽然像一座大山一样崩塌了。

一九五六年

养花人的梦

在一个院子里,种了几百棵月季花,养花的认为只有这样才能每个月都看见花。月季的种类很多,是各地的朋友知道他有这种偏爱,设法托人带来送给他的。开花的时候,那同一形状的不同颜色的花,使他的院子呈现了一种单调的热闹。他为了使这些花保养得好,费了很多心血,每天给这些花浇水,松土,上肥,修剪枝叶。

一天晚上,他忽然做了一个梦:当他正在修剪月季花的老枝的时候,看见许多花走进了院子,好像全世界的花都来了,所有的花都愁眉泪睫地看着他。他惊讶地站起来,环视着所有的花。

最先说话的是牡丹,她说:"以我的自尊,决不愿成为你的院子的不速之客,但是今天,众姊妹们邀我同来,我就来了。"

接着说话的是睡莲,她说:"我在林边的水池里醒来的时候,听见众姊妹叫嚷着穿过林子,我也跟着来了。"

牵牛弯着纤弱的身子,张着嘴说:"难道我们长得不美吗?"

石榴激动得红着脸说:"冷淡里面就含有轻蔑。"

白兰说:"要能体会性格的美。"

仙人掌说:"只爱温顺的人,本身是软弱的;而我们却具有倔强的灵魂。"

迎春说:"我带来了信念。"

兰花说:"我看重友谊。"

所有的花都说了自己的话,最后一致地说:"能被理解就是幸福。"

这时候,月季说话了:"我们实在寂寞,要是能和众姊妹们在一起,我们也会更快乐。"

众姊妹们说:"得到专宠的有福了,我们被遗忘已经很久,在幸运者的背后,有着数不尽的怨言呢。"说完了话之后,所有的花忽然不见了。

他醒来的时候,心里很闷,一个人在院子里走来走去,他想:"花本身是有意志的,而开放正是她们的权利。我已由于偏爱而激起了所有的花的不满。我自己也越来越觉得世界太窄狭了。没有比较,就会使许多概念都模糊起来。有了短的,才能看见长的;有了小的,才能看见大的;有了不好看的,才能看见好看的……从今天起,我的院子应该成为众芳之国。让我们生活得更聪明,让所有的花都在她们自己的季节里开放吧。"

一九五六年七月六日

蝉的歌

在一棵大树上,住着一只八哥。她每天都在那儿用非常圆润的歌喉,唱着悦耳的曲子。

初夏的早晨,当八哥正要唱歌的时候,忽然听见了一阵震耳欲聋的嘶叫声,她仔细一看,在那最高的树枝上,贴着一只蝉,它一秒钟也不停地发出"知了——知了——知了——"的叫声,好像喊救命似的。八哥跳到它的旁边,问它:"喂,你一早起来在喊什么呀?"蝉停止了叫喊,看见是八哥,就笑着说:"原来是同行啊,我正在唱歌呀。"八哥问它:"你歌唱什么呢?叫人听起来挺悲哀的,有什么不幸的事发生了么?"蝉回答说:"你的表现力,比你的理解力要强,我唱的是关于早晨的歌,那一片美丽的朝霞,使我看了不禁兴奋得要歌唱起来。"八哥点点头,看见蝉又在抖动起翅膀,发出了声音,态度很严肃,她知道要劝它停止,是没有希望的,就飞到另外的树上唱歌去了。

中午的时候,八哥回到那棵大树上,她听见那只蝉仍旧在那儿歌唱,那"知了——知了——知了——"的喊声,比早晨更响。八哥还是笑着问它:"现在朝霞早已不见了,你在唱什么了呀?"蝉回答说:"太阳晒得我心里发闷,我是在唱热呀。"八哥说:"这倒还差不多,人们只要一听到你的歌,就会觉得更热。"蝉以为这是对它的赞美,就越发起劲地唱起来。八哥只好再飞到别的地方去。

傍晚了，八哥又回来了，那只蝉还是在唱！

八哥说："现在热气已经没有了。"

蝉说："我看见了太阳下山时的奇景，兴奋极了，所以唱着歌，欢送太阳。"一说完，它又继续着唱，好像怕太阳一走到山的那边，就会听不见它的歌声似的。

八哥说："你真勤勉。"

蝉说："我总好像没有唱够似的，我的同行，你要是愿意听，我可以唱一支夜曲——当月亮上升的时候。"

八哥说："你不觉得辛苦么？"

蝉说："我是爱歌唱的，只有歌唱着，我才觉得快乐。"

八哥说："你整天都不停，究竟唱些什么呀？"

蝉说："我唱了许多歌，天气变化了，唱的歌也就不同了。"

八哥说："但是，我在早上、中午、傍晚，听你唱的是同一的歌。"

蝉说："我的心情是不同的，我的歌也是不同的。"

八哥说："你可能是缺乏表达情绪的必要的训练。"

蝉说："不，人们说我能在同一的曲子里表达不同的情绪。"

八哥说："也可能是缺乏天赋的东西，艺术没有天赋是不行的。"

蝉说："我生来就具备了最好的嗓子，我可以一口气唱很久也不会变调。"

八哥说："我说句老实话，我一听见你的歌，就觉得厌烦极了，原因就是它没有变化。没有变化，再好的歌也会叫人厌烦的。你的不肯休息，已使我害怕，明天我要搬家了。"

蝉说："那真是太好了。"说完了，它又"知　了——知　了——知　了——"地唱起来了。

这时候,月亮也上升了……

一九五六年八月四日

母鸡为什么下鸭蛋

一天,有个小伙子对我说:"有人说你是母鸡,可是下的是鸭蛋。"

我问他:"这是什么意思?"

他说:"你原来学的是美术,后来却写诗。"

这几句话,引起我不少的回忆与感慨。

我从小爱美术,喜欢图画和手工艺。用竹节做成小小的水桶之类,或者用红胶土做个人头,脖子上插上笔套,眼睛、鼻子、嘴、耳朵都有洞洞,吸一口烟往里一吐,七窍喷烟。

我父亲曾对我说:"把你送到贫民习艺所去吧。"

我不知道"贫民习艺所"是干什么的。后来才知道是廉价的工艺美术作坊。我家有一个六角形七开的透光漆点心盒,设计得很好,工艺也很精致,显得大方而高雅,就是"贫民习艺所"的产品,我很喜欢,从此我对工艺美术有了好感。

我的小学美术老师,无论绘画、手工都不错,他可以给演"文明戏"的画舞台布景,也可制作高级的"文房四宝"。我进初中,一年级的绘画老师是学吴昌硕的张书旂(他后来到中央大学美术系教书,画风变了)。初中三年期间,我的功课数绘画最好。我常在不被发觉的情况下,从课堂溜出去写生——画风景。

当时是男女分校。我妹妹在教会学校读书。有一次我去看她,当我离去时,她的两个同学在校门口喊:"下次给我们带画来。"我回头看,她们马上躲进去了。后来我问妹妹她们怎么知道我爱画画,我妹妹说,她们是在美展里看到了我的画,一边看,一边说:"这是蒋希华哥哥画的。"并说她们都喜欢我的画。

我十八岁时,考进国立西湖艺术学院(即现在的浙江美术学院)的绘画系。班里的油画老师是王月芝(台湾人),木炭画也由他教。中国画老师是潘天寿,水彩画是孙福熙。同班同学只有十几人。我常在早饭前,出去画几张水彩风景。但是,我在那儿学习不到一个学期的时间,院长林风眠看了我的画之后说:"你在这儿学不到什么,你到外国去吧。"这样的一句话,使我在第二年的春天敢于冒险,出国到巴黎了。

在巴黎三年。正如我在诗选自序中所说的,是"精神上自由、物质上贫困"的三年。

我爱上"后期印象派"莫内、马内、雷诺尔、德加、莫第格里阿尼、丢勒、毕加索、尤脱里俄等等。强烈排斥"学院派"的思想和反封建、反保守的意识结合起来了。

我的大部分时间为生活所逼,不得不在一个中国漆的作坊里为纸烟盒、打火机的外壳,加工最后一道工序。余下半天的时间到蒙巴那斯的一家"自由工作室"(名字忘了)去画人体速写,也不过是通过简练的线条去捕捉一些动态,很少有机会画油画。只记得曾有一张画几个失业者的油画参加了"独立沙龙"的展览。那张画上我第一次用了一个化名"OKA",后来我有一些诗就用了"裵伽"这个笔名。

我爱上诗远在爱绘画之后。

我的法文基础很差,但我确有比较不差的理解力。

在巴黎,有一个中国学生带了不少汉文翻译的俄罗斯文学作品:

果戈理的《外套》、屠格涅夫的《烟》、陀思妥耶夫斯基的《穷人》、安特列夫的《假面舞会》等等是我初期的读物。

后来我买了一些法文翻译的诗集，如勃洛克的《十二个》、马雅可夫斯基的《穿裤子的云》、叶赛宁的《一个流浪汉的忏悔》和普希金的诗选。

我也读了一些法文诗：《法国现代诗选》、阿波里内尔的《酒精集》等，如此而已。

我没有条件进行有系统的学习和阅读，只能接触到什么吸收什么。

我开始试验在速写本里记下一些瞬即消逝的感觉印象和自己的观念之类。学习用语言捕捉美的光，美的色彩，美的形体，美的运动……

当我的经济能力继续留在巴黎很困难，我只有回国，那时已是"九·一八"事件之后了。而我在马赛上船的日子，正好是上海发生"一·二八"事件的日子。我从巴黎到马赛的路上写了一首《当黎明穿上白衣的时候》，我在红海写了一首《阳光在远处》，我在湄公河进口的地方写了一首《那边》(这三首诗，后来都发表在当年的《现代》上)。

当时我虽然才二十二岁，却没有可能继续学习，我也不愿意靠家里来养活。无论生活与艺术都促使我走上革命的道路。

同年五月，我参加了中国左翼美术家联盟。我和几个革命的美术青年举办了"春地画会"。这个画会不到二十个人。我写了介绍现代法国绘画的文章，用莪伽的笔名在《文艺新闻》上发表。也曾在汪亚尘的"新华艺大"代了几天课。生活完全没有保障。革命的艺术青年，在当时大都是有钱大家花、有饭大家吃。

美联主持下，以"春地画会"的名义在基督教青年会的楼上举办了一次展览会。这个展览会得到了鲁迅的支持，并且拿出他自己珍藏的伟大的德国女画家珂勒惠支的精印的版画同时展出。

在这个展览会上我展出的只是一张从拍纸簿上撕下的纯粹属于抽象派的画。

那天刚好由我值班,我在签名簿上看到鲁迅很小的签名,我就陪他参观,而他并不知道我是谁,却指着我的那张画问:"这是原作还是复制品?"

我说:"是原作。"

他说:"是原作那就算了。"

看来,假如是复制品他就想把它要去。但是我当时的反应很迟钝。多少年来我一直后悔没有把那张画送给他(这张画多少年之后给了张仃,听说早已丢失了)。

而且从那之后,我再也没有机会碰见他——我们时代的最善于战斗的勇士。

同年七月中旬的一个晚上,"春地画会"的会址,受到法租界巡捕房的突然袭击,被看作是共产党机关,十三个美术青年一同被捕。

从那以后,我过的是囚徒的生活。我和绘画几乎完全断了联系。

我自然而地接近了诗。只要有纸和笔就随时可以留下自己的思想感情。我思考得更多、回忆得更多、议论得更多。诗,比起绘画,是它的容量更大。绘画只能描画一个固定的东西;诗却可以写一些流动的、变化着的事物。

我在监狱里写了许多诗。

从《芦笛》开始,《透明的夜》《马赛》《巴黎》……。而《大堰河,我的保姆》是我第一次用现在这个笔名发表的诗,因为当时我的另一个笔名,已被监狱里知道了。这首诗是由律师谈话时带出监狱,寄给狱外的朋友送出去发表的。

决定我从绘画转变到诗,使母鸡下起鸭蛋的关键,是监狱生活。

我借诗思考,回忆,控诉,抗议,……诗成了我的信念、我的鼓舞力量、我的世界观的直率的回声……

出狱之后,抗战开始,一直到解放战争结束,整整有十六七年的漫长岁月,我的精神活动的主要形式是写诗。

诗好像成了我借以生活的职业了。老实说,完全靠写诗维持生活是不可能的。很少人能每天都写诗,鸭蛋也不可能每天都生。

我曾先后在几个学校教语文和绘画。教学工作和创作的关系是淡薄的。

抗战期间,我写的诗比较多,是我整个创作生涯中的一个高潮。

但是,我和绘画并没有完全断绝关系。我也偶尔设计封面,画几张风景,甚至在旅行时带上那种记账的折子,画一些黄河流域的荒漠的景色(曾有几张画参加在重庆举行的全国美展,那时我已在延安)。

我也写了一些有关绘画和木刻的评介文章。在桂林,我评论过李桦;在延安我评论过古元、力群、焦心河、刘岘。

我甚至拿童年时代所喜欢的红胶土,尝试做雕塑。只能说是"玩玩泥巴"而已。

所有这些,只是我对美术的一种含情脉脉的回顾,一种遥远的怀念。

北京解放,使我又一次燃烧起对重新搞美术工作的希望。这个希望是很强烈的。

当时,我的工作是在"军事管制委员会"所属的"文化接管委员会",具体的说是接管"中央美术学院"。

使我特别高兴的是我有机会欣赏齐白石的画。我从心眼里赞叹他的艺术。

我曾约了沙可夫和江丰同去拜访齐白石的家。

他开始用疑惑的眼光看这几个穿军装戴蓝色袖章的来访者。我为消除他的不安,向他作了自我介绍:"我从十八岁起就喜欢你的画。"

"你在哪儿看过我的画?"

"西湖艺术学院。那时我们的教室里挂着几张你画的册页。"

"院长是谁?"

"林风眠。"

他才恍然大悟地说:"他喜欢我的画。"他才相信来访者不会找他的麻烦,而且不经要求,就主动的一连画了三张画,送给我们三个人。应该说,给我的是最好的。

从那以后,我和他有了友谊。或许会有人说我对他有"偏爱",我到处寻找他的画,购买他的画。我写诗和文章赞美他。我从艺术的角度极力推崇他。在国务院为他祝寿的时候,他又送给我一张夹着红笺的画(这是我仅有的两张他送我的画)。

我常常和美院同学一起画速写,也曾试图学雕塑。

但是,时间不久——大概只有一年的样子,又把我从美术工作调到文学工作里了。我的第二次和美术工作的姻缘被切断了。这一次好像是和美术成了永远的告别。

我只能是美术的爱好者。我好像是被嫁出去了的人,最多也只能对美术像"走亲戚"的关系。

我在美术界的确有一些较好的朋友。

有人在评论我的诗的时候,寻找我受益于绘画的因素。所以说我是"母鸡下鸭蛋",我也不生气,因为无论鸡蛋、鸭蛋,总还是蛋,它们之间总含有共同的物质——蛋白质,即使程度不同,都同样具有营养。

同样都是为真、善、美在劳动。绘画应该是彩色的诗;诗应该是文字的绘画。

一九八〇年二月十二日

美在天真

一

最近读到凤霞的一些文章,我好像从一大堆凌乱的旧书里,忽然发现一个贴照簿,里面贴满了旧艺人和他(她)们舞台生活的照片。这个贴照簿向我展开了对我是一个完全陌生的世界,我好像听到凤霞坐在身旁和我们聊天,她以平静的心情在回忆往事,想起什么说什么,像一条小溪慢慢地流着,永远也流不完。

这些文章,有的记录了凤霞自己小时候的生活经历,有的是和她同一时代的老艺人的悲惨遭遇,几乎篇篇都是血泪史和对旧社会的控诉。

凤霞在《摇钱树》里,对旧社会的艺人作了概括地说了沉痛的话:

"谁能知道当年的女演员遭受的苦难有多少?常言说:'生在江湖内,都是薄命人',有多少好演员、红演员落得悲惨的下场!"

"……常有人说:'干你们这行多好哇,穿红着绿,满头珠翠,多么风流哇!生活得多么丰富多彩呀。'这一些好心的外行人哪里知道我们的苦处?"

她在《拜师难》里,简略地写了自己的身世。

她的"父亲",是一个卖冰糖葫芦的,她的"母亲"是一个生了四五个孩子的家庭妇女;凤霞在孩子们里面是老大,童年从十一二岁开始学艺,成了"磕头虫",先后拜了几个师傅,历尽了艰辛。

在《开市大吉》里,写了她穿的衣服都是面口袋染了色缝的,冬天作棉衣,秋天抽掉棉花是夹衣,夏天又抽下一层做单衣;大孩穿了给二孩,一直传到最小的。破到不能穿了,拿破布打"袼褙"做鞋。

《找点活》里,写她拾煤核;到毛纺厂当小工、分线头、扫地。当小工得早早去排队,工头在每人背上画号码;遇到下大雨,怕号码被雨冲掉,宁可淋着雨把衣服脱下来——为的保住那个号码。病了,发高烧也得去干活,晚上还得上台唱戏。

在《练出艺术魅力》里,写了她勤学苦练、刻苦钻研,从扮演一系列配角终于演上了主角。

成了正式演员之后,所遇到的磨难更是层出不穷的。

在《苏三打狗》里,写的是国民党伤兵带了一只大狗上台捣乱,演苏三的凤霞不得不挥舞起鱼枷和狗展开了一场恶斗。

在《神牛的灾难里》里,写《牛郎织女》的演出,她扮牛郎,牵了一头扎着五色彩球的真牛上台。演完了,阿訇到后台要向"神牛"讨个吉利,看了很高兴,不料有谁存心害她,在牛角上挂了一对猪蹄,这可闯了大祸了,回教徒上来揪住她的辫子打她。讨饶结果,罚她请两桌客,"搭"十天桌、白唱十天戏,还要她牵着牛上街示众。

二

凤霞以充满同情心，记述了旧社会老艺人们的悲凉的生活。

《两大块》里，写评剧演员"一代名优"金灵芝、曲艺演员有名的金嗓子高五姑，最后都落得大雪天死在天津的三不管地区。

《手绢的风波》里，写一个男演员张俊生，"是个艺术家"，抽白面，穷极潦倒，妻子也离婚了，晚上睡草堆，饿得在街上抢年糕；偷吃贴海报的糨糊；趴在地上捡烟头；不知挨了多少次毒打。最后连凤霞演戏用的手绢也被他偷了，凤霞苦苦哀求而且给了几毛钱才还她，他拿了钱又去抽白面了……

《大破台——打鬼》里，写财主把一个学唱戏的女孩子"小黄瓜"逼得在厕所吊死了。

《摇钱树》里，写凤霞小时最早搭班的女演员郭大姐，"人长得漂亮，嗓子好，是个文武全才的好演员"。她喜欢一个青年人，尽管他们感情很深，却不能结婚。因为父母把郭大姐当作摇钱树，看管很严。有一次由凤霞陪着，偷偷地去看那青年。

"……他们见面，那个青年脸色青黄，非常难看。他们在东浮桥下谈心，郭大姐叫我背向着他们，还得站得远远的。我像个傻瓜似的在为他们两个望风……

"……那个青年要求她跟他逃走。……她拿不定主意。当时我也没有给她想什么好主意，我说：'你可别跟他跑。女孩子跟男人跑，这是多么丢人的事呀！'

"郭大姐也知道这不可能：'他养不活我呀！我难过的是看见他就可怜他，不看见他可想他，怎么办呀？'她哭的说不出话来了。"

凤霞当时才十几岁,看她哭得可怜,就说:"要是真跟他好,就别这么三心二意。跟他受罪也认了,丢人就丢了!……反正你现在偷偷摸摸也丢人,跟了他就丢个大的吧!"郭大姐说:"不!我不能跟他,他太穷呀。"

那个青年得了重病,郭大姐又由凤霞陪着去看他。

"当时是严寒的冬天,我一人等在小胡同里,冻得浑身发抖。郭大姐说:'我害得他呀,我错了!'我劝她:'你跟他跑吧。''不行了,他已经起不来了,怕是不行了!'可怜的郭大姐一边说一边哭……"

这就是郭大姐和那个青年人最后一次见面。

在同一篇里,也写了另外几个评剧女演员,都是红极一时的,因为成了父母的摇钱树,无论恋爱与结婚都没有自由。

爱莲君到了二十六七岁就死了。

曾轰动上海著名的评剧演员白玉霜到了三十一岁也死了。

凤霞写的一百多篇,可惜我只读了五分之一的篇幅。

凤霞是含着眼泪在说故事。

祖光说她的记忆力特别强,"脑子像个电话簿"。她具有女性的温柔而细腻的观察力,深刻理解人,感情真挚,写来富有人情味。

这些故事都是从生活中来,记事清楚,不需要虚构,语言朴素,自然给人一种逼真感。

她善于讲故事,文章有自己的风格,并不十分注意结构,但层次分明,条理清晰,也能自成章法。

她讲故事外表宁静,内心绞痛而从容不迫,把人引进生活的密林里,一阵阵闻到醉人的幽香。

例如在《手绢的风波》里,写她在演《花田八错》的时候,扮小旦春兰,记述了丫环耍手绢的戏,给人以鲜明而又准确的印象:

"在走'花梆子'时向台前走,把手绢用右手扔出去,左手抓住手绢当中的部分往回带,顺着带劲把手抡圆散开;耍起来用手腕的灵活功夫耍,右手向背后抓住辫子耍辫子穗,两手一同耍,脚下走小旦的磋步,就是脚尖步。要走一个小圆场。配上打击乐器:小锣、梆子等,看上去很火炽。……准有满堂彩声。"

在《画家黄永玉的好妻子——张梅溪》里,写了梅溪作为贤良温顺的女性之后,写到画家:

"永玉可真是一个热爱生活、特有趣味的人,他家老养着小动物,我还见过他养着几只鸟儿,一窝松鼠……两只荷兰猪……这些动物吱吱喳喳地叫着,收音机里放着音乐,小猫在地上床上跳来跳去,大狗在门口吐着舌头喘着气……就在这样比天桥还热闹的环境里,他不声不响地画画。"

把永玉的性格和盘托出了。

我也问过祖光:"凤霞写的东西,是否经过你的加工?"

祖光笑了,他说:"完全是她自己的。"接着他又说:"我只是改改错别字。"

随着他讲了一件事。他们有一个朋友,外号叫"胖子",祖光要找他的电话号码,在凤霞的记事本上怎么也找不到。问凤霞,凤霞指出她所记下的电话号码说:"这不是吗?"祖光一看,原来凤霞把"胖子"写成"肚子"了。

我当然相信。因为凤霞的叙事,采取的是平常谈话的方式,语言不求华丽,而观察细微,又夹着许多旧艺人的行话,所有这些是别人不能代替的。

三

凤霞旧社会演过文明戏、时装戏、清装戏、古装戏、京剧,唱过大鼓;她演过不少的传统剧目:《凤还巢》《红娘》《锁麟囊》《棒打薄情郎》《红楼二尤》《玉堂春》,还有一些应节的戏:《小过年》《花为媒》《洛阳桥》《白蛇传》《嫦娥奔月》等等。她的戏路宽,肯下苦功夫钻研。作为演员,她有自己出色的成就——无论表演艺术上、唱腔上都有突出的造诣,所以在解放前已经在京津一带赢得了很大的声誉。

解放后,她从一个"江湖艺人"成了一个革命的文艺工作者,演了不少新剧目或经过改编的剧目:《杨三姐告状》《祥林嫂》《牛郎织女》《花为蝶》等。而使她广为群众欢迎的是一个为宣传婚姻法起了很大作用的《刘巧儿》。

她以炽热的感情歌颂新社会。

起初发现她的是赵树理。赵树理又约了老舍去看了她在天桥的演出。

一九五〇年,她与吴祖光认识,一个是演员,一个是剧作家、导演,志同道合。

一九五一年她在不无阻力的情况下和祖光结婚,不久参军(在部队文工团)。

嫁到吴家后,她感到非常幸福,有了真正的爱情生活。从生活方式到文化都大大地提高了。她也交识了许多文艺界的新朋友。祖光开始帮助她提高文化——就像一个学生似的练习写作文。她和祖光一同拜白石老人为师,想学画。

但是好景不长。

一九五七年"反右斗争"后,祖光被错划为"右派分子"。

一九五八年初春,一个大雪纷飞的日子,祖光和五百多个同命运的人一起被送到北大荒国营农场劳动。想不到她也受株连。

曾有人劝她和祖光离婚,告诉她丈夫是回不来了,离婚了对她如何有利。

她说:"王宝钏在寒窑等十八年,我要等二十八年。"

那人拍了桌子说:"那你就等吧!"

她仍在北京以及外地演戏,但是在下列情况之下:不能演党员;不能演英雄人物;报上不做宣传;不断地受到各种的折磨……这都是可以想象的。

然而人们即使在很远的边疆,一听到播送评剧《刘巧儿》,就会听到嘹亮的:"巧儿我……",就会想起凤霞,梳着大辫子,穿着农村花布裤褂,那个敢于和封建制度反抗的姑娘的纯朴的模样……

如今冤案、错案都得到平反,祖光的问题也得到改正,凤霞受株连的影响也早已消除;但是她失去了健康,一在一九七五年未能逃脱"四人帮"爪牙的迫害,导致半身不遂,至今行动不便,不能上台演戏了。

就在这样的情况下,她发奋图强,以坚贞顽强的性格,陆陆续续写了一百多篇文章。她遵照医生的嘱咐练习画画——画一点花卉之类。朱丹说凤霞的画:"好在不俗";祖光说凤霞的文章:"一片天籁";而我却认为:"美在天真"——这太难得了。

从一个戴着"鱼枷"上场的苏三,到高唱妇女解放的刘巧儿,中间经历了数不清的折磨,而她的艺术始终为广大群众所喜爱;如今她虽然不能上台了,但她的唱片、她的文章都传播得更为久远。

一九八〇年一月八日

我曾经喜欢

我小的时候,喜欢到附近的小河边去拣晶莹的小石块,玲珑透剔的小石块。

我年轻的时候喜欢美术,我曾经学习绘画。

一九三二年七月,我在上海被捕,不能再从事绘画了,我就以写诗来抒发我的情怀。从此,我和诗结下了不解的缘分,直到今天。

我以诗反映我所生活的时代。抗日战争时期,我写了大量有关抗战的作品:《向太阳》《火把》《雪里钻》《反法西斯》……延安文艺座谈会之后,我写了大量歌颂劳动英雄的诗;解放后,我写了《欢呼集》《宝石的红星》《海岬上》《黑鳗》……十年动乱之后,我写了大量控诉"四人帮"罪恶的诗。

我把我的心血都灌浇在诗的创作上。

但是,人各有癖好。

我喜欢收集小工艺品,包括各国的小玩意儿:中国的橄榄核雕的小船,日本的象牙雕的花生……

我喜欢葫芦,惊叹大自然的创造,收集各种类型的葫芦:双腰的、长柄的、圆形的、八角的、大的、小的。我曾经买到一个小葫芦,只有豌豆么大的,双腰的小葫芦,据说是清朝的小葫芦。可惜被一个朋友给掰断了。

我喜欢海螺,收集了不少的海螺,大的像皇冠,小的像珍珠,黄的像玛瑙,绿的像翡翠。我常常为了想购买一个海螺,往返几次,徘徊在商摊旁边。

一九五四年,我到南美洲,在聂鲁达的别墅里看见了他所收集的上千上万的海螺,我真羡慕啊!

一九七九年二月,我同诗人们到海南岛,在海边拾海贝。一个海浪扑来,推上来几个小海贝,海浪退了,我马上跑去拣,不料又一个海浪扑来,把我的衣服打湿了,我曾大声地叫嚷:"海浪打了我一巴掌!"但,我是高兴的。等大家都休息了,我把拣来的海贝冲洗得干干净净,摊在桌子上欣赏,然后用手绢包起来。

我曾写了一首《拣贝》:

　　大海的馈赠
　　　是无穷的

　　阳光下到处是
　　俯身可取的欢欣

　　海滩上的天真
　　浪花里的笑声

我喜欢椰子壳,我常到水果铺去挑选各种椰子,回来用刀斧劈去它的外皮,把内壳细心加工,制成各式各样的盒子。上海画家唐云很赞赏,并且要了一个作为纪念。

我记得五十年代，我曾在印度展览会上买了一个孪生的连体的大椰子壳的半边。我随身带了它很久，现在已不知道它到哪儿去了。

我喜欢核桃壳，挑选了特别大的、特别小的，形状奇怪的核桃壳。

在哈尔滨省委招待所的院子里，有许多棵很大的山核桃树，我在那里时，正当核桃成熟了，大风一吹，纷纷掉下来。我每天去拾，搓去外皮，洗了晾干。我拾了一筐，我就是喜欢它们。

我也写了一首《山核桃》：

一个个像是铜铸的
上面刻满了甲骨文
也像是黄杨木的雕刻
玲珑透剔、变化无穷
不知是天和地的对话
还是风雨雷电的檄文

我也喜欢化石。我搜集了远古的小动物的化石：鱼化石、蚌壳化石、螃蟹化石，我现在还保存了一个鸵鸟蛋的化石。

我喜欢这些东西，常常废寝忘餐。格言说："玩物丧志。"我也的确为它们消耗了时间。

但是，它们转移了我的过于疲劳的思维活动，使我的脑子得到了充分的休息。

大自然是慷慨的。所有这些就是它的馈赠，它的施舍。我从这些东西得到了美的享受，因之，我也更爱生活。

一九八一年

怀　念

离别带来了怀念

时间越久，怀念越深

前不久，我们在美国度过了愉快而又紧张的四个月，在这四个月里，使我感触最深的，是同旅美同胞相处时他们流露的对祖国的热爱。我们相互间增加了了解，增进了友谊。

在衣阿华所举办的"国际写作计划"中，只有我们三个人——王蒙、高瑛和我是从中国大陆去的。而在衣阿华举行的"中国周末"时，却来了三十多个中国人。这真是一次盛会。

他们从纽约、芝加哥、洛杉矶、旧金山、波士顿、圣迭亚戈、俄亥俄、威斯康星、印地安纳等地远道赶来参加，还有从台湾和香港来的。"中国周末"，虽只有四天的会。然而每天都置身于热烈的交谈、讨论和欢乐的聚会当中，好像在过节。

在美国的华裔作家、诗人，大都是旅居美国二三十年了，入了美国籍。大都是随父母离开大陆到台湾去的，有的连祖国什么样也不知道。但他们都关心祖国、热爱祖国、问这问那，都强烈地想了解祖国、向往祖国。这种感情，时间越久，思念越深。

"中国周末"之后,我们三个人曾到芝加哥、纽约、费城、纽黑文、波士顿、华盛顿、印地安纳、洛杉矶、旧金山等地游历。每离开一个城市都有人送,每到一个城市都有人接,接送的人都是不认识的,接到家里,一住就是三五天,有的甚至十天,天天像接待亲人,自己开汽车陪我们出去游览,请我们吃中国饭,用来自大陆、台湾、香港的卤菜罐头款待我们,给我们喝绍兴黄酒;做麻辣豆腐、梅干菜烧肉这些家乡口味的菜;陪我们去吃烧饼、油条……处处使我们感到温暖。

有的一见面就抱着痛哭流涕,有诉不完的衷肠……

这都是为什么?

都因为我们是中国大陆去的中国人!都因为长期被隔离才见到的中国人!都因为对我们经受了多少年的动乱之后出国的人寄予同情。这是对同胞血肉般的感情。

再没有旅居国外的人们感到"祖国"两个字的意义的深刻了。生为中国人,光荣与耻辱、冷与热,每天都感受到。祖国富强了,可以仰起头来走路;祖国衰落了,走路低着头。对祖国的每一变化,都体会很深。

他们是敏感的,好像身上安了什么遥控的机器似的。许多人在大陆有亲戚朋友,关心他们,想念他们。有少数人曾回国探亲访友,热爱祖国的山山水水。看到密西西比河就想起奔腾的长江,当衣阿华的树叶红了就想起西山红叶……

有几个画家,在国外很有名,举行过多次展览会,但在心里感到遗憾的是祖国不知道他们,祖国的人民不了解他们,多么希望能在祖国举行一次展览。写小说的、写诗的也一样,多么希望祖国能发表他们的作品。

旅居国外的人们年老的大都有"叶落归根"的思想。他们在国外已经几十年了,生儿育女。有人放弃学说,在家里教儿女念汉文。有人把侄子接到美国去继承遗产,但侄子住不多久就吵着要回国。侄子说:"人家再好也是人家的","人不是光有钱就能生活的"。侄子看重自己的理想。

总而言之,他们对我们的深情厚谊,我们将永远铭记在心中,依依惜别的情景,永远留在我们心中:

> 怀念你们啊
> 远方的朋友
> 我们在一起
> 度过了欢乐的日子
> 忘不了你们
> 忘不了你们所交付的友情
> 每当我想起一个地名
> 我就想起那里的朋友
> 每当我想起一个人名
> 我就想起那里的地名
> 这些地名和那里的人
> 深深地藏在我的心

一九八一年春节

怀念天山

天下的名山大川很多，唯独天山和我的关系最深。最近我坐飞机从欧洲回来，在飞越中亚细亚之后，我问航空服务员："什么时间到新疆？"我的目的是要从高空看天山。临到国境线上，我从一万米的上空看下界的万重山，时间是早晨，天山的雪峰映着初阳，像大海中的万顷波涛奔腾而过……

天山！雄伟的天山！壮阔的天山！

我就曾经在这茫茫无边的群山的脚下生活了十六年，占我的生命的四分之一的时间，今天我看到它，怎能不激动呢？

我是在一九五九年冬天到新疆的。从那之后我曾多次进出玉门关。我从星星峡、哈密到吐鲁番的路上看见了火焰山。远远看去，好像在燃烧着千年不灭之火，难怪古代的诗人由它而产生了神话——孙悟空借了铁扇公主的扇子想扑灭火焰山。

我第一次到乌鲁木齐之后，我接受了一个任务，写一个活动在天山一带的出色的驾驶员。我几次到天山里面的一个夹谷——后峡，从住帐篷到住楼房，那儿有一个新建立的钢铁厂，交识了不少人。我曾几次到一个四千多米高的明槽——南北疆分界的地方。那是个新辟开的山口，风很大，有一次还刮着风雪，而山下却是一片骄阳。

在明槽附近有一片永不消融的冰大坂，很大的银白色的平面，谁也不知道那儿的冰有多厚。

那时，我们所走的一条解放后新开辟的公路。天山的路是难走的。公路有些段落很窄，不仅窄，而且大都是急转弯，汽车必须不断地按喇叭，以便对面来的车找一个比较宽的地方等着，让这辆车过去了再走。

路的旁边，上下都是陡直的崖壁，在灌木丛的掩盖下的深渊，不断地传来山涧的流水声，那正是水獭出没的场所。

想当年筑路的人们该多么艰难。公路经过的几个地方，山夹口的平坦的处所，可以看见留着纪念碑，那就是埋下筑路时死了的人的坟墓。让我们过路的人采上一束野花向他们致敬吧。

在这条公路上还可以看见牧民从这个草场搬到另一个草场，他们只要两匹骆驼就把帐篷和家具，全家男女老少都搬走了。他们走山路就像在平地上一样地安详。听说这条公路如今已加宽了。

我也常常跟随热心于边疆建设的人们进入天山。天山里面有煤矿、铁矿、有石灰窑、水泥厂、陶瓷厂、玻璃厂，有不少的居民点，有的已经形成村镇。

在天山的北坡，覆盖着葱郁的云杉、塔松林。这些树种的生命力特别旺盛，它们常常依靠积雪融化的一点水，让种子发芽，把根扎入岩缝，紧紧地攀住岩石，把枝干直直的指向高空生长，既茂密又整齐地蔓延几十公里，形成苍茫的林海。

我曾经到煤矿的路上看见无比巨大的红色的岩层，远远看去像古代的城堡，比什么建筑都更雄伟。我们的画家和建筑师可以从中得到启示。

天山里面的著名的紫泥泉种羊场，是培育细毛羊的基地，那儿有百年以上的榆树林构成幽美的风景。树林里有蘑菇。这一地区的土壤肥沃，土豆特别大——有的一个一公斤多重。吃起来又甜又面。种羊场的主人很热情，我们曾经吃到非常丰美的晚餐。

天山里面，在石灰窑不远的地方发现有温泉。军垦农场的一个师政委曾和我谈起，他想在温泉边盖一个疗养院，让军垦战士有休假的地方。但他却在没有实现计划之前已被调到另外的省去工作了。

你要在天山南麓，在孔雀河畔的库尔勒，能吃到世界上最好的梨。它们的个子不大，但水分充足，用不到削皮吃，核特别小，这种梨具有香、甜、脆三种长处。

我从乌鲁木齐到奇台，公路沿天山北麓向东伸延，天山像无比长的壁垒横列在南面，雪线是平直的，雪线以上群峰矗立，而五千多米高的博格多峰像银色的古寨在闪光，构成了出于神笔的画卷。

天山是新疆中部众河的母亲。

从天山群峰化雪的水流经夹谷，或是拦成大大小小的水库，或是砌起长达几百公里的水渠，灌溉农田，构成成百个商品粮的基地，种植棉花和各种经济作物和瓜果，满足人们生活的需要。

新疆的哈密瓜自然是闻名中外，其实新疆的西瓜（小籽西瓜）也是最好的品种。

后来的岁月，从一九六八年夏天开始，我是在军垦农场的一个连队里度过的。那个连队离天山很远。但我无论在哪儿，只要是晴天，我都要朝南方寻找它的影子。有时它混在白色的云团一起，几乎分辨不出哪是云，哪是它的雪峰。而在万里无云的日子，它就像浮在空气里似的，向我露出和善的微笑。

使我感到遗憾的是：东面没有到吐鲁番盆地，那是产无核葡萄和长绒棉的地方；西面我没有到伊犁地区，听说路上可以经过果子沟，是七十华里长的一片野果林。我也没有到过天池。

感谢新疆人民出版社的《天山》提供了二百幅彩片、摄影,对天山做了比较全面的介绍,热情地歌颂了祖国的大好河山,对有心作西北之游的人们是一个详尽的介绍。希望画家们为如此壮丽的景色多留下些笔墨,以丰富我国艺术的宝库。

此文是为新疆人民出版社出版的《天山》画册所写的前言

否定的艺术

一

对艺术的否定
产生了否定的艺术

现代的有一些艺术
与人类社会的生活关系
　　　越来越稀薄
甚至
既不考虑人的生活所发生的问题
也不想借艺术的手段解决这些问题

艺术徘徊在虚无主义的荒原

艺术里看不见人民
人民中看不见艺术

不和人的生活相联系
艺术失去了延续的生命

现实没有艺术，还是现实
艺术没有现实，没有艺术

无内容的艺术
等于无意义的语言
只有声音而不知所云
语言就丧失了价值

艺术作为人的创作活动
总是有目的的行为

无意识的行为
失去理性的行为
等于醉汉的打架
　疯子的争吵
　白痴的叫喊

二

任何形式都是和内容
紧密地联系在一起的

无形式的艺术不是艺术

排除了对实物的再创造

任何实物本身都是艺术

艺术家就不存在了

艺术也决不停留在

  对实物的复写

每个艺术家都会从实物中

  去找出自己感兴趣的东西

  然后进行把实物"重新塑造"

要是没有最后这一道工序

艺术就没有灵魂了

谁也应该知道

艺术不是摄影

——虽然摄影倒可以成为艺术

要是艺术只能起到摄影的作用

国家何必办艺术院校呢

办一些摄影训练班就行了

假如艺术的高低

只是以摹拟自然的真实为标准

那么现在的彩色摄影

就可以成为最高的艺术了

把艺术家当作摄影师
把艺术家贬低为摄影师

我们正希望摄影师成为艺术家
连摄影也需要把实物
  提高到具有重新加以"塑造"的
    地位

三

艺术要有独创性
没有独创性
便失去独立的价值
但是仅有独创性
并不等于艺术
假如仅有独创性就是艺术的话
两个盲人在打架就是艺术
醉汉和疯子都是艺术家了

仅只是新奇
仅只是怪癖
仅只是"出奇制胜"
那样的话
所有病态的东西
  都是最美的东西了

只要把生物学上所有的变种
　　陈列出来就行
何必要有艺术馆呢

四

艺术创作离不开技法
技法服从于表现的需要
任何技法都是属于艺术家个人的
艺术家只有掌握了他自己的技法
才具备艺术家的"个性"的东西
没有"个性"的艺术家
就不是"真正意义"上的艺术家

但是现代的一些艺术
失去独立的地位
从属于建筑
　　从属于室内的装饰
常常停留在技法上
不准备借技法说明任何事物

于是产生了所谓"抽象派"

五

抽象的绘画、雕塑或其他
排除了客观世界的实物形体
弃绝社会生活的真实的内容
产生了抽象的形体的组合
抽象的线条、抽象的色彩
单纯从构图上寻找
　新的节奏、新的韵律
把艺术创作发展成为
　无意识的、无理性的活动
每块太湖石
每块鹅卵石
都可以成为抽象派的最好的雕塑

专门追求新奇与怪诞
从中寻找某种快感
无思想内容的快感
纯粹属于神经末梢的刺激
动物性的、生理上的刺激
是属于神经错乱的作业
最多也只是把艺术当作游戏

六

变态的世界

产生变态的艺术

以不被理解为骄傲

以自许的荣誉维持创作的狂热

从放任到放荡

消除现代生活所引起的精神苦闷

这样的艺术

不可能引起普通人思想感情的共鸣

只能为数极少的人所理解

——谁也不可能真正的理解

陶醉于抽象的线条和色彩

只能说明现代人的心理危机

对现状的憎厌与恐惧

既不能认真地思考

　　　也不能认真地解答

无视现实、不敢正视现实、逃避现实

没有呐喊

没有愤怒的发泄

没有疯狂的抗议

不能丝毫改变现实

七

为什么也有人爱上抽象派的艺术呢
这就像有人爱上吸饮麻醉剂似的
　　引起官能上的刺激

抽象派的艺术
不是蔬菜和粮食
也不是糖和酒
甚至也不是任何饮料
抽象派的艺术
是艺术的变种
即使不是毒瘤
　　也是含有吗啡和尼古丁

八

作为百花园中的
　　一种奇花异卉未尝不可
如今却是西方艺术界的
几乎是铺天盖地的存在
这是艺术的危机
而这个危机与资本主义世界的
　　失业、能源恐慌、通货膨胀是
　　一样的不治之症

这当然只能说是
对原有含义的艺术的否定
从而产生否定的艺术

世界上最容易做的事
莫过于否定一切

它也等待着新的否定

一九八〇年

从回忆中醒来

一九三一年九月十八日,日本关东军侵入中国东北,占领了沈阳。那时我在巴黎。一天我出去写生,一个法国人好像喝醉了酒,踉踉跄跄地走来对我喊道:"中国人,你的国家都快亡了,你还在这儿画画!"

不久,法国咖啡店里出了一种点心,又酥又软,又香又甜,名字叫作"中国人",你到咖啡店吃早点的时候,会听到"给我几个中国人!"中国人受到侮辱。

我怀着民族的仇恨参加了"反帝大同盟",在一次东方支部开会的时候,我写了一首《会合》,燃烧着愤怒之情。

一九三二年一月二十八日,日本军队进攻上海,激起上海军民的抵抗。刚好在这一天,我从马赛坐船回国,一路上凡是有华侨的地方都放鞭炮庆祝胜利。但是,胜利被出卖了。国民党和日本侵略军签订了臭名昭著的《淞沪停战协定》。中国依然过着屈辱的日子。我在上海看见战后的一片废墟,我忍不住哭了。

一九三七年抗战开始了,我到了武汉。战争是艰苦的,国民党右翼想投降,我在同年十二月二十八日写了《雪落在中国的土地上》。以悲凉的诗句,写出人民的苦难。

一九三八年四月,我回到武汉,写了长诗《向太阳》,作为对抗战的颂歌,对一个觉醒了的民族的欢呼。

五月,我写了《反侵略——给日本的士兵大众》:

为什么
你们从东京
　　　从大阪
　　　从名古屋
背了枪
装满了子弹
到中国来?

为什么
你们在上海
　　　在南京
　　　在北平
拔出刺刀
戮杀了
无罪的中国人民?

当你们
用密集的枪火
扫射
　　哀叫着的
　　颤抖着的
　　奔逃着的中国人民

你们

能否想一想

他们和你们

有什么仇恨?

七月,我根据照片写了《人皮》:

这是从中国女人身上剥下的

一张人皮……

不幸的女子啊!

炮火已轰毁了她的家,

轰毁了她的孩子,她的亲人

轰毁了她的维系生命的一切

不知是为了不驯从羞辱的戏弄呢

还是为了尊严的倔强的反抗呢

敌人把她处死了——

剥下了无助的中国女人的皮

在树上悬挂着

悬挂着

为的是恫吓英勇的中国人民

…………

在十二月一日,桂林遭到日本飞机的狂轰乱炸,我写了《死难者画像》:

一个死了的女人的旁边

并卧着一个小孩

他的小小的手臂

他的断了的手臂

搁在他的身体的附近

——这小生命已伴随他的母亲

在最后的痛苦里闭上了眼睛

在池的那一边

横陈着一个未死的人

他的头和脸

已完全被包扎在白布里

白布渗透了血

他是连最后的叫喊声也不能发出了

而他的肚子

却缓慢地起伏着

呼吸在痛苦里

呼吸在仇恨里

就在这未死的人的脚边

摆着另外一个人——

怎么说他是一个人呢

他只剩下了胸部以上的一段肉体

胸部以下的

肚子

腿

脚

还有两只劳动的手

都到哪儿去了呢?

在乱发里嵌着惨白的脸

黄色的牙齿露在外面

又是一个中年的妇人

她的家属来了

把一扇板门放在她的身边

然后把她的僵硬了的身体放到门上

看见她的被炸开了的后脑

血已浸湿了一大片土地

她的家属在解脱她的衣服了

又解开了她的内衣

噫,她是一个孕妇……

一九三九年春末,我写了长诗《他死在第二次》;三月末我写了长诗《吹号者》,在《纵火》一诗里,我写了:

……已是黄昏了……

这时候,看:

一个五六岁的女孩

无力地,悲哀地走着

脆弱的小手

抱着一条破烂的被絮

　　在失望里疲乏了的两颗大眼

　　看着前面——

　　前面是

　　冬季的荒凉的原野；

　　而她的背后

　　那使整个苍穹都变成乌暗的

　　是万丈冲天的浓烟……

一九四〇年五月初我写了长诗《火把》。到重庆，六月十一日遇到重庆大轰炸，我写了《抬》：

　　请大家记住

　　这些都是血债……

我虽然没有到过前方，我却经受了日本空军的狂轰乱炸——上海的大轰炸、武汉的大轰炸、桂林的大轰炸、重庆的大轰炸、延安的大轰炸。

在桂林，我住的房子被炸毁了；有一次，我在郊外，一个弹片落在离我只有两三米远的地方。我是战争的幸存者。

穷凶极恶的日本法西斯所发动的侵华战争，经历了八年，直到一九四五年八月十五日，终于以日军无条件投降作为结束。当宣布日军投降的消息传到延安的夜晚，我在一片锣鼓声中写了《狂欢的夜晚》。我的大量的诗都是日军暴行的见证。我的许多诗都已译成许多文字，其中也包括日本文字。

作为这场战争的真正发动者是日本军阀，日本法西斯是这场战争的罪魁祸首。无论是中国人民、日本人民都是这场战争的牺牲者。

今年四月，我有机会第一次到日本，得到日本人民热情接待。日本人民是友好的，中日人民的友谊是长存的。想不到日本文部省居然篡改侵华的历史，为日本军国主义招魂，这除了让中国人民回忆起所受的苦难，使中国人民得以重温这场战争的经历而感到义愤之外，还能有什么作用呢？

一九八二年八月十一日

新加坡的聚会

今年一月十三日,我们到新加坡参加"国际华文文艺营"的讨论会。从北京到新加坡,是从冬天赶往夏天的聚会。

"国际华文文艺营"的讨论不仅在东方是创举,即在世界上也是创举。新加坡处在太平洋与印度洋的连接点上,是一个四季如春的地方,我对能参加这次聚会感到荣幸。

感谢新加坡东道主为我们安排了这样的聚会,使许多国家从事华文写作的作家和诗人们在一起讨论如何发展华人文学的问题。

过去由于种种原因,诗人作家之间的距离被拉远了,彼此失去了联系与了解,这原是不正常的现象。现在大家能坐在一起,靠近了,心灵有了交融,是个良好的开端。

华文文学不但有悠久的历史,而且有非常丰富的传统。华语是一个表现力极强的语种。华文文学可以和世界最优美的文学比美。

人类的历史,即使有迂回,总是向进步的方向发展的。无论如何变化,也总是反映到文学上。

诗是最敏感的。近代中国的巨大变革,一九一九年五四运动开始了白话文的文学革命,有了新诗的革命。

一九三七年,中国的诗人和作家们把自己的命运和整个中华民族的命运联系在一起，进行了艰苦的抗日战争。当代的一些著名诗人和作家都是战争年代涌现出来的。那时候的作品影响了整整一个时代，直到今天依然广为传诵（那时候，有些人到了东南亚，到了新加坡，而且传下了种子）。

我们从来也不反对向外国学习。我们的新诗，从它诞生的时候起，就深受外国诗歌的影响，这种影响使我们的文学艺术更加丰富、更加发达。

文化像水，像空气，是会流动的。文化在交流中产生影响。只要善于吸收，善于借鉴，就会发扬光大。

在发展民族文化、如何吸收外来文化影响方面，我们一贯采取求大同存小异的方针。

在如何对待民族遗产的问题上，我们既反对"唯我独尊"，也反对民族虚无主义的态度。

去年春天,我在日本参加联合国教科文组织的"亚洲作家会议"上，曾说过："咖啡与茶叶可以并存，鸦片与大麻必须禁止；科学和迷信应该区别。"这样的观点为大家所首肯。

工业的高度发达，科学技术的迅速进步，都给人类带来幸福。

它同样给许多国家造成大规模失业、空气污染，以及其他的许多社会问题。

在引进外国文学的同时，也同样要防止就有上千万的华人——也即是若干年前从闽、粤甚至黄河平原流徙到那一带的中国人的后裔。他们在中秋也赏月，上元佳节也吃元宵、挂彩灯。尽管有的经过了几代，也大都还操着华语，在极端困难的条件下念着华文，出版着华文报纸书刊。在他们中间，也涌现着一批批新老作家。像我们一样，他们也日日夜夜地在用方块字（有时还蘸着血泪，例如写到日本占领时期的题材）写着诗歌、小说和散文、随笔。他们也有文艺团体（如文艺研究会和写作人协会）。他们怀念郁达夫、老舍和王任叔。他们也自称是五四运动的产儿。事实上，在反帝反封建，在提倡民主与科学这些大方向上，大家的目标是共同的。今天，我们也同样在现代化的大道上前进着。

我们为了现代化，正在搞着文字改革。先从简化汉字入手，最终要摆脱方块字，朝着拉丁化迈进。

东南亚的华人所面临的，却是如何保存华文的问题。这比保存华语更要困难多了，因为这涉及国立学校里（如在马来西亚）教什么文的问题。同时，由于跨国公司林立，还有个饭碗问题。然而保存华文华语，对东南亚华人绝不仅仅涉及文学创作，而是个民族文化的"认同"(identity)问题，也即是保存他们固有的（从中国带去的）文化，还是丧失掉，被同化到旁的文化中去。

在告别宴会上，邝摄治意味深长地指出，尽管英文英语在经济前途上好过华文华语，但是当一个外黄（肤色）内白（文化）的"香蕉人"是痛苦的。那样，就会像无根的浮萍般地飘荡了。

我深深感到我们应该关心那个角落里华人所面临的问题，帮助他们不要把"根"丧失掉。不但关心，而且应该给以有力的支持。

这次在新加坡举行的国际文艺营的与会者中间，有一位贵宾特别引起我的注意。他就是日本东洋大学的今富正巳教授。十五年来，他一直献身于新马文学的研究。他告诉我说，在日本，像他这样专门从事新马文学研究的，有将近十位。他在大学讲授这门功课。每当放假就去新加坡和马来西亚旅行。他们正在筹备新马文学研究会。我听了十分惭愧。

难道我国大学的文学系里，不更该设这门课？文学研究单位里，不更该有专人从事这方面的研究工作吗?

对新马文学的评论和介绍,只能在研究的基础上进行。

目前,甚至在华人占人口近百分之七十的新加坡,华人也处于江河日下的趋势中。对新马文学的支持,是雪中送炭。这炭还要送得快一些才好。

一九八三年

忆白石老人

一九四九年我进北京城不久，就打听白石老人的情况，知道他还健在，我就想看望这位老画家。我约了沙可夫和江丰两个同志。由李可染同志陪同去看他，他住在西城跨车胡同十三号。进门的小房间住了一个小老头子，没有胡子，后来听说是清皇室的一名小太监，给他看门的。

当时，我们三个人都是北京军事管制委员会的文化接管委员，穿的是军装，臂上带臂章，三个人去看他，难免要使老人感到奇怪。经李可染介绍，他接待了我们。我马上向前说："我在十八岁的时候，看了老先生的四张册页，印象很深，多年都没有机会见到你，今天特意来拜访。"

他问："你在哪儿看到我的画？"

我说："一九二八年，已经二十一年了，在杭州西湖艺术院。"

他问："谁是艺术院院长？"

我说："林风眠。"

他说："他喜欢我的画。"

这样他才知道来访者是艺术界的人，亲近多了，马上叫护士研墨，带上袖子，拿出几张纸给我们画画。他送了我们三个人每人一张水墨画，两尺琴条。给我画的是四只虾，半透明的，上面有两条小鱼。题款：

"艾青先生雅正 八十九岁白石"，印章"白石翁"，另一方"吾所能者乐事"。

我们真高兴，带着感激的心情和他告别了。

我当时是接管中央美术学院的军代表。听说白石老人是教授，每月到学校一次，画一张画给学生看，做示范表演。有学生提出要把他的工资停掉。

我说："这样的老画家，每月来一次画一张画，就是很大的贡献。日本人来，他没有饿死，国民党来，也没有饿死，共产党来，怎么能把他饿死呢？"何况美院院长徐悲鸿非常看重他，收藏了不少他的画，这样的提案当然不会采纳。

老人一生都很勤奋，木工出身，学雕花，后来学画。他已画了半个多世纪了，技巧精练，而他又是个爱创新的人。画的题材很广泛：山水、人物、花鸟虫鱼。没有看见他临摹别人的。他具有敏锐的观察力，记忆力特别强，能准确地捕捉形象。他有一双显微镜般的眼睛，早年画的昆虫，纤毫毕露。我看见他画的飞蛾，伏在地上，满身白粉，头上有两瓣触须；他画的蜜蜂，翅膀好像有嗡嗡的声音；画知了、蜻蜓的翅膀像薄纱一样；他画的蚱蜢，大红大绿，很像后期印象派的油画。

他画鸡冠花，也画牡丹，但他和人家的画法不一样，大红花，笔触很粗，叶子用黑墨只几点；他画丝瓜、窝瓜；特别爱画葫芦；他爱画残荷，看着很乱，但很有气势。

有一张他画的向日葵。题：

"齐白石居京师第八年画"，印章"木居士"。题诗：

"茅檐矮矮长葵齐，雨打风摇损叶稀。干旱犹思晴畅好，倾心应向日东西。白石山翁灯昏又题"。印章"白石翁。"

有一张柿子,粗枝大叶,果实赭红,写"杏子坞老民居京华第十一年矣 丁卯",印章"木人"。

他也画山水,没有见他画重峦叠嶂,多是平日容易见到的。他一张山水画上题:

"予用自家笔墨写山水,然人皆以余为糊涂,吾亦以为然。白石山翁并题"。印章"白石山翁"。

后在画的空白处写"此幅无年月,是予二十年前所作者,今再题。八十八白石",印章"齐大"。

事实是他不愿画人家画过的。

我在上海朵云轩买了一张他画的一片小松林,二尺的水墨画,我拿到和平书店给许麟庐看,许以为是假的,我要他一同到白石老人家,挂起来给白石老人看。我说:"这画是我从上海买的,他说是假的,我说是真的,你看看……"他看了之后说:"这个画人家画不出来的。"署名齐白石,印章是"白石翁"。

我又买了一张八尺的大画,画的是没有叶子的松树,结了松果,上面题了一首诗:"松针已尽虫犹瘦,松子余年绿似苔。安得老天怜此树,雨风雷电一齐来。阿爷尝语,先朝庚午夏,星塘老屋一带之松,为虫食其叶。一日,大风雨雷电,虫尽灭绝。丁巳以来,借山馆后之松,虫食欲枯。安得庚午之雷雨不可得矣。辛酉春正月画此并题记之。三百石印富翁五过都门",下有八字:"安得之安字本欲字"。印章"白石翁"。

他看了之后竟说:"这是张假画。"

我却笑着说:"这是昨天晚上我一夜把它赶出来的。"他知道骗不了我,就说:"我拿两张画换你这张画。"我说:"你就拿二十张画给我,我也不换。"他知道这是对他画的赞赏。

这张画是他七十多岁时的作品。他拿了放大镜很仔细地看了说:"我年轻时画画多么用心呵。"

一张画了九只麻雀在乱飞。诗题：

"叶落见藤乱，天寒入鸟音。老夫诗欲鸣，风急吹衣襟。枯藤寒雀从未有，既作新画，又作新诗。借山老人非懒辈也。观画者老何郎也。"印章"齐大"。看完画，他问我："老何郎是谁呀？"

我说："我正想问你呢。"他说："我记不起来了。"这张画是他早年画的，有一颗大印"甑屋"。

我曾多次见他画小鸡，毛茸茸，很可爱；也见过他画的鱼鹰，水是绿的，钻进水里的，很生动。

他对自己的艺术是很欣赏的，有一次，他正在画虾，用笔在纸上画了一根长长的头发粗细的须，一边对我说："我这么老了，还能画这样的线。"

他挂了三张画给我看，问我，"你说哪一张好？"我问他："这是干什么？"他说："你懂得。"

我曾多次陪外宾去访问他，有一次，他很不高兴，我问他为什么，他说外宾看了他的画没有称赞他。我说："他称赞了，你听不懂。"他说他要的是外宾伸出大拇指来。他多天真！

他九十三岁时，国务院给他做寿，拍了电影，他和周恩来总理照了相，他很高兴。第二天画了几张画作为答谢的礼物，用红纸签署，亲自送到几个有关的人家里。送我的一张两尺长的彩色画，画的是一筐荔枝和一枝枇杷，这是他送我的第二张画，上面题：

"艾青先生　齐璜白石九十三岁"，印章"齐大"，另外在下面的一角有一方大的印章"人犹有所憾"。

他原来的润格，普通的画每尺四元，我以十元一尺买他的画，工笔草虫、山水、人物加倍，每次都请他到饭馆吃一顿，然后用车送他回家。

他爱吃对虾,据说最多能吃六只。他的胃特别强,花生米只一咬成两瓣,再一咬就往下咽,他不吸烟,每顿能喝一两杯白酒。

一天,我收到他给毛主席刻的两方印子,阴文阳文都是"毛泽东"(他不知毛主席的号叫润之)。我把印子请毛主席的秘书转交。毛主席为报答宴请他一次,由郭沫若作陪。

他所收的门生很多,据说连梅兰芳也跪着磕过头,其中最出色的要算李可染。李原在西湖艺术院学画,素描基础很好,抗战期间画过几个战士被日军钉死在墙上的画。李在美院当教授,拜白石老人为师。李有一张画,一头躺着的水牛,牛背脊梁骨用一笔下来,气势很好;一个小孩赤着背,手持鸟笼,笼中小鸟在叫,牛转过头来听叫声……

白石老人看了这张画,题了字:

"心思手作不愧乾嘉间以后继起高手。八十七岁白石甲亥"。印章"白石题跋"。

一天,我去看他,他拿了一张纸条问我:"这是个什么人啦,诗写得不坏,出口能成腔。"我接过来一看是柳亚子写的,诗里大意说:"你比我大十二岁,应该是我的老师。"我感到很惊奇地说:"你连柳亚子也不认得,他是中央人民政府的委员。"他说:"我两耳不闻天下事,连这么个大人物也不知道。"感到有些愧色。

我在给他看门的太监那儿买了一张小横幅的字,写着:"家山杏子坞,闲行日将夕。忽忘还家路,依着牛蹄迹。"印章"阿芝",另一印"吾年八十乙矣"。我特别喜欢他的诗,生活气息浓,有一种朴素的美。早年,有人说他写的诗是薛蟠体,实在不公平。

我有几次去看他,都是李可染陪着,这一次听说他搬到一个女弟子家——是一个起义的将领家。他见到李可染忽然问:"你贵姓?"李可染马上知道他不高兴了,就说:"我最近忙,没有来看老师。"他转身对我说:"艾青先生,解放初期,承蒙不弃,以为我是能画几笔的……"李可染马上说:"艾先生最近出国,没有来看老师。"他才平息了怨怒。他说最近有人从香港来,要他到香港去。我说:"你到香港去干什么?那儿许多人是从大陆逃亡的……你到香港,半路上死了怎么办?"他说:"香港来人,要了我的亲笔写的润格,说我可以到香港卖画。"他不知道有人骗去他的润格,到香港去卖假画。

不久,他就搬回跨车胡同十三号了。

我想要他画一张他没有画过的画,我说:"你给我画一张册页,从来没有画过的画。"他欣然答应,护士安排好了,他走到画案旁边画了一张水墨画:一只青蛙往水里跳的时候,一条后腿被草绊住了,青蛙前面有三个蝌蚪在游动,更显示青蛙挣不脱去的焦急。他很高兴地说:"这个,我从来没有画过。"我也很高兴。他问我题什么款?我说:"你就题吧,我是你的学生。"他题:

"青也吾弟　小兄璜　时同在京华　深究画法　九十三岁时记　齐白石"

一天,我在伦池斋看见了一本册页,册页的第一张是白石老人画的:一个盘子放满了樱桃,有五颗落在盘子下面,盘子在一个小木架子上。我想买这张画。店主人说:"要买就整本买。"我看不上别的画,光要这一张,他把价抬高高的,我没有买;马上跑到白石老人家,对他说:"我刚才看了伦池斋你画的樱桃,真好。"他问:"是怎样的?"我就把画给他说了,他马上说:"我给你画一张。"他在一张两尺的琴条上画起来,但是颜色没有伦池斋的那么鲜艳,他说:"西洋红没有了。"

画完了,他写了两句诗,字很大:

"若教点上佳人口　言事言情总断魂"

他显然是衰老了。我请他到曲园吃了饭,用车子送他回到跨车胡同,然后跑到伦池斋,把那张册页高价买来了。署名"齐白石",印章"木人"。

后来,我把画给吴作人看,他说某年展览会上他见过这张画,整个展览会就这张画最突出。

有一次,他提出要我给他写传。我觉得我知道他的事太少,他已经九十多岁,我认识他也不过最近七八年,而且我已经看了他的年谱,就说:"你的年谱不是已经有了吗?"我说的是胡适、邓广铭、黎锦熙三人合写的,商务印书馆出版的《齐白石年谱》。他不作声。

后来我问别人,他为什么不满意他的年谱,据说那本年谱把他的"瞒天过海法"给写了。一九三七年他七十五岁时,算命的说他流年不利,所以他增加了两岁。

这之后,我很少去看他,他也越来越不爱说话了。

最后一次我去看他,他已奄奄一息地躺在躺椅上,我上去握住他的手问他:"你还认得我吗?"他无力地看了我一眼,轻轻地说:"我有一个朋友,名字叫艾青。"他很少说话,我就说:"我会来看你的。"他却说:"你再来,我已不在了。"他已预感到自己在世之日不会有多久了。想不到这一别就成了永诀——紧接着的一场运动把我送到北大荒。

他逝世时已经九十七岁。实际是九十五岁。

一九八三年十二月